Elogios para

LA EDUCACIÓN DE MARGOT SÁNCHEZ

"Lilliam Rivera es una de las voces más singulares y apasionantes de la literatura juvenil. *La educación de Margot Sánchez* es divertida, emotiva, cautivadora y auténtica. Retrata el ritmo y el conflicto de un cambiante Bronx, en Nueva York. Adoro esta novela".   —Matt de la Peña,
autor ganador de la medalla Newbery
por *Last Stop on Market Street*

"En las manos de la novelista Lilliam Rivera, las decisiones de Margot —¿qué amigos? ¿qué muchacho? ¿qué futuro?— adquieren carácter de urgencia. Animada y expresiva, inteligente y convincente, Margot Sánchez es un personaje para tomarse en serio, y Rivera, una voz para recordar".

—Karen Joy Fowler,
autora de *The Jane Austen Book Club*

"*La educación de Margot Sánchez* echa por tierra el mito de la aculturación al exteriorizar la pérdida y el dolor que esta conlleva. En su lugar, Lilliam Rivera le dice al lector que no hay nada más poderoso y hermoso que ser auténticos".
—Isabel Quintero, autora de *Gabi: A Girl in Pieces*

"*La educación de Margot Sánchez* se siente tan clásica como Judy Blume y, al mismo tiempo, totalmente nueva. Es un relato divertido, que te engancha, sobre una adolescente atrapada entre la espada y la madurez". —Veronica Chambers, autora de *Mama's Girl* y *The Go-Between*

"Lilliam Rivera teje con pasión la historia polifacética y compleja de una chica en su despertar personal y de su familia". —Cecil Castellucci, autora de *Tin Star*

Lilliam Rivera

LA EDUCACIÓN DE MARGOT SÁNCHEZ

Lilliam Rivera es una reconocida escritora y autora de dos novelas para jóvenes lectores: *La educación de Margot Sánchez* (*The Education of Margot Sanchez*) y *Dealing in Dreams*. Sus textos han sido publicados en *The New York Times, Elle, The Washington Post*, entre otros. Lilliam vive en Los Ángeles.

LA EDUCACIÓN
DE MARGOT SÁNCHEZ

LA EDUCACIÓN DE MARGOT SÁNCHEZ

WITHDRAWN

LILLIAM RIVERA

Traducción de Eva Ibarzábal

VINTAGE ESPAÑOL

Una división de Penguin Random House LLC

Nueva York

Información de catalogación disponible en la Biblioteca
del Congreso de los Estados Unidos:
Names: Rivera, Lilliam, author. | Ibarzábal, Eva, translator.
Title: La educación de Margot Sánchez / Lilliam Rivera ; traducción
de Eva Ibarzábal.
Other titles: Education of Margot Sanchez. Spanish
Description: Primera edición Vintage Español. | Nueva York : Vintage
Español, una división de Penguin Random House LLC, 2019.
Identifiers: LCCN 2019029611 (print) | LCCN 2019029612 (ebook)
Subjects: LCSH: Hispanic Americans—Juvenile fiction. |
CYAC: Hispanic Americans—Fiction. | Conduct of life—Fiction. |
Love—Fiction. | Family life—New York (State)—New York—Fiction. |
Bronx (New York, N.Y.)—Fiction. | Spanish language materials.
Classification: LCC PZ73 .R52425 2019 (print) | LCC PZ73 (ebook) |
DDC [Fic]—dc23

Vintage Español ISBN en tapa blanda: 978-1-9848-9905-7
eBook ISBN: 978-1-9848-9906-4

Para venta exclusiva en EE.UU., Canadá, Puerto Rico y Filipinas.

www.vintageespanol.com

Impreso en los Estados Unidos de América
10 9 8 7 6 5 4 3 2 1

Para Bella, Coco y David

CAPÍTULO 1

Una cashierista con el cabello de color anaranjado-rojo fuego invade mi espacio en el instante que piso el supermercado. Busco a papi, pero ya se ha metido en su oficina.

—¡Miren quién está aquí! —anuncia la cashierista mientras se come una especie de pastelillo—. Llegó la Princesa.

Me retuerzo cuando me llama por mi apodo de la infancia y no por mi nombre real, Margot. El resto de las cajeras le echan un vistazo a mi atuendo floral de marca.

—¿Qué haces aquí? —No le hace caso a las migajas del pastel de guayaba que caen en su apretadísima camiseta, donde se lee "mira, pero no toques", una advertencia a las masas para que respeten su amenazante pecho.

Antes de que pudiera responder, Oscar, el gerente, se me acerca y pone una mano protectora sobre mi hombro.

—Ella nos va a ayudar este verano —anuncia Oscar—. ¿Verdad, Princesa?

—Bueno, es más como supervisar —digo esto con énfasis suficiente en la palabra "supervisar" como para que la cashierista cambie de postura, apoyándose ahora sobre su cadera derecha.

Oscar se ríe de mi declaración/aspiración de trabajo y me da una palmadita de consuelo en el hombro.

Miro con detenimiento los alrededores. Hacía tiempo que no venía. El supermercado Sánchez & Sons solía ser brillante y alegre, un agradable oasis en medio de un mar de edificios de concreto. Ahora, la pintura azul se está descascarando, los pósteres no han cambiado en cinco años y hay un mal olor que no sé de dónde viene. Me fijo en un gran letrero que tiene un guineo disfrazado con una ridícula vestimenta de mambo. El guineo me sonríe como si fuera cómplice de la broma. Y lo es. Todos lo son. Me están arrancando mi año en la secundaria Somerset con cada segundo que paso aquí, y no hay nada que pueda hacer para remediarlo.

—Estas son Melody y Annabel. Saluden, muchachas. —Oscar ha aumentado de peso desde la última vez que lo vi en la fiesta del Día de Reyes en casa de mis padres. Para contrarrestar la pérdida de cabello, mantiene la cabeza rapada. Un Don Limpio latino—. Estas son Rosa, Brianne y Taína…

Estas chicas son apenas un par de años mayores que yo, pero algunas de ellas han estado trabajando para mi padre desde hace tiempo. Otras, hasta tienen hijos de mi edad. Las que tienen hijos son un poco más amigables, pero no tiene caso recordar sus nombres. Yo no tengo intenciones de quedarme aquí.

—Te pareces a los Sánchez —me dice una de las cashieristas más viejas—. La misma cara de tu padre.

—Gracias. —No me queda claro si es un cumplido o si me está diciendo que parezco un hombre de mediana edad.

La cajera de antes sigue con la mirada clavada en mí.

Localizo las salidas y hago un mapa mental de las posibles rutas de escape. No hay mucho más que pueda hacer.

—Buenos días, Señor Sánchez.

Un muchacho de almacén, con una gorra de los Yankees de medio lado y unos pantalones extra grandes que se le caen de la cadera, saluda a papi. Finalmente, papi hace acto de presencia.

Ajusto mi falda y le doy un tironcito hacia abajo a la blusa de manga corta en combinación. La blusa apenas cubre mi amplio trasero. Puede que esté demasiado elegante para la ocasión, pero mi ropa fina es mi única armadura contra los depravados muchachos de almacén, como este, que ahora me mira con lascivia. A pesar de la gorra puedo ver los picos de su cabello, al estilo de *Dragon Ball Z*, con tanto gel que parece una corona de laca. Me le quedo mirando fijamente hasta que baja la vista.

Son las siete de la mañana de un lunes. Así es como estoy pasando mi primer día de vacaciones. Mis padres tienen la culpa de este encarcelamiento de verano.

Estuve muy cerca de acompañar a Serena y a Camille en sus vacaciones en los Hamptons. Dos meses de jangueo en la playa con el único corillo que importa. Me costó muchísimo trabajo preparar el plan para asegurarme de que las chicas me invitaran, hasta el punto de hacer cosas que nunca pensé que haría. Como el día que me retaron a besar al nerdo de Charles, de la clase de inglés. Serena y Camille estaban bromeando, pero yo lo hice. Cuando retiré mis labios, solo había confusión en los grandes ojos de Charles, y luego se puso rojo como un tomate. Lo que lo arruinó todo fue que Charles les siguió la corriente. Ocultó su vergüenza riéndose con Serena y Camille. Yo no era tan distinta a él. Ambos éramos intrusos en esa escuela. No sabíamos cómo vestir. Ambos sobrevivíamos. No obstante, decidí ignorar esa horrible sensación de culpa que crecía en mi estómago porque el reto valía la pena. También hice otras cosas —renegar de mis rizos naturales y alisarme el cabello, robar lápices labiales caros— cualquier cosa para llamar la atención de Serena y Camille.

Mis padres no tenían idea de con quiénes tenía que competir en Somerset, de lo bajo que estaba en el sistema de castas sociales, hasta que Serena y Camille se apiadaron de mí. Si yo iba a convertirme en la esperanza morena de mi familia asistiendo a esa preparatoria súper cara, sabía que tenía que hacerme amiga de las chicas correctas. El primer día de clases, papi me dijo: "No pierdas el tiempo con idiotas. Busca siempre a los muchachos que sobresalen". Camille y Serena sobresalían porque eran populares, tan populares como sacadas de un episodio de la cadena de televisión CW. La élite. Yo pensaba que era elegante, pero no tenía sentido de la moda con mis anticuados vestidos *vintage* de colores charros y estridentes. Intenté explicarles eso a mis padres, pero me cancelaron los planes para el verano para darme una lección. Y ahora estoy aquí metida en su supermercado del South Bronx, lejos del sol y del guapísimo Nick Greene. Castigada. Atrapada sin remedio.

—Siéntate —me dice papi. Las sillas forman un círculo casual justo detrás de las hileras de cajeras. Me señala una silla vacía—. Vamos a empezar la reunión mensual del personal en un momento.

Lo llamo aparte, lejos de los empleados.

—Ya me presenté. —Mi voz está un poco temblorosa, para lograr un efecto más dramático—. Vamos a olvidarnos de todo este asunto. Ya aprendí la lección.

—Ni una palabra más. Siéntate. Vamos a empezar, gente.

Las cashieristas se reúnen a su alrededor. Si por lo menos papi me hubiera enviado al otro supermercado Sánchez & Sons. La tienda de Kingsbridge es mucho más pequeña, y mi tío Héctor, que es un monigote, es el gerente. Papi trabaja en este local, así que es mucho más difícil escaparme.

—Un par de cosas. Oscar, quiero un exhibidor nuevo para promocionar el 4 de julio, no ese viejo. —Papi se recuesta sobre una correa transportadora. Tiene las mangas enrolladas y la camisa desabotonada deja entrever una cadena con una pequeña cruz de oro. Tiene el cabello canoso y la barriga se sale un poco por encima del pantalón de vestir. Su nombre es Víctor, pero todos aquí le llaman Señor Sánchez.

—La gente quiere comprar cerveza, así que colócala al lado de los artículos de temporada. —Papi continúa con los anuncios, mientras yo preparo en mi mente otra petición de clemencia. ¿Cómo voy a librarme de esto?—. Chicas, asegúrense de dirigir a los clientes a los exhibidores. Recuérdenles el día feriado.

El piso se estremece con un taconeo fuerte. El sonido va creciendo. Todos estiramos el cuello para ver qué pasa.

—¿Dónde está el café? —Jasmine, la única cashierista que conozco un poco, se niega a quitarse las gafas de sol y saluda a todos frunciendo los labios—. No hago un carajo hasta que me beba un café.

—Llegas tarde. Otra vez —le dice papi—. Siéntate.

—¿Por qué no me dijiste que ella iba a venir? —pregunta ella. Aunque Jasmine está claramente enojada por algo que hice o que dejé de hacer, se me acerca y me planta un beso de saludo tan fuerte que casi me caigo de la silla.

Jasmine ha trabajado aquí desde siempre. Incluso mintió

sobre su edad para obtener el empleo. Con su cara pintarrajeada y un cuerpo imponente —trasero grande y tetas todavía más grandes— se ve mucho mayor de veinte años. Tiene las uñas largas y puntiagudas, pintadas con los colores de la bandera de Puerto Rico, recuerdo del desfile reciente.

—Todos conocen a mi hija, Princesa. Ella se une a la familia Sánchez este verano para ayudar en la tienda —anunció papi—. Párate y saluda.

Yo pensaba que el haber nacido en la familia me hacía toda una Sánchez. Miro a las cashieristas. Una cashierista aburrida hace explotar su chicle mientras su amiga le susurra algo al oído. Alguien se ríe. No hay forma de desviar los rayos aniquiladores que las odiadoras resentidas me están lanzando.

—Me pueden llamar Margot —les digo—. Mi nombre es Margot.

Nadie me escucha realmente, ni siquiera mi padre, cuya atención se dirige ahora al carnicero.

—¿Quién la va a entrenar? —Jasmine hace la pregunta a las cashieristas—. A mí no me miren, porque siempre me tocan las tontas.

La fulmino con la mirada y me volteo hacia papi, pero él está demasiado concentrado en su conversación sobre carnes.

—No seas dramática. A mí casi no me entrenaste —dice la cashierista, que se las arregló para encontrar otro pastelito que comerse—. Si acaso, yo tuve que mostrarte qué hacer.

Jasmine parece estar a punto de caerle encima a la chica. Los muchachos del almacén que están en la parte de atrás parecen deseosos de ver una pelea entre las chicas.

—Yo no necesito que nadie me entrene —anuncio en voz alta para que todos estén claros de lo que estoy dispuesta a hacer—. Voy a ayudar a papi en la oficina.

—No, eso no es lo que vas a hacer. —Mi padre aplasta mis sueños—. Jasmine, ayuda a Princesa a empezar con las cajas de allá atrás.

Yo no voy a descargar cajas, no con esta ropa y no con los muchachos pervertidos del almacén.

—En serio, yo estoy mejor preparada para el escritorio. Puedo contestar los teléfonos...

—Eso no es negociable. Jasmine, muéstrale qué va a hacer.

Esto no está sucediendo. Él nunca dijo nada sobre trabajo forzado. Acepto que estoy castigada, pero pensé que esto era teatro. Papi ni siquiera quería que yo trabajara en el supermercado. Él estaba más que dispuesto a enviarme a la tienda de Kingsbridge, pero mami se opuso. Ella quería que papi me vigilara. Yo no entiendo por qué no puedo aprender la lección desde la comodidad de una oficina.

—Estas cajas no van aquí. —Oigo una voz conocida. Dejo de concentrarme en mi dilema—. ¡Ven aquí ahora!

Aunque el letrero en la entrada del colmado dice Sánchez & Sons, solo hay un hijo varón en esta familia. Junior, mi hermano mayor, entra.

—Ah, miren quién es. La ladrona del colegio privado.

Mi propia sangre me expone frente a todos, pero no voy a quedarme callada. Yo no soy la única oveja negra de esta familia.

—Bueno, por lo menos a mí no me expulsaron de la universidad.

—Yo trabajo para vivir —explica Junior a las cashieristas—. Yo no pretendo ser otra persona. ¿Saben lo que hizo? Cargó seiscientos dólares a la tarjeta de crédito de papi. ¿Y qué si solo tiene 15 años? Yo hubiera llamado a la policía.

Las cashieristas chascan la lengua en señal de desaprobación. Junior está celoso porque papi decidió enviarme a
Somerset. Junior probó ser una mala inversión cuando perdió
su beca de lucha. Mientras él trabaja, yo estudio en una de
las preparatorias de mayor prestigio de Nueva York. Básicamente, yo soy la última oportunidad de salvación de la familia
Sánchez. Hay un mandamiento familiar tácito según el cual
me graduaré de Somerset, estudiaré en una universidad de la
Ivy League y me especializaré en alguna profesión lucrativa.
Se han esforzado en que sobresalga. No me llaman Princesa
por nada. Me criaron para triunfar en grande.

Papi deja escapar un suspiro.

—Vayan a sus estaciones. —Todo su semblante ha cambiado. Es como si el control que demostró momentos antes en
la reunión se esfumara en el instante en que apareció Junior.
Técnicamente, Junior es el asistente de gerente, y apuesto a
que le encanta echárselo en cara a todos, como si eso signi-
ficara algo. Papi siempre regaña a Junior por algo que se le
olvidó hacer en el trabajo, o por llegar tarde. No en balde este
lugar se estaría cayendo a pedazos si papi no supervisara los
desastres de mi hermano.

Veo cómo Junior se acerca a cada una de las cashieristas
con un prolongado abrazo. Ellas lo adulan como si él fuera
un galán de telenovelas. Otro motivo por el cual no nos lle-
vamos bien: A él le permiten flirtear con todas las muchachas
que se le ponen delante, mientras que yo, según mami, no
puedo ni siquiera hablar por teléfono con ningún muchacho hasta que termine la preparatoria. No es que alguno me
llame, pero Nick pudiera hacerlo si me salgo con la mía.

—¡Despierta, Princesa! No tengo todo el día para cuidarte. —Jasmine chasquea los dedos.

—Por favor, no hagas eso. No soy un perro.

—¿Te refieres a esto? —Chasquea los dedos otra vez. Y otra—. Princesa, si eso te va a molestar, no vas a durar mucho aquí. Por cierto, ¿por qué estás trabajando? ¿Tú no vas a un colegio fino y todo eso?

—Es un error —le explico—. Todo esto es un error.

—¿Un error? —me dice—. Yo no creo en los errores. Solo hay acciones. A mí me parece que te pillaron en grande.

—Su parloteo me da dolor de cabeza.

—No, eso no es cierto.

—¿No te pillaron robando?

—Me pillaron, pero yo no lo considero robar. Fue un adelanto.

—Por favor, niña. —Jasmine levanta las cejas tan alto que parece que descansaran sobre su cabeza—. ¿A quién tratas de engañar? No puedes burlar a un burlador. Vamos.

Saca un paquete de cigarrillos de su bolso y me guía hacia la parte de atrás.

Jasmine no sabe nada de Somerset. Si ella estuviera en mi lugar, habría hecho lo mismo. Le pasamos por el lado a mi hermano, que está hablando con una muchacha.

—Tu hermano es un sucio.

—No tienes que decírmelo. El tipo tiene una sola cosa en la mente.

—Él habla mucho, pero es el tipo de hombre que probablemente no dura más de cinco minutos. Y tienes suerte si no te hace cocinar después.

No me interesa oír hablar de las proezas de Junior ni de nadie más en el dormitorio. Es grosero y, además, soy virgen, aunque no por falta de intentarlo. Los chicos en Somerset son muy selectivos. Aun cuando he desechado mi estilo estridente barato, todavía no veo acción. Llegué a Somerset vestida como si estuviera rindiendo homenaje a los grupos femeninos de los años sesenta: falda tubo, delineador de ojos negro y grueso, y el cabello ligeramente levantado. En la intermedia, todos pensaban que me veía graciosa con mis atuendos *vintage*. Algunas veces me ponía pantalones de campana como los de los años setenta, o me vestía como una modelo de la década del cuarenta. Tuve la idea de crear una cuenta en Instagram, ARTE PARA LLEVAR PUESTO, para documentar atuendos, pero el estilo nunca pegó en Somerset. A los chicos de Somerset no les gustan las muchachas con curvas y ropa de mala calidad. Descarté las faldas tubo que acentuaban mi trasero y seguí el estilo chic y soso de Serena y Camille. Taylor Swift es su ícono, y ahora es el mío también.

Sigo a Jasmine hasta el final del pasillo cuatro. El chico de *Dragon Ball Z* está en cuclillas frente a una torre de grandes cajas.

—Dominic, deja que ella lo haga. Yo necesito una jalada antes de que abran las puertas. —Dominic sonríe como si acabara de ganarse la lotería.

—Tenemos que reponer esto —me dice—. Ya sabes, las cosas femeninas, champú y esto de aquí.

Señala a un estante de condones, vacío. Mi cara está ardiendo.

—Sí, esto es importante. Sexo seguro y eso. —Dominic se pasa la lengua por los labios y revela un diente partido—. Sabes de lo que hablo, ¿verdad? Te deben haber enseñado todo eso en tu escuela acomodada. Sin gorrito no hay cumpleaños. Tenemos de todos los tamaños aquí. Magnum, triple magnum y para las muchachas que quieren…

Cierro los ojos. Quiero que se calle, pero él sigue hablando, disfrutando cada segundo de humillación.

—Después de eso, tengo algunas otras cosas para que descargues. Buena suerte, Princesa.

Esta no puede ser mi vida ahora. Agarro mi teléfono para textear a Serena y a Camille, pero no hay señal. Otra cashierista me pasa por el lado y se ríe. Papi está alucinando si piensa que me voy a quedar encerrada en este deprimente mundo del colmado. En cuanto encuentre una salida, me voy. Le pongo los ojos en blanco antes de dejar caer al piso una caja de condones que iba en el estante.

—¡Ay!

La punta de mi nueva manicura de gelatina se atora en una esquina del cartón y se rompe. Una gotita de sangre sale del dedo. Jesús. Tengo que conectarme con la realidad, mi realidad. Presiono la herida y me voy del pasillo, dejando las cajas abiertas y un reguero en el piso.

CAPÍTULO 2

Afuera, reviso mi teléfono e ignoro el mensaje de texto de Elizabeth. Elizabeth y yo éramos las mejores amigas. Hacíamos todo en equipo, fuimos a las mismas escuelas, hacíamos pijamadas. Pero cuando sus padres no tuvieron el dinero para enviarla a Somerset nos distanciamos. El plan siempre fue ir juntas. Nos quedábamos mirando por horas el sitio web de Somerset y nos imaginábamos posando perfectas frente a la escuela, como los estudiantes en su galería de fotos. Elizabeth y yo hicimos lo que pudimos. Incluso solicitamos una beca para ella, pero no fue suficiente. Cuando soltó la bomba de que sus padres no iban a enviarla, se me pusieron los pelos de punta. No se suponía que yo fuera sola a Somerset. Ahora ella asiste a una escuela pública del tipo artístico, la Preparatoria de Arte y Diseño. Elizabeth no entiende las modificaciones recientes a mi estilo, ni por qué ya no hago las cosas que nos gustaban hacer. Ella parece que se ha quedado en el pasado.

En cambio, llamo a Serena.

—¿Qué están haciendo? —le pregunto a Serena en cuanto contesta.

—¿Hola? —Su voz se oye amortiguada.

—Soy yo, Margot. —Me percato de que no todo el mundo va a estar trabajando a las siete de la mañana en un hermoso día de verano.

—¿Qué hora es? —pregunta Serena—. ¿Por qué me llamas tan temprano? Casi no te oigo.

Serena se sienta al lado mío en la clase de ciencias. Me llamó la atención enseguida por su piel sin imperfecciones y su envidiable cabello lacio castaño. Nos pusieron juntas para un proyecto de la clase y así fue que me enteré de que vivía en una espléndida casa de piedra rojiza en Brooklyn. Serena habla con fluidez tres idiomas, así que le pedí que me enseñara algunas palabras groseras en francés y taiwanés. Pasaba la mayor parte del tiempo pensando en formas de insultar a la gente en taiwanés, cualquier cosa para probar que yo tenía personalidad. Finalmente me invitó a sentarme con ella y con Camille durante el almuerzo, pero primero me insinuó gentilmente que la gruesa raya de delineador que me cubría los ojos me hacía parecer un mapache, así que dejé de usarlo de esa forma.

—Estoy en la zona norte y solo quería saber qué tal estaba todo.

—¿Qué? Te oigo entrecortada.

Hay mucha estática. Camino de arriba a abajo para tratar de encontrar la mejor recepción, pero el supermercado está ubicado justo frente al parque. El pequeño parche de naturaleza en forma de enormes árboles verdes bloquea mi conexión.

—¿Qué están haciendo? —pregunto de nuevo.

—No te oigo y es demasiado temprano para estar gritando por teléfono —dice Serena—. Llama más tarde, por favor.

Clic.

—¿Hola? ¿Hola?

Varada en el supermercado.

—Encontrarás mejor conexión si te paras al otro lado de la tienda.

Busco la voz. No me había dado cuenta de que estaba allí. Usa una camiseta roja ajustada que muestra su cuerpo delgado y atlético, mahones y un bolso de mensajero que cruza su amplio pecho. Saca libros del bolso y los acomoda sobre una mesa portátil. Debe tener más o menos mi edad, quizás un poco más. No me parece conocido. No es que yo conozca a alguien en este barrio, pero él no está vestido como Dominic ni el resto de los muchachos de almacén. Para empezar, ninguno de esos chicos usaría ni loco un collar de cuentas.

—Gracias —le digo. Él asiente con la cabeza y sigue acomodando libros y folletos sobre la mesa.

Echo un vistazo al supermercado. Parece que nadie ha notado mi ausencia, lo que no me molesta. Las cajas pueden esperar. Puede que averigüe por qué este chico coloca sus cosas frente a la tienda. Camino hacia la mesa mientras él habla con una madre joven. Una imagen granulada en un folleto muestra un edificio abandonado con las palabras "DILE NO A ROYAL ORION" debajo.

—Están desplazando a estas familias, obligándolas a salir al cortarles la calefacción y el agua caliente —explica—. Estos son nuestros vecinos, madres con niños pequeños que no pueden cubrir sus necesidades básicas.

Le señala una tablilla sujetapapeles con apenas un par de firmas. Agarro un libro con la imagen de una mujer en blanco y negro, y el título *Canción de la verdad sencilla*.

—Solo necesito su nombre y número de teléfono o correo electrónico —le explica, y se dirige a mí—. Lo siento, pero esos libros no son gratis.

—No te preocupes, no iba a robármelo. —Vuelvo a colocar el grueso libro donde lo encontré.

Él necesita calmarse. Camino hasta el otro lado de la mesa y leo uno de los folletos, pero es difícil concentrarme mientras intento oír lo que él está diciendo. La mujer firma la petición y se va. El chico finalmente me dirige la atención y señala con el bolígrafo la imagen en el folleto.

—¿Has oído lo que está pasando aquí mismo en tu barrio? —me pregunta.

—Yo no vivo aquí, así que supongo que la respuesta es no.

—No tienes que vivir aquí para saber cuándo algo está mal. Los dueños de Carrillo Estates están obligando a sus inquilinos a vaciar sus apartamentos para construir un rascacielos de lujo.

Sus labios son tan oscuros como él, y carnosos. Sus ojos son marrón oscuro. Su collar de cuentas va perfectamente bien con todo su estilo bohemio *hippie*. Sin duda, habla en serio.

—Mi nombre es Moisés Tirado, soy de South Bronx Family Mission. —Me tiende la mano para que se la estreche. Toda esta presentación formal me toma por sorpresa, tanto que casi olvido qué hacer. Eso es lindo, me gusta. Sí, él también es lindo—. Estoy recopilando nombres para presentarlos a la junta de la comunidad. ¿Te gustaría participar en el cambio?

Miro las otras tres firmas. Hay mucho espacio en blanco en ese papel. No voy a ser la cuarta persona ahí.

—No. No lo creo. Necesito oír más para tomar una decisión informada.

Se frota la barbilla y se queda mirándome.

—No escuché tu nombre. Tú no eres de por aquí, ¿verdad?

—Mi nombre es Margot y no, ya te dije. Vivo en Riverdale.

—Bueno, Margot. ¿Puedo llamarte Margot? Hasta la gente de Riverdale debe estar al tanto de las injusticias que están ocurriendo aquí. —Vuelve a señalar el folleto—. Lo que está pasando aquí muy bien podría pasar en Riverdale.

—Yo no presto mi firma tan fácilmente, a menos que investigue primero. Podrías estar inventando todo eso.

Estoy buscando rastros de tinta. No es que tenga preferencias, pero algunos tatuajes pueden decepcionar, como un mensaje machista con la imagen de una mujer desnuda. Un hombre sin tatuajes también dice algo. Como que quizás es un buen chico. Por lo que veo, no hay tatuajes, pero tiene una especie de cicatriz alrededor del cuello. Intento no mirar fijamente, no quiero ser grosera.

—Solo digo la verdad. Puedes preguntarme lo que quieras. Cualquier cosa —esto último lo dice con una ligera sonrisa—. Despejaré tus dudas, Margot. Cualquier duda, la haré desaparecer mágicamente.

Todos aquí me llaman Princesa. Se siente bien oír mi nombre real, aunque sea en boca de un extraño.

—Lánzame tus preguntas. Estoy listo. No, espera, déjame calentar.

Moisés empieza a dar saltos como un boxeador en el cuadrilátero esperando que suene la campana que anuncia el inicio de la pelea. Sacude los hombros y gira el cuello. Su actuación es tan ridícula que es difícil contener la risa.

—¿En serio? No estoy buscando pelea. Solo quiero datos.

Se detiene y me mira intensamente. Mi mano toca automáticamente el collar con el colgante que mami me regaló las
Navidades pasadas. Quisiera quedarme quieta.

—Tú eres la hermanita menor de Junior, ¿no es así?

Se me cae la sonrisa. Él conoce a mi hermano. No estoy
segura de que eso sea bueno. Me pregunto qué más sabe sobre
mí. No lo suficiente. Para empezar, la manera en que se dirige
a mí no es correcta.

—No soy una niña —le digo.

—No. Definitivamente no lo eres.

Su expresión es directa, pero hay algo detrás de sus ojos.
¿Por qué estoy tan nerviosa? Arruga la cara como si estuviera
estudiando mis raíces ancestrales, desde los tiempos en que mi
trastatarabuelo vivía en Puerto Rico y usaba solo una nagua,
justo antes de que los españoles lo atraparan.

—Definitivamente, puedo ver el parecido —dice Moisés—.
Tú eres mucho más bonita, por supuesto.

—No nos parecemos —le contesto—. Como sea, yo trabajo aquí. Bueno, en realidad empecé hoy. Estoy ayudando en
la tienda, algo así como consultora, una consultora de mercadotecnia.

Su expresión seria me hace decir más disparates. Probablemente no se traga el cuento de la consultoría. Lo mismo
pasó con Serena y Camille. Nunca me ha gustado mentir, pero
cuando Serena me preguntó a qué se dedicaba mi padre, no
pude admitir que era el dueño de dos deprimentes colmados
en el Bronx. Tenía que adornar la verdad, así que le dije que
mi familia tenía una cadena de supermercados en la zona

norte del estado. Serena y Camille no movieron ni un pelo con mi mentira, así que supe que había hecho lo correcto. Las probabilidades de que alguna vez descubran la verdad son tan remotas, que vale la pena por mi capital social.

—Iba a pasar el verano en los Hamptons, pero decidí trabajar —le digo—. Se ve mejor para la universidad. Aunque falta todavía para eso, nunca es demasiado temprano para empezar. Trabajar aquí es básicamente como un curso intensivo de Estrategias de mercadotecnia 101. Era eso o hacer práctica en Ketchum o IMG, pero un empleo comunitario resalta más en las solicitudes de la universidad. ¿Me entiendes?

Las palabras fluyen a medida que el cuento se vuelve más elaborado. Mentir te da una descarga de adrenalina. Experimento la misma sensación cuando las chicas me retan a hacer algo. Ser mala, por ejemplo. No soy yo realmente, sino esa otra chica, una versión más emocionante de mí misma. Si dejo de hablar, Moisés podría ver realmente quién soy. Además, no puedo saber si está interesado o no. Él escucha, pero su expresión solemne solo aumenta mi estallido de palabras.

—Estoy planeando crear algunas campañas en redes sociales. Mejorar sus circulares. Llevarlo al siguiente nivel.

¿Sánchez & Sons en las redes sociales? ¿Circulares? Ni siquiera sé de lo que estoy hablando. No hay forma de que pueda continuar por este estúpido camino sin sonar como una completa morona. Seguramente Moisés se da cuenta de que todo es un cuento chino. Me detengo.

—Como sea, tengo que volver.

—Espera, no te vayas. Dame cinco minutos para explicarte lo que estoy haciendo aquí. Yo sé que tú no quieres regresar a trabajar. Puedes usarme como excusa para no volver.

Además, esto es mucho más importante que refrescarte en la playa o ser consultora para un supermercado.

Por un instante, esa sonrisa sexi me hace repensar mis objeciones. Debe ser fácil seguir a Moisés. ¿Quién no estaría dispuesta a dejarlo todo y firmar su petición por el bien de la justicia social y un poco de seducción? Pero él no es Nick Greene. Después de ignorarme la mayor parte del año escolar, Nick finalmente me mostró un poco de amor. Migajas, pero amor, al fin y al cabo. Uno de los últimos días de clases, estaba absorta viéndolo caminar delante de mí cuando él se detuvo abruptamente. Me tropecé, incapaz de dominar los tacones altos que estaba usando por insistencia de Camille. Cualquier otro me habría dejado allí, tirada en el piso, luchando por levantarme, pero Nick no lo hizo. Me tomó de la mano, me ayudó a levantarme y me preguntó si estaba bien. Entonces, pronunció mi nombre. Margot. Serena piensa que tengo posibilidades con él. Él es listo, aunque no es un genio, y tiene dinero, pero no demasiado, así que está al alcance. Creo que mis padres lo aprobarían. Mami no me permitiría tener una cita de verdad con él, pero mi relación con Nick podría existir en Somerset y por teléfono. Hay muchas parejas que se comunican por mensajes de texto. Nick no tendría que saber nunca sobre Sánchez & Sons.

—¿Alguna vez has estado en los Hamptons? —le pregunto—. No hablo de ir un día de paseo, sino de quedarse en una casa de playa, ya sabes, vivir allí.

Me fijo otra vez en la cicatriz alrededor del cuello de Moisés, un pequeño parche rígido de piel rosada. Me esfuerzo por no mirar, pero lo hago.

—Eso es vida. No tienes idea —insisto—. Debes pensar antes de juzgar.

—Créeme cuando te digo que esa gente vagueando en
los Hamptons viven con gríngolas. Las familias de Eagle Avenue tienen miedo de que las saquen a patadas de sus casas.
—Hace una pausa—. ¿Te puedo hacer una pregunta personal? ¿Qué edad tienes?

—No voy a decirte mi edad.

—No es falta de respeto. Solo trato de calcular en qué
momento llegaste a la familia Sánchez. Yo sé que Junior es
mayor, pero siempre pensé que su hermana era mucho más
jovencita. Pero tú eres…

—¿Yo soy qué?

Asiente con la cabeza como si aprobara un pensamiento.

—No, nada. Solo que yo me acordaría si te hubiera conocido antes. Definitivamente me acordaría.

Me clava los ojos. Si sigo moviendo con tanta fuerza mi
collar me voy a ahorcar. Oigo que mi hermano le grita órdenes a alguien. No sé a dónde me lleva esta conversación, pero
mejor me detengo. Doy la vuelta.

—Oye, un momento. —Moisés me agarra la mano y
aprieta un folleto en ella—. Dame una oportunidad. Déjame
explicarte en lo que trabajamos. Cuando oigas las historias
sobre la situación tan difícil de estas familias, vas a querer
ayudar.

Por unos segundos, nuestras manos se tocan, pero me
aparto y regreso al supermercado.

CAPÍTULO 3

Dos muchachos de almacén con sonrisas burlonas me saludan en la puerta. Uno mueve la cabeza en señal de desaprobación.

—Más vale que tu papi no te vea hablando con cualquiera —me dice.

Me dirijo al acusador.

—Estaba investigando qué hacía frente al supermercado. Además, mi padre y yo no tenemos secretos, así que lo que estás insinuando no tiene relevancia.

Los muchachos parecen confundidos. Cambio mi estrategia.

—¡Imbécil!

Se ríen a carcajadas.

No llevo aquí un día completo y ya me han acusado de ignorar las injusticias del mundo y de comportarme como una puta. Meto el folleto en la cartera y entro.

—¿Y qué tenía que decir Moisés? —me pregunta Jasmine—. ¿Trata de venderte algo?

Golpea una lata de salsa de tomate una y otra vez contra el escáner de precios, sin resultado. Cada vez que lo hace, abolla ligeramente la lata. Exasperada, presiona el intercomunicador y pide ayuda a gritos.

—No dijo mucho. ¿Quién es él?

—¿Quién, él? Un don nadie. Su hermano es Orlando, de los Proyectos Patterson. Él es solo un títere.

Vuelvo a mirar a Moisés. Tiene el pelo crespo, con los lados rapados. Algo de vello en la cara, no es una barba propiamente, más bien una chiva.

—A mí me parece normal.

Jasmine se chupa los labios con indignación.

—Él vendía drogas como el mierda del hermano. Después que agarraron a Orlando, oí que Moisés terminó en el Youth Academy, uno de esos centros de rehabilitación para jóvenes.

Nunca he conocido a nadie a quien hayan enviado a esos centros correccionales. En las noticias locales una vez dieron un reportaje investigativo sobre la forma brutal en que trataban allí a los muchachos. Hasta se ganaron un premio por la cobertura.

—Ay, eso es terrible —le dije.

—¿Terrible? Terrible es cuando no tienes suficiente para comer —asegura Jasmine—. Lo que le pasó a él fue patético. Eso lo hace débil. Ahora se pasea por el vecindario tratando de sonar importante, reuniendo firmas para no sé qué cosa, pero sigue siendo un chanchullero, igual que su hermano.

—¿Cómo puedes decir eso?

Jasmine le hace un gesto a una anciana que está a punto de poner su compra en la correa transportadora, para que se mueva a otra caja registradora.

—Solo soy realista. Hablo sin tapujos. No te enojes conmigo porque diga la verdad.

—¿Todavía va al centro de rehabilitación?

—Qué sé yo. Yo no soy de servicios sociales.

Jasmine agarra el micrófono y llama a Junior. Yo abro un paquete de M&M's y me echo un puñado a la boca. Esta conversación sobre rehabilitación y distribuidores de drogas me pone los pelos de punta. El azúcar me consolará.

—Tienes que pagar eso. —Jasmine extiende su mano—. Es un dólar.

—¿En serio?

No puede hablar en serio. Mi padre es el dueño de este lugar. Se me debe permitir tomar todo lo que quiera. Yo soy prácticamente la dueña. Ella no cede. Saco un dólar en menudo y lo tiro en la correa transportadora. ¿Por qué Jasmine tiene que estar sermoneándome?

Después de varios minutos, Junior aparece. Se ve furioso. Otro día, otra pelea con papi. Ya debería estar acostumbrado. Desde que perdió la beca de lucha, papi no le quita el guante de la cara. Primero, Junior no podía seguirles el paso a los demás luchadores. Se quejaba constantemente de que el entrenador no lo entendía, de que era muy duro. Tenía discusiones acaloradas por teléfono con papi, que le rogaba que se pusiera en forma. Después de que se lesionó una rodilla en un combate, el entrenador lo sacó del equipo. Adiós a la beca. Junior ni siquiera intentó mantener sus calificaciones altas. Se dio por vencido y dejó de asistir a clases. Después vino la probatoria académica. En unas pocas semanas, papi decidió sacarlo de la universidad.

Ahora Junior trabaja como asistente del gerente, pero

todos saben que, en realidad, Oscar es la mano derecha de papi. Junior tiene veintitrés años, pero su cara está demacrada, chupada, con bolsas debajo de los ojos. Antes, solo le importaba la lucha, los ejercicios, la comida sana, las camisas ajustadas que mostraban sus brazos musculosos. Ahora fuma en exceso, bebe en exceso, todo lo hace en exceso. Y lo peor de todo: usa camisas Ed Hardy con dragones llamativos.

—Vas a tener que portarte bien conmigo para que te arregle esto. —Coquetea con Jasmine. Mi hermano nunca se apaga.

—¿Qué tal "vete al carajo"? ¿Eso es suficiente? —Jasmine lo dice en el tono más dulce. Su expresión fría es muy graciosa.

—Anoche no dijiste eso —le dice él bromeando.

Grosero.

—Ay, pobrecito, ya quisieras tú haber estado conmigo anoche. Tú nunca, repito, nunca, vas a manejar este cuerpo. Puedes rogar o pedírselo a la Virgen María. No va a pasar. Como sea, no voy a decir más por respeto a tu hermana.

—Espera un momento. ¿No se supone que ustedes estén en otra parte? —dice Junior—. Esas cajas no se van a vaciar solas.

Me tiro a la boca el resto de los M&M's.

—Yo estoy lesionada. —Le muestro mi uña partida—. Además, no creo que una menor deba estar manipulando profilácticos.

—¿Ese no es el hermano de Orlando? —Junior se fija en Moisés—. ¿Qué demonios hace ahí?

—Está recogiendo firmas para una reunión —le explico.

Junior hace una mueca como si sintiera olor a rata muerta.

—Qué carajo. No. Eso no va a pasar. Tiene que irse a otra parte.

—¿Qué dices? Él no está haciendo nada malo —le digo.

Moisés está en todo su derecho de montar su mesa en la acera. Él no está vendiendo nada ilegal, solo algunos libros. Hablar con la gente que entra o sale de nuestra tienda no es un delito, hasta donde sé.

—Está molestando a los clientes —alega Junior—. Eso es lo que está haciendo.

—No, eso no es cierto.

A la gente le parece entretenido este intercambio. Hasta Jasmine suelta una risita. Pero a Junior no. Se aleja, pero yo me niego a ceder. Él tiene que escucharme. ¿Desde cuándo él es el Rey del Bronx?

Señala a José y a Ray, dos de los tipos más fortachones del equipo Sánchez.

—Vengan conmigo —les ordena.

Yo sigo a Junior y a sus lacayos afuera. Se paran frente a la mesa de Moisés, que recibe a su nuevo público alzando la voz, y continuando con su charla.

—Crean campañas ofensivas como SoBro o Piano District y tratan de colonizar nuestro vecindario. Pero esto es el South Bronx y nosotros nos ocupamos de nuestra gente —declara—. Juntos, podemos impedir que Carrillo Estates siga asaltando a las familias trabajadoras.

Junior agarra un par de folletos, hace el papel de que los lee y los tira otra vez a la mesa. La movida es tan melodramática y estúpida que parece sacada de un pésimo programa de telerrealidad.

—Tienes que quitar esto de aquí. Estás bloqueando la entrada a la tienda.

—Lo siento, no puedo hacerlo. —Moisés reacomoda los folletos—. Esta es una acera pública.

Los lacayos esperan con ansias la luz verde para actuar. Está comenzando a agruparse una decena de muchachos, la mayoría del taller de reparaciones cercano y clientes del supermercado. La cosa no pinta bien. El Show del Mediodía está a punto de empezar, protagonizado por el pendejo de mi hermano contra el inocente, si bien algo arrogante, Moisés.

—Parece que no me oíste —dice Junior—. Te doy cinco minutos para que desmontes todo esto.

El pecho de Moisés se infla desafiante. Se dirige a un hombre que lleva una camiseta verde con un letrero de puertorriqueño escrito en una imitación mal dibujada de una botella de cerveza Heineken, y empieza su discurso.

—¿Has oído lo que está pasando en Eagle Avenue? —Le entrega un folleto al hombre—. Las familias están bajo continuo acoso. Recuerda lo que ocurrió en los setenta, cuando los propietarios corruptos empezaron a quemar los edificios para deshacerse de los inquilinos. Está a punto de ocurrir otra vez.

—¡Ja! —No puedo evitarlo.

Ver a alguien ignorar el poder autoproclamado de Junior es algo raro. Esto es pura comedia. Estoy disfrutando cada segundo.

—¿Pueden creer esto? —pregunta Junior a los lacayos. Estos no contestan, solo mantienen la cara de malos.

De repente se siente un cambio en la atmósfera, una intensa sensación de inminente violencia. No puedo quedarme callada y esperar a que llegue la amenazadora destrucción. Alguien tiene que impedirlo.

—Él tiene razón. Este es un lugar público. Legalmente, no puedes prohibirlo.

Moisés me sonríe de forma furtiva y juguetona. Siento un vuelco en el estómago, pero mantengo el control. No hay necesidad de que piense que estoy de su lado. Solo estoy exponiendo la verdad.

—Esto no tiene nada que ver contigo —advierte Junior—. Vuelve adentro.

Esta es la primera vez que veo a mi hermano enojarse en público. Yo debo respetar a Junior. Él es el mayor. Es lo que me enseñaron, pero ahora está fuera de lugar.

—No. Esto afecta al supermercado y yo soy parte de la empresa. Tienes que escucharme.

—Alrededor del setenta y cinco por ciento de los inquilinos viven bajo la Sección Ocho. El otro veinticinco por ciento son ancianos que viven de un ingreso fijo. Ellos son tus clientes leales y les estás dando la espalda —dice Moisés.

Alguien en la multitud lo azuza diciendo: "Instrúyelos".

—Infórmate antes de hablar. Sabemos que en esos edificios en ruinas viven adictos y prostitutas —responde Junior—. ¿Por qué no les dices que Carrillo planea reubicar a los inquilinos que pagan bien mientras construyen el condominio? Pueden regresar en cuanto esté terminado.

—Ellos dicen que quieren mostrar su buena fe, pero cuando ese edificio esté listo, solo diez apartamentos de sus ochenta y tres unidades serán asignados a familias de bajos ingresos —le argumenta Moisés.

Moisés mantiene las manos con las palmas sobre la mesa, como si comandara a un grupo de soldados que está a punto de partir al combate. Ha capturado la atención de los presentes. Nadie puede negar esos números. Hasta yo puedo ver que es injusto. Junior parece desesperado.

—Se está burlando de ti, hijo —le dice a Junior uno de los lacayos—. No hay respeto.

Furioso, Junior se acerca a Moisés. A solo pulgadas de

su cara, le murmura algo en voz baja para que solo Moisés pueda oírlo. Sus miradas se cruzan.

—¡No seas imbécil! —le grito.

Los lacayos me impiden el paso. Crean un enorme muro protector de músculos y mal olor.

—Vete adentro, Princesa —me implora uno de ellos.

—¡Esto no está bien! —grito—. Deja de actuar como si fueras el mandamás.

Es en vano. Soy solo una partícula de nada en un mar de testosterona. Solo una persona puede detener esta movida de poder. Corro adentro, le paso por el lado a Jasmine, que está chismeando con un cliente, y a una anciana que le pide a un muchacho de almacén que le lleve las bolsas al carro.

Mi padre está sentado, encorvado sobre unos libros de contabilidad. Conversa con Oscar en un tono grave.

—No puedo hablar ahora, estoy en medio de…

—Papi, tienes que detener a Junior. Está golpeando a ese muchacho afuera con la mesa. —Las palabras salen de mi boca atropelladamente—. Quiero decir, que está a punto de golpear a ese muchacho afuera. ¡Vamos!

No espero menos que una brigada que corra al rescate, que papi salga como una furia, conmigo a su lado, listo para poner en su sitio a Junior.

Papi mira con flojera a Oscar y luego a mí. Se levanta de la silla y se queda mirando la conmoción. Junior empuja a Moisés y hay una refriega entre ellos. Los lacayos apartan a Junior, pero en el proceso tiran la mesa con los pies. Los libros y folletos de Moisés se desparraman por toda la acera. Las botas de construcción de los lacayos despedazan las páginas.

—¡Lo van a matar! —le grito a papi, tirándolo del brazo.

—No —me responde—. Esto no te incumbe. Es asunto de hombres.

¿Asunto de hombres? No puede hablar en serio.

—No puedo creer que digas eso. —Hago un esfuerzo por controlar el temblor de mi voz.

—Deja que tu hermano haga su trabajo.

—Yo no sabía que el trabajo de mi hermano incluía acosar a gente inocente.

—Eso era lo que te decía esta mañana cuando veníamos de camino. La vida no es tan perfecta como estás acostumbrada a verla, particularmente aquí. Déjanos hacer lo que es mejor y no te preocupes por ello. —Y así, como si nada, papi regresa a sus números.

Me quedo ahí parada con la esperanza de que cambie de opinión, pero hasta Oscar baja la mirada. No puedo creerlo. Así es como funcionan las cosas aquí. No jodas. Odio todo en este lugar. Salgo dando un portazo.

Junior y sus gorilas regresan. Los lacayos consuelan a Junior como si él fuera la víctima. Moisés se arrodilla en la acera. Sus libros están destrozados. Recoge lentamente el resto de sus pertenencias y se va.

El resto del día, vacío cajas y envío mensajes de angustia a Serena. Finalmente me envía un texto desde la playa. Estoy tan celosa que me como dos paquetes de M&M's.

No te desanimes, me escribe Serena. Haz lo que puedas para llegar. Oí que Nick viene la semana que viene. Recuerda tu objetivo.

Nick celebra un fiestón en los Hamptons justo antes del Día del Trabajo. Después de sentir pena por mí, mami dijo que me dejaría tener un indulto de verano, pero agosto parece lejos todavía.

Lo único bueno de todo esto es que ahora tengo la excusa perfecta para no regresar nunca. Mis padres pensaron que podría aprender algo de responsabilidad. Pues, ¿qué crees? Mi mente inocente y delicada ha quedado marcada para siempre con la violencia callejera.

Saco mi libreta y comienzo una lista:

COSAS/PERSONAS QUE ODIO

Mami, por destruir mi vida social.
Papi, por dejar que Junior se convierta en un neandertal.
Junior, por convertirse en un neandertal.
Este supermercado.
Todo lo demás.

Papi quiere que sea una socia sin voz ni voto en Sánchez & Sons Supermarket, pues así será. Pero tan pronto llegue a casa abriré la boca y le diré a mami que su gloriosa idea del verano fracasó estrepitosamente.

CAPÍTULO 4

Aunque técnicamente Riverdale está en el Bronx, no me gusta verlo de esa manera. El Bronx es el Bronx.

Riverdale es diferente. Hay más casas y parques, no hay tanta gente y está limpio.

Nuestra simple casa, que pretende ser de estilo colonial, llegaría a cinco en una clasificación en la que el diez sería una súper mansión. No es una casucha deteriorada ni mucho menos. Solo que no tiene nada particularmente extravagante o emocionante. Un poco más abajo en nuestra calle hay casas de verdad, grandes mansiones con muchas habitaciones y amplios jardines de entrada. Pero, por lo menos, vivimos cerca de los ricos. Vivimos en el lindero de los ricos.

Papi se estaciona en nuestra entrada del lindero de los ricos. Yo sigo sin dirigirle la palabra.

En lugar de ir a mi habitación, me dirijo al baño que está al lado de la sala. Mami siempre mantiene el lugar lleno de flores blancas. En alguna parte leyó que el blanco tiene un efecto calmante en la gente. También le gusta tener libros de autoayuda en exhibición para su acceso inmediato, y los rota según lo que esté de moda. Este mes, el libro *Getting To It* descansa al lado de las memorias de Rita Moreno. Para la decoración se basa en el último número de *Interior Design,* aunque siempre más barata. Esto lo sé porque he estado en casa de Camille y de Serena, y ellas no tienen flores blancas ni reproducciones baratas de Monet en las paredes de sus baños o de sus salas. Tienen obras de arte auténticas hechas por personas cuyos nombres nunca he oído.

Todavía tengo la misma cara que mantuve durante todo el camino a casa. La cara de rabia. Me limpio los restos de labial y cambio mi expresión con la imagen triste que quiero presentarle a mami. Una niña que ha quedado traumatizada. He visto demasiado. Una niña que debe pasar el resto del verano recuperándose en la playa.

—¡La cena está lista! —grita mami. Lleva una blusa de color rosado brillante, mahones de diseñador y unos inestables tacones altos. No nos parecemos en nada, aparte de la forma almendrada de nuestros ojos.

Papi lleva hojas de cálculo consigo. Acomoda la pila sobre la mesa del comedor. Mientras mami sirve pasta ziti al horno, más tostada por los lados, papi me sonríe levemente, como si mostrarme los dientes me hiciera olvidar lo que ocurrió hace apenas unas horas. Me siento en mi lugar, frente a él. La silla a mi lado es la de Junior, pero él casi nunca viene a cenar. Se supone que se quede en la tienda hasta la hora del cierre, pero apuesto que eso es solo una excusa para evitar la hora familiar.

Me siento y espero la señal.

—¿Cómo fue tu primer día? —pregunta mami.

Hola, señal.

—Iba bien hasta que Junior casi mata a un muchacho —desembuché antes de hincarle el diente a la comida.

No se necesita más explicación. Mami vive para esto. Cuando supo que Junior había sido expulsado del equipo de lucha, se agarró el pecho como si estuviera a punto de tener un ataque al corazón. No era por el hecho de que mi hermano hubiera perdido una gran oportunidad, o porque se hubiera lesionado. Le aterraba lo que pensarían los vecinos cuando se enteraran. "¿Qué vamos a decirles?", preguntaba. Existe un miedo permanente a que nuestras vergüenzas familiares se filtren a las masas. Afortunadamente, me aceptaron en Somerset, así que mis buenas noticias compensaron la caída de Junior.

—Por Dios, ¿qué está pasando allí? —Golpea el borde de su plato con sus uñas arregladas. Su más reciente sortija de diamantes resplandece.

—Carmen, te estás alterando por nada —le dice papi—. Era solo un vagabundo que estaba causando problemas.

Increíble. Papi está tergiversando los hechos, pero ¿acaso se le olvida que yo fui testigo de todo?

—No era un vagabundo. ¿Por qué estás mintiendo? Era un muchacho. No estaba haciendo nada malo, y Junior se abalanzó sobre él y tú no hiciste nada para…

Papi da con el puño en la mesa. Yo doy un brinco. Cierra los ojos por unos instantes y respira profundo.

—Ya hablamos de esto. Ya eres grande para entender y, como tu mamá quiere que aprendas algunas lecciones sobre la vida este verano, aquí está la primera: déjanos encargarnos de la basura afuera. Debes dar gracias a tu hermano por proteger la tienda.

Mami mueve la cabeza. Los rayitos rubios de su cabello enfatizan su piel morena. Hay algo que yo no había notado antes: mami es también una socia sin voz ni voto, igual que yo. Cuando yo era niña, ella me vestía con los atuendos más monos y me llevaba al trabajo con ella. En ese tiempo ella ayudaba a papi en la administración del supermercado. Yo tenía mi propio carrito de compras y, aunque los estantes eran muy altos, la mayoría de los clientes me cargaban para que yo pudiera alcanzar una bolsa de galletas o algunos dulces. Todos proclamaban que yo era adorable, y los rostros de mis padres se iluminaban con una sonrisa, como si yo hubiera ganado un concurso de belleza infantil.

Pero eso fue hace mucho tiempo. Ahora mami prefiere quedarse en casa y tomar clases inútiles en la escuela local de "tengo demasiado tiempo libre". Dobla y desdobla su servilleta.

—Mira. —Pongo mis manos temblorosas sobre ella—. Yo estaba tan asustada. Intenté parar esa locura, pero nadie me escuchó. Tengo demasiado miedo para volver. No puedo, de verdad que no puedo.

Sin duda, estoy haciendo un drama denso. Junior no está aquí para contradecir mi versión de los hechos. Esta es mi única oportunidad.

—No sé, Víctor. Quizás deberíamos reconsiderar —comenta mami—. Margot podría quedarse en casa y ayudarme aquí.

Espera un momento. Es mi turno de sacudir vigorosamente la cabeza. Esto no es lo que quiero. Todavía tengo tiempo de ir a los Hamptons. No la entiendo. ¿Acaso ha olvidado cómo nos acercamos a causa de Somerset? Ella me encontró en mi dormitorio totalmente desolada porque no me estaba conectando con mis compañeros de clase. Contrario a papi, quien piensa que todos se enamorarán de mí al instante, mami entendió ese sentimiento de marginación. Ella me contó que sus primeros meses en Nueva York, recién llegada de la isla, fueron muy duros. Se sentó conmigo en la cama y me acarició suavemente la frente. El tiempo se encarga de arreglar las cosas, me dijo. Más tarde, cuando le dije que Camille me había invitado a quedarme con ella en la casa de playa de sus padres, fue mami la que convenció a papi de dejarme ir. Poco después, ella comenzó a buscar casas de playa para alquilar. Los Hamptons son nuestro unicornio bebé y se está alejando a galope.

—No. Quiero que ella aprenda que hay un precio que pagar por sus acciones. Es lo que debimos haber hecho con Junior —responde papi.

Papi culpa a mami por el fracaso académico de mi hermano. De alguna manera, ella fue la causante de que reprobara. No estoy segura de cómo es eso, pero va por la línea de que ella siempre lo consiente.

—¿Por lo menos puedo buscar otro empleo? —pregunto—. No me gusta la forma en que se me quedan mirando los muchachos del almacén.

—Este es tu primer empleo. Tendrás que aprender a lidiar con distintas personalidades. Es igual que en la escuela. No todos te van a entender. Ten paciencia, ya lo resolverás.

Mami hace un chasquido con la lengua como un pollo.

—Si va a trabajar al supermercado, tienes que prestarle atención, no estar corriendo por ahí haciendo quién sabe qué. —Levanta un poco los labios.

—Quieres decir trabajar —responde él—. Hace mucho tiempo que no tienes un empleo. Quizás debas regresar al supermercado para que lo recuerdes.

—Sé sincero, Víctor, tú no me quieres allí.

Ay, Dios. Están convirtiendo mi grave problema social en una excusa para la pelea matrimonial número quinientos.

—¿Pueden concentrarse, por favor? Quiero votar sobre trabajar en otro lugar, un lugar seguro, como el centro comercial. Déjenme trabajar en Traffic.

Traffic es una boutique bien chévere con ropa de diseñador cara y, estoy segura, un buen descuento para empleados. La tienda está ubicada en el centro comercial Cross Country, en Yonkers, así que nunca me encontraría con nadie de Somerset. Y, si llegara a ocurrir, por lo menos me vería con lo último de la moda.

—Supongo que no leíste lo que pasó en el centro comercial —dice papi—. Un montón de muchachos peleando en el Game Spot.

Esta batalla está perdida, pero yo sigo adelante.

—Yo no entiendo por qué Junior no habló con ese muchacho —insisto—. Él no estaba haciendo nada, solo reunía firmas. Vivimos en Estados Unidos, ¿o acaso el South Bronx tiene leyes separadas?

—Puede que ese muchacho tenga buenas intenciones, pero está un poco confundido.

Papi explica que el edificio del que habla Moisés es un punto de drogas. Mucha gente ha tenido sobredosis allí. Las prostitutas lo frecuentan.

—Los dueños han estado tratando de limpiar el lugar durante años. Que construyan un condominio en esa área nos ayuda —añade—. Habrá clientes que paguen mejor, y eso es bueno para el negocio.

—Claro, pero… —Mi táctica se desinfla rápidamente. Tengo que encontrar otro ángulo. Opto por lo único que me queda.

—El uso de la fuerza no debe ser la única opción. Lo que hizo Junior fue terrible.

—El vecindario es un poco rudo. Es una vida a la que no estás acostumbrada, pero aprenderás a quererla. Además, esto no es negociable. Tienes que devolver los seiscientos dólares que robaste, más dos mil más para ayudar con los gastos de regreso a clases. Tienes diez semanas.

—¿Qué? Yo creí que estaba trabajando por los seiscientos dólares. Tú no dijiste nada sobre eso del regreso a clases —protesté—. ¡Ni siquiera me pagas el salario mínimo! Solo recibo siete dólares la hora. No creo que eso sea legal.

—Vas a pagar los dos mil seiscientos dólares, pase lo que pase, incluso si tienes que trabajar los fines de semana. Empieza a hacer los cálculos. —Golpea con el tenedor el lado del plato.

Tengo ganas de llorar. Lanzo una mirada suplicante a mami, pero ella solo está ahí sentada y no dice una palabra.

—Hablaré con Junior —dice papi—. Tu hermano es de mecha corta, pero tiene la seguridad de la tienda en mente. Entiendes eso, ¿verdad?

Papi extiende el brazo en la mesa. Su mano grande, áspera, pero tibia, encierra la mía. Hay pequeñas arrugas alrededor de sus ojos. Tiene el rostro ajado de quien pasó su niñez bajo el fuerte sol de Puerto Rico. Mueve otra vez mi mano para asegurarse de que yo he asimilado todo lo que dijo. Lo entiendo alto y claro.

—Eres buena con el Facebook, el Insta–qué sé yo. Quizás puedas pensar en cómo poner ahí el supermercado. ¿Qué te parece? —me pregunta.

—Grandioso —digo entre dientes. Además de surtir los condones, seré la sirvienta de las redes sociales.

—Princesa, te guste o no, vas a pasar el verano conmigo.
—Me suelta, agarra el tenedor y señala a mami con él—. Alégrate de no pasarlo con ella. —Mami lo fulmina con la mirada.

—¡Qué cómico! —dice ella mientras le sirve otra enorme porción de pasta al horno.

—Todavía puedo ir a la fiesta de verano, ¿verdad? —Esta vez le pregunto a mami, porque ella entiende lo importante que es esa fiesta para mí. Es el único aliciente que me queda. Ruego que no me quiten esa pequeña diversión.

—Bueno, depende. —Mami mira a papi. Ella quiere decir que sí, pero no puede darme permiso. Papi tiene la última palabra.

—Si hace su trabajo, quizás pueda ir a la fiesta —dice él—. Quizás. ¿Me entiendes?

Estoy prisionera por diez semanas y ni siquiera tengo una garantía de que me dejarán ir a la fiesta de Nick. Esto no está bien. Tengo que encontrar una salida. Voy a ir a la fiesta de Nick así tenga que pasar cada hora poniendo mierda en los estantes.

Mami nos sirve agua carbonatada de una máquina nueva que ordenó en línea, y nos explica con tediosos detalles cómo funciona la máquina y por qué su marca es mejor que la marca que usan los vecinos.

Papi y yo hacemos el papel de que la estamos escuchando.

Mi teléfono vibra. Serena me envía una foto de Camille en la piscina. Está tomando algo que parece una bebida congelada de café. El texto lee: "Lo q t stás perdiendo". Serena envía otra foto de dos muchachos sosteniendo a Camille en el aire, a punto de lanzarla al agua. Su boca está congelada a medio gritar; sus piernas, extendidas.

Le envío un texto con preguntas: "Qns son ls chicos? Dnd stás? Cdo la to+t?". Serena responde: "No quisieras estar aquí?!". Me quedo mirando la foto de Camille a punto de ser lanzada al agua y disfruto pensando que segundos más tarde ella estaría empapada. Le ruego a Serena que me envíe una foto del "después". Es la única forma de no odiar a Camille cuando es obvio que están gozando de lo lindo sin mí.

"Son primos de Camille. Guapos, ¿eh?", escribe Serena.

Están bien. Moisés es más guapo, pero eso no se lo digo a Serena. Ella no necesita saber lo que pasó. No importa cómo trate de maquillar el incidente en el supermercado, voy a terminar oyéndome trágica. En vez de eso, le escribo una línea sobre lo excelente que fue mi primer día de trabajo.

"¿No estás tratando de salirte de eso?", responde.

"Definitivo. Me les uniré pronto".

Agrego algunas caritas felices al texto. No quiero que Serena y Camille sientan pena por mí. Lo han hecho antes, como cuando pronuncié mal una palabra larga del SAT, o cuando cometí el error de decir que quería inscribirme en el club de la moda en la escuela. "En serio tú no quieres hacer eso, ¿verdad?", me dijo Camille confundida. Les dije que solo bromeaba. Serena y Camille no son fanáticas de los clubes.

Están tocando a la puerta. Mami abre y poco después Elizabeth entra al comedor. Debería estar feliz de verla. Debería. No es que hayamos tenido un altercado ni nada, pero la verdad es que todavía guardo un poco de resentimiento por haberme abandonado a mi suerte en Somerset. Nuestra amistad ha perdido intensidad, particularmente cuando ella no tardó en hacer nuevos amigos en su escuela mientras yo me quedé dando bandazos.

—¡Dizzy Lizzy! —bromea papi—. ¿Cómo está la familia?

Elizabeth se ríe, aunque el chiste ya está gastado. Ella se pinta el cabello de azul, que no le asienta. Su ropa tampoco tiene mucho sentido. Hay colores chocando con estampados, cada uno peleando por sobresalir. Nada combina. La escuela de arte ha cambiado su estilo, al igual que Somerset cambió el mío.

—La familia está bien —le contesta a papi y luego se dirige a mí—. ¿Por qué no has contestado mi mensaje de texto? Pensé que habías tenido un accidente en el supermercado. —Se inclina y mira mi teléfono—. Ah, respondiste a esas amigas.

Curioso. Mi primer día en Somerset Elizabeth no contestó ninguno de mis mensajes de texto. No hay nada peor que sentarse sola en una cafetería cuando todos los demás están acompañados. Lo único que podía hacer era enviar largos mensajes sin respuesta a Elizabeth, para no verme como una perdedora. Cuando hablamos más tarde, ella estaba tan emocionada con sus nuevas amistades chéveres que casi ni mencionó los mensajes que le envié.

—Lo siento, no tuve tiempo. Entrenamiento —le dije.

Guardé mi teléfono. Elizabeth nunca ha conocido a Serena ni a Camille. Cada vez que las menciono, no puede ocultar su desagrado. Nunca dice nada mezquino, ella no es así, pero son pequeños detalles: un gesto, una ceja levantada. Cuando le conté que quería pasar el verano en los Hamptons no se puso contenta. Elizabeth pensaba que íbamos a explorar la ciudad juntas. Quería que yo conociera a sus nuevos amigos, pero yo estaba demasiado enfocada en llegar a los Hamptons.

Ella acepta un plato de comida que mami le ofrece, y se sienta en el lugar vacío de Junior.

—Debemos irnos a pasear un día después del trabajo. Hay tantas cosas sucediendo en la ciudad. Digo, si el Sr. Sánchez te da un descanso de revisar los precios de las naranjas.

Elizabeth está haciendo práctica este verano en un museo de arte. Desde el tercer grado, le ha gustado el arte. Además, tiene talento.

—No lo sé, estoy descargando cajas y, según él, estoy en confinamiento.

—No puedes estar ahí encerrada todo el tiempo. Vamos, me debes una.

Siempre me lo recuerda. Elizabeth y yo tenemos un pacto de ver todas las películas de acción de Tom Braverman la noche de estreno, sin importar lo mala que sea, y generalmente son muy malas. Fue nuestro primer amor platónico. A eso nos dedicábamos. A comer palomitas y amar a Braverman. El mes pasado rompí el pacto cuando fui a ver la última película de Braverman con Serena y Camille. Elizabeth se molestó mucho.

—¿Y esto? —cambio el tema y tiro de un mechón azul.

—Hay una pintura en el museo que tiene exactamente este mismo color. Tenía que lograrlo. A la gente del trabajo le encanta. Tú podrías ponerle algo de color a tu cabello.

Nunca. Camille y Serena prefieren los rayitos. Y el cabello tiene que estar liso y planchado. Me levanto todas las mañanas a renegar de mis rizos con el secador. Cualquier otra cosa sobresaldría. Elizabeth está en otra onda y yo puedo respetar eso, pero no es lo mío.

—¿Te acuerdas aquella vez que decidiste que necesitábamos pollinas y yo parecía una loca? —Resopla, y eso le da más risa.

—Sí, eso no fue lindo.

Fue idea mía. Mi amor por los grupos de chicas apenas comenzaba, e insistí en que necesitábamos pollinas y ahuecar un poco. Le corté el cabello a Elizabeth, pero no me di cuenta de que su pollina se iba a rizar. Ella confió en mí, probablemente ese fue su primer error. Insistí en documentarlo en nuestra cuenta de Instagram, ARTE PARA LLEVAR PUESTO. En esa época no me asustaba parecer y actuar de forma extraña.

—Es tan gracioso —dice Elizabeth.

Yo acostumbraba siempre a tomar la batuta y Elizabeth me seguía. El cabello azul es atrevido, pero no de una manera que tenga sentido. ¿Qué beneficio tiene? Yo soy atrevida porque eso me lleva a alguna parte. Ahora que estoy con el corillo correcto en la escuela, tengo que seguirles el paso. El cabello azul funcionará con la gente esnob del museo, pero no en Somerset.

Elizabeth se queda hasta que termina de comer. Cuando se va, envío un mensaje de texto a Serena para reportarme con ella y con Camille.

CAPÍTULO 5

El sudor me recorre desde el cogote hasta la raja de las nalgas. Miro hacia abajo y veo la rueda deforme en el carrito con el que he estado peleando los pasados cinco minutos. Es el final de la semana número uno. En vez de ponerme a hacer algún tipo de propaganda en redes sociales para el supermercado, papi decidió que primero necesitaba arrear los carritos en el estacionamiento. Echo de menos el reabastecer los estantes en vez de este nuevo suplicio. Los carros me tocan la bocina para que me aparte. Una mujer se quejó de que los carritos estaban muy sucios y dijo que yo debería limpiar cada uno de ellos con desinfectante. "No quieres comenzar una epidemia de ébola, ¿verdad?", me dijo. No, yo no quiero ser la causa de una enfermedad mortal, pero tampoco quiero hacer eso.

Me detengo en el medio del estacionamiento, saco una gomita para el pelo y me recojo la melena, que alguna vez fue lacia, en un moño torcido. Esto es de lo peor, y esta horrible chaqueta de uniforme no ayuda en nada.

Antes de que me desmaye, Oscar sale, por suerte, con un galón de agua.

—Siéntate y descansa —grita. Le hago compañía debajo del toldo de la tienda.

—¿Cómo te va?

—Creo que me voy a morir. Hace demasiado calor para estar aquí afuera.

—¿Sabes que estos carritos cuestan más de cien dólares cada uno? De verdad —explica Oscar—. Lo que estás haciendo parece insignificante, pero no lo es.

¡Cien dólares! Quizás deba cobrarle a papi por cada carrito que recupero. Puede descontármelo de los dos mil seiscientos que le debo.

—Deberíamos modernizarnos con carritos de bloqueo automático, pero son demasiado caros —dice Oscar. Saca una toalla de su bolsillo trasero para secarse el sudor que se acumula en su calva—. A veces es bueno hacer trabajo manual. —Me sirve un vaso de agua grande que me trago al instante—. Es un trabajo humilde. Ya casi terminas.

Me muestra sus manos ásperas y comparamos. Mis pobres uñas rotas. Nada bonitas.

Una joven blanca sale de la tienda empujando un carrito con comestibles. Tiene una vibra de estudiante universitaria. Quizás asiste a la Universidad de Fordham. Aunque está bastante lejos como para comprar aquí si va a esa universidad. Deja el carrito al lado mío.

—Este vecindario está cambiando —comenta Oscar—. Ya no se puede pagar los alquileres. El Bronx es más barato.

—Eso es bueno, ¿no? —le pregunto.

—Claro. Cualquiera lo pensaría, pero hay que prepararse para ese cambio. Es bueno que estés aquí. Tal vez puedas ayudar a tu padre a darse cuenta de eso.

¿Cómo podría yo ayudar? Estoy en la preparatoria, apuesto a que nadie en Somerset ha tenido que lidiar con esta clase de presión. Papi me presiona todo el tiempo. Cualquier sueño que yo pueda tener sobre mi futuro ha sido impuesto por las esperanzas de mi familia. Toda la carga de sacar adelante a la familia Sánchez cae sobre mí, pero ¿cómo lograrlo? Yo no había trabajado un solo día en mi vida hasta ahora.

—Yo no puedo ni siquiera alinear juntos estos carritos —le digo—. Además, el negocio va bien, siempre está lleno.

—Ah, sí. Estamos bien, pero están construyendo un nuevo supermercado justo al lado de la otra tienda Sánchez. Hay edificios nuevos por todas partes, ¿te has fijado?

Quizás Moisés tiene razón. Condominios nuevos implican supermercados nuevos… y mejores. No había pensado en eso antes. Había oído a papi decirle a Junior que esperara más visitas a la tienda de Kingsbridge, que se asegurara de que todo estuviera en orden. Supongo que papi también está preocupado por la nueva construcción. Nos quedamos mirando a la estudiante universitaria mientras camina hasta la parada de autobuses.

No le digo esto a Oscar, pero yo no quiero esa responsabilidad. ¿Qué sé yo sobre carritos de cien dólares y sobre este vecindario? Yo acabo de llegar. Me tomo el resto del agua y regreso a mi misión de rescatar carritos. Cuando termino, me desvío a la sala de descanso para refrescarme.

—Tú no sabes nada de nada —le está diciendo Jasmine a una cashierista. Se supone que estén en sus estaciones, pero me imagino que están en un descanso. Me preparo un café helado y me siento en el extremo más lejano de la mesa común.

—Ese pendejo se tira todo lo que respira —continúa Jasmine—. Si lo dejas que te hable bonito una vez, sacará su pequeña salchicha en cinco segundos, fijo. Créeme.

La cashierista se seca los ojos dándose golpecitos con un pañuelo desechable arrugado. Antes de que mencionen su nombre, ya sé que están hablando de Junior. Probablemente esto fue lo que ocurrió en la vida amorosa de esta pobre cashierista: Junior se mostró interesado en ella, la "entrenó" personalmente, luego se aburrió y se fue con la siguiente víctima. Por el aspecto de ella, la está pasando muy mal.

—No quiero hablar con *ella* aquí —dice la cashierista.

Se seca las lágrimas con rabia. Siento lástima por ella, por enamorarse así tan rápido de alguien que no vale la pena. Pero tengo mis propios problemas para preocuparme. No voy a pedir disculpas a nombre de mi hermano.

Es repugnante lo cerdo que puede llegar a ser Junior con las cashieristas. El otro día, dos de ellas empezaron a pelear por sus horarios, acusándolo de favoritismo. Papi tuvo que intervenir en esa. Una de las muchachas hasta se me acercó furtivamente y me invitó a almorzar para tratar de sacarme información, como, por ejemplo, qué hacía mi hermano los fines de semana y con quién. Intenté no contestar nada específico, particularmente porque no lo sé ni me interesa saberlo. Ser su hermana menor tiene algún poder extraño sobre ellas. Piensan que por arte de magia yo voy a coronarlas como su nueva novia.

—No tienes que preocuparte por Princesa —le indica Jasmine—. Apuesto a que ella no sabe ni la mitad de la mierda que su hermano hace aquí. ¿Acaso me equivoco?

Eso no es del todo cierto. Mientras más tiempo paso

aquí, más se revela la vida laboral de Junior, y no se ve bien. La forma en que les grita a los muchachos de almacén. Cómo intenta ignorar las ideas de Oscar. Lo sucio que es con las chicas. Y hay otra cosa. Es desaliñado. Camisas arrugadas y todo. ¿Qué hace los fines de semana largos? Cuando llega a casa —si es que llega— apesta a humo y alcohol. Mami sigue lavándole la ropa y nunca lo menciona. Es un hombre, lo suficientemente viejo como para hacer lo que quiera. Yo no puedo darme ese lujo.

—No confío en ella —dice la cashierista llorona y se pone de pie. Su silla raya el piso de linóleo que alguna vez fue blanco, y deja una larga marca oscura.

Jasmine se encoge de hombros, abre un espejo compacto y se aplica delineador de ojos negro. Su lengua descansa en la comisura de su boca abierta, como un ancla que mantiene firme su cabeza.

—¿Por qué ella no le dice a mi padre lo que está pasando con Junior? —le pregunto.

Él está acosando sexualmente a esta chica o a estas chicas, y nadie hace nada al respecto. Aceptan su comportamiento pervertido solo porque es el hijo del jefe. Eso no está bien.

Jasmine cubre sus mejillas con una franja de colorete rosado con brillo. No responde.

—Bueno, entonces, quizás yo se lo diga a papi.

Jasmine baja lentamente el compacto.

—Si le dices una palabra a tu padre, te pateo el culo —me advierte—. Ella tiene un niño de su ex. Vive con su madre y necesita el empleo. No la cagues, hazlo por ella. En una semana, ya se habrá olvidado de Junior y su bichito.

Con un cachete rosado brillante y el otro sin pintar, Jasmine parece un payaso demente. Me quedo mirando mis zapatos porque nadie quiere recibir amenazas justo antes de almorzar. Yo puedo decir lo que quiera, pero ¿qué diablos sé yo? Este no es mi mundo. No conozco las reglas del juego aquí. Me parece estar reviviendo aquel primer día en Somerset, cuando deambulaba como un enorme signo de interrogación incapaz de sortear las intenciones de otras personas. La secundaria fue muy fácil. La escuela estaba cerca de casa, así que todos se conocían. ¿Y qué tal si Elizabeth y yo queríamos comprar ropa *vintage* y arreglarnos al estilo *retro*? Yo nunca me sentí rara porque Elizabeth estaba a mi lado.

—Siéntate —me pide Jasmine dejando escapar un suspiro. Esta vez es menos amenazante, más cordial—. Ven, siéntate conmigo.

Me tomo mi tiempo y me muevo hacia donde está ella, pero no me siento al lado. No puedo estar segura de cuándo va a volver a enojarse conmigo.

—¿Tú cantas? —me pregunta después de una larga pausa. Niego con la cabeza—. Qué mal. Necesito una segunda voz para mi demo. Estoy preparando un demo. Música para bailar. ¿No sabías que yo cantaba? Canto y escribo canciones también. Esto. —Mueve los brazos con exageración —. Esta mierda es temporal. Tú no eres la única que está haciendo su jugada.

No me había enterado de que yo estuviera haciendo una jugada. Ambas trabajamos en un supermercado algo deteriorado. Todo el dinero que gano va directo a papi. Así que yo no diría que estoy haciendo mi jugada.

—Hace un par de meses conocí a este tipo Big Bobby G —continúa diciendo—. Él es un productor legítimo y va a producir mi sencillo. Ya verás. Voy a arrasar. No todo el mundo tiene que ir a una escuela de ricos para triunfar en grande.

¿Sabrá ella cuántos cantantes de verdad logran llegar? Yo no voy a explotar su burbuja. Quién sabe, a lo mejor ella se convierte en la Beyoncé boricua.

—¿Qué quieres hacer tú? —la pregunta me toma por sorpresa. ¿Qué quiero hacer? Terminar la preparatoria, claro. Entrar en la mejor universidad de la Ivy League. Lamentablemente mis calificaciones no son tan extraordinarias. Soy inteligente, pero hay otros que lo son más. Papi piensa que Somerset garantiza la aceptación en cualquier universidad, pero la competencia es feroz.

—No sé. Me gustan las redes sociales. Quizás *marketing*.

—¿Como Facebook y esa mierda? —pregunta.

—No, me refiero a ser publicista. Olvídalo.

Cuando los padres de Elizabeth convirtieron su casa de huéspedes en un estudio de arte para ella, Elizabeth lo bautizó Colectivo Creativo. Así de oficial. Ella pensaba que, de alguna manera, trabajaríamos juntas. Yo sería su agente/publicista, quien correría la voz a las prestigiosas galerías de arte. Yo incluso preparé una lista de galerías en Nueva York y aprendí a redactar un comunicado de prensa. Elizabeth dijo que Somerset contribuiría a nuestra causa. Yo podría hacer buenas conexiones.

"Quieres ser una mentirosa profesional", fue lo que exclamó Junior cuando le hablé sobre mis estúpidos sueños de mercadeo. Tengo que tener metas más altas. Abogada. Doctora. Algo que gane el sello de aprobación de papi y mami. ¿Un publicista? La mamá de Camille contrata publicistas todo el tiempo. Es como decir que quiero ser secretaria, y no es que haya algo de malo en eso, pero en mi vida se han depositado expectativas diferentes. Mis padres necesitan una hija de la que puedan presumir ante la gente.

—Tienes que encontrar lo que te gusta y hacerlo —dice Jasmine—. Hazlo bien, aférrate. Porque esos mocosos de allá fuera no van a ayudarte. Tienes que ayudarte tú misma. ¿Sabes de lo que hablo?

Al menos Jasmine persigue su sueño. Cuando yo intenté mostrar iniciativa, me mandaron al supermercado. Papi y mami están seguros de que yo les demostraré a todos que la cepa de los Sánchez vale cada centavo que han invertido en Somerset. Graduarse de allí significa beca instantánea en una universidad. Sí, claro. Aun cuando esté en una buena escuela, ¿qué tal si resulto como Junior y fracaso? ¿Qué tal si está en mi sangre sabotear mi vida? Él no es capaz de sentar cabeza, no importa los consejos que le dé papi. Su plan más reciente es convencer a papi de invertir en un bar del Bronx. Es triste ver las veces que lo han ignorado.

Y luego estoy yo. Luchando por mantener buenas calificaciones. Tratando de parecerme a los demás. De oírme como ellos. Para no ser "esa" muchacha. Solo seré una muchacha más. Lo importante es mantener vivo el sueño de los Sánchez. Puede que no sea mi visión de mi vida, pero es un sueño decente. Si yo tengo éxito, todos nos beneficiamos.

—Si quieres hablar con tu papi acerca de algo, debes decirle que se surta de algún café gourmet en vez de ese pésimo Bustelo —dice Jasmine—. Yo solo digo.

—Sí, claro. Hablaré con él —le respondo.

Dominic descarga las cajas mientras yo apilo los productos en una típica pirámide. Trabajo en un exhibidor para promocionar algunos productos nuevos: mezclas para preparar piña colada, bebidas listas para relajarse en el verano. Suena repugnante.

Por razones que desconozco, siempre estoy trabajando

en pareja con Dominic. Y, aunque no puedo soportar su carácter, he sido capaz de controlar mi ira hasta el punto de no maldecirlo cada vez que abre la boca. Dominic disfruta provocándome. Como ese es su *modus operandi*, hago todo lo posible por ignorarlo, pero hay momentos en que no puedo lograrlo. Sus pantalones le cuelgan tanto que puedo ver su ropa interior. Me atrapa mirándolo.

—¿Qué sabes de piñas coladas, Princesa? —me pregunta—. Deberíamos hacer una degustación. ¿Qué te parece? Tú y yo allá atrás. Prometo que no se lo diré a tu papá. Vamos.

Dominic tiene una novia. Yo no lo tomo en serio. Como no le presto atención a sus estúpidos comentarios, decide tararear una canción de rap que yo nunca había oído.

La pirámide empieza a tomar forma. Antes de colocar la última lata, me pongo a leer la lista de ingredientes de la bebida. El contenido es impronunciable, con toneladas de azúcar. ¿Por qué no podemos vender jugos orgánicos? Eso atraería a los estudiantes universitarios.

Hay un jardín comunitario cerca que tiene una gran selección de frutas y vegetales. Deberíamos encontrar la manera de comprarles las frutas. Yo creo que papi no había visto el jardín hasta que yo se lo señalé el otro día por el camino. Papi debe dejar de exhibir pirámides de porquería y empezar a pensar en las maneras de ampliar su negocio de víveres.

Junior se acerca. No hemos hablado mucho desde que atacó a Moisés. Todos los días busco la mesa de Moisés. Es algo automático. Pensaba que se presentaría. Que demostraría que mi hermano estaba equivocado. Quizás no sea así.

—Buen trabajo —dice Junior. Para variar, recibo algo de aprecio.

La tensión en mis hombros se relaja. Quizás papi me

releve de mi tarea cuando vea que me he convertido en una chica de almacén excepcional. Cada día me aseguro de lograr algo pequeño, algo que no requiera mucho trabajo duro, pero que tenga beneficios máximos. Ayer me hice amiga de la pistola de escanear y le puse precio a los vegetales enlatados. Guisantes enlatados. Zanahorias enlatadas. Cuando Oscar vio mi trabajo terminado, me elogió ante papi. Papi me dio un abrazo. Antes de irse, le pregunté por los Hamptons, pero él solo sonrió. Bueno, al menos lo intenté.

—Mañana quiero que ayudes en el deli —dice Junior.

¿Sándwiches, carnes, queso apestoso? El deli es uno de los departamentos de mayor movimiento. No. Por favor, no.

—¿Cuándo voy a ser cajera? —le pregunto—. Puedo hacer matemática simple. Digo, ¿qué tan difícil puede ser escanear un artículo y apretar algunos números?

—Antes de irte hoy, ve a hablar con Roberto para que te dé más detalles.

—¿Quién?

—Todavía no sabes el nombre de nadie. —Junior se pega en la cabeza. Baja la voz—. Princesa, trata de hacer un esfuerzo. No es tan difícil.

Tratar. Como él trata de ganarse la simpatía de las chicas. ¿Es eso a lo que se refiere? Puede que yo no sepa los nombres de la gente, pero no trato de tirármela.

—¿Qué pasa entre tú y la cashierista esa del pelo negro largo? —le pregunto. Jasmine no dijo nada acerca de hablar con Junior.

Dominic se ríe detrás de mí. A Junior se le cae la cara. Sus ojos están rojos. Trae la misma camisa que tenía puesta ayer. ¿Tan brutal fue su noche que ni siquiera pudo cambiarse la ropa?

—Ella estaba llorando por ti.

—Cállate y ve a hablar con Roberto —dice y me entrega un sobre—. Toma.

—¿Qué es esto?

Se va. Veo que mira hacia la hilera de cajas registradoras. Probablemente decirle eso no fue la movida correcta. Como sea. Él tiene que saber que sus actos lujuriosos tienen consecuencias.

Aunque mi dinero va directo a papi, me han bendecido con un talonario que detalla el dinero que gano, pero que no veo, cada semana. Debe de haber un error. La cantidad es muy baja. Debería haber ganado cerca de quinientos dólares por las dos semanas de trabajo, pero aquí dice que solo gané cuatrocientos cuarenta y siete dólares con setenta centavos.

—¿Dónde está el resto de mi dinero?

—El Tío Sam —contesta Dominic—. Impuestos.

Esto apesta. ¿Cómo alguien puede comprarse cosas bonitas? Imagínense que tenga que pagar cuentas, como mi factura del teléfono. Dos semanas y apenas gano suficiente para comprarme un vestido decente.

—Te voy a extrañar, Princesa —dice Dominic—. Descargar cajas ya no será lo mismo. No olvides la redecilla.

¿Quién habló sobre una redecilla?

TRES COSAS QUE USARÍA EN MI CABEZA ANTES QUE UNA REDECILLA

La gorra de béisbol de los Yankees de Dominic.

Un sombrero puntiagudo de duende.

Un tatuaje con una calavera y la palabra "Sálvenme".

CAPÍTULO 6

Cada vez que intento indicarle a un cliente que tome un número de la máquina, me ignora. Me bombardean con pedidos del deli a un ritmo frenético y en español. Aunque puedo hablar, escribir y leer en español, esta gente habla demasiado rápido. En Somerset me inscribieron automáticamente en español avanzado y mis compañeros de clase me corregían las conjugaciones verbales. Aquí no tengo tiempo de averiguar si mi acento es correcto. Soy muy lenta, y mientras más intento mantener el paso, más se impacientan los clientes.

—Por favor, ¿repite su orden, señora? —pregunto a la abuelita. Ella frunce toda la cara. Las arrugas crean un acordeón de piel en su frente.

—¿Dónde está Roberto? —grita—. ¡Roberto!

Llevo solo un día trabajando en la sección del deli con Roberto. Al contrario de Dominic, a Roberto no le gusta hablar. Me mira de reojo durante horas hasta que se exaspera. Entonces, sale de atrás de su estación de trabajo para hablar con las señoras molestas que siguen bombardeándome con preguntas que no puedo contestar. Ellas solo quieren hablar con él, no con una chiquilla extraña con una redecilla charra.

Me pongo los guantes de plástico. Es imposible usar mi teléfono con ellos puestos, pero nadie trata de comunicarse conmigo de todas maneras, excepto Elizabeth.

"¿Jangueamos después del trabajo? Paloma y yo vamos *uptown*", me escribe Elizabeth. "Hay un concierto gratis en un parque cerca de ti".

Elizabeth conoció a Paloma el primer día de clases. Por muchísimo tiempo el tema de Elizabeth fue: "Paloma hace joyería. Paloma es muy talentosa. Es tan graciosa". Yo no se lo he admitido a Elizabeth, pero estoy celosa de una amiga fantasma que ni siquiera he conocido todavía. No pasó mucho tiempo para que Elizabeth exhibiera un collar hecho a mano por Paloma. Es una pieza de joyería simple con la palabra "gata" grabada en un pendiente en forma de gato. Yo no sé cómo será crear una pieza de arte con tus propias manos. En este momento, el único arte que producen mis manos son rebanadas de queso.

Me quito uno de los guantes y le escribo que no puedo ir.

Elizabeth agrega un montón de caritas tontas y un gracioso video de ella en el museo. Arte. Arte. Arte. Luego, un primer plano de su cara seria, que me hace reír. Esto, por supuesto, incomoda a Roberto.

"Por lo menos tú ves cosas bonitas", le texteo. "Bienvenida a mi mundo".

Tomo un video a hurtadillas de Roberto mirándome de reojo, mis grandes guantes de plástico y la máquina de los turnos que nadie utiliza. La historia de mi verano en un clip de diez segundos. Elizabeth responde con más caritas graciosas.

"Ja, Ja. No se ve tan mal", me textea. "Me tengo que ir".

Llega un grupo de señoras de la iglesia e insisten en hablar solo con Roberto. Elizabeth está equivocada. Esto es lo peor. No voy a llegar a ninguna parte si les permito que me griten.

—¡Hoy no está Roberto! —les grito. Se callan. Les anuncio que de ahora en adelante se atenderá por número—. Cuando llame su número, me dicen lo que quieren. ¡Número cuatro!

No están contentas. Una clama a la Virgen María para que la ayude a asegurar sus carnes matutinas del deli, pero finalmente las señoras ceden. Cuando llamo otro número, revisan sus tiques y actúan como si hubieran ganado la lotería. Estamos progresando. Pronto ayudan a otros clientes, anunciándoles el nuevo proceso del deli. ¡Funciona! Se siente bien tener finalmente el control, aunque solo sea sobre las carnes del deli.

—¡Buenos días, señoritas! ¿Ya conocieron a mi hija? —pregunta papi a su llegada.

—¡Señoritas! —dicen en broma las señoras de la iglesia—. Es muy lindo dejar que su hija trabaje con usted.

¿Dejar? Sí, claro. Papi exhibe una amplia sonrisa. Le encanta tenerme aquí. Su Princesa. Su muñequita. Su tesoro.

—Esto es por ahora, pero el próximo verano trabajará para un bufete de abogados. Necesitamos una abogada para ayudarme con los dolores de cabeza que me da este negocio.

Ahora está apostando a que me convertiré en abogada. El mes pasado decía que iría a la escuela de medicina. Cada vez que anuncia algo así me estremezco ante tanta presión, pero también me da la oportunidad de decir algo y la aprovecho.

—¿No creen que debe darme un descansito antes de comenzar en la escuela de derecho? —pregunto a las señoras de la iglesia—. Debo ir a la playa y divertirme con mis amigas.

A papi se le ha quedado la sonrisa estampada en la cara mientras un par de señoras hacen chasquidos con la lengua. "Que pasen tiempo con su familia es lo que quiere Jesucristo para sus hijas amadas", dice una de las señoras.

No Jesucristo. Con esta gente no puedo sacar ventaja.

—Es verdad —dice papi—. Además, ¿qué haría Roberto si Princesa no estuviera aquí para ayudar?

Roberto solo mira de reojo la conversación y sigue rebanando el jamón. Ahí es cuando lo veo por la ventana. Moisés ha vuelto y está colocando su mesa al frente. Esta vez viene con refuerzos. Un hombre musculoso con algunos tatuajes amenazadores carga una caja mientras otro lo sigue. Con refuerzos o sin ellos, Moisés tiene algún tipo de tendencia suicida. ¿Por qué otra cosa volvería aquí?

—¡Eh, Junior! —dice Ray, uno de los lacayos de Junior—. El pendejo ese está afuera.

Una sonrisita de superioridad aparece en la cara de Junior al ver a Moisés. Las palmas de las manos me empiezan a sudar dentro de los guantes. Miro a papi, pero está ocupado con las señoras de la iglesia. Junior camina y conspira con los lacayos. Las cosas se van a poner feas rápido. Justo cuando Junior va a salir del supermercado, papi lo llama.

—¿Arreglaron el congelador de atrás? —pregunta papi. Ray y Junior parecen culpables—. Háganlo ahora.

—En un momento. Primero tengo que arreglar esto —le dice Junior.

—No. No puede esperar.

Junior maldice mientras yo suspiro con alivio. Las señoras de la iglesia están ajenas al drama que se desarrolla justo frente a ellas, pero una mirada de papi me dice que él sabe lo que está pasando. Papi se excusa y regresa a su oficina. Dispongo de una pequeña oportunidad para ayudar a que Moisés se libre de una inminente desgracia. Le digo a Roberto que voy al baño y me desvío para salir.

Moisés parece ignorar lo frágil que es su vida. Habla casualmente con un grupo de hombres demacrados y desaliñados. La mirada apagada que tienen los hombres mientras hacen un círculo a su alrededor me inquieta un poco.

—Sí, pana. Yo sé de lo que tú hablas —dice uno de los hombres, que tiene cicatrices en la cara—. Siempre están tratando de hundirnos, ¿tú sabes? Como yo, mano, trataron de quitarme la metadona, diciéndome que tenía que seguir el proceso. Mierda.

Moisés no desvía la atención, aunque yo no sé cómo puede quedarse ahí. Hasta desde donde yo estoy parada puedo oler el tufo metálico del hombre. Moisés no deja ver que le molesta. Se concentra en lo que le dice el hombre y reconoce su dolor al lidiar con un sistema de salud burocrático. Alguien en el grupo se da cuenta de que me acerco lentamente.

—Espera, espera, ¡yo te conozco! Sí, yo te conozco, tu nombre es… —el deambulante da palmadas con la esperanza de que el estruendo despierte su memoria. Pero no tiene suerte. Preocupada por el tiempo que va a tardar en recordar mi nombre, lo interrumpo y se lo digo.

—No, ese no es. Te llaman Princesa. —Choca una mano con su compañero—. Yo sé que estoy jodido, pero no tanto.

Los hombres se van poco después al Centro Drug Freedom y me dejan sola con Moisés.

—Buenos días —me dice Moisés—. Te ves diferente. Puedo sentir tu estilo de supermercado.

Ay, Dios. Olvidé quitarme la redecilla. Como sea. No hay tiempo ahora para un cambio de estilo.

—¿Te gusta meterte en peleas? —le pregunto molesta—. Debe ser eso. ¿De qué otra forma volverías aquí?

Moisés hace ese movimiento suyo con la barbilla, se la frota y me mira confundido.

—Este es mi vecindario. —Señala a los proyectos de vivienda más abajo en la calle—. Yo crecí ahí y vivo unas cuantas cuadras más abajo. ¿Por qué debería tener miedo de venir aquí?

—Pues, no sé, ¿quizás porque mi hermano te quiere fuera?

—Yo no puedo controlar el futuro. Así que no vivo la vida con miedo. ¿Y tú?

Qué raro hablar así. Yo paso las horas que estoy despierta planeando mi futuro: qué ropa me voy a poner, qué voy a decir, cómo decirlo. Tengo montones de papelitos amarillos con listas de cosas que pienso lograr algún día. Una lista me hace sentir que tengo el control, aunque sean líneas de cosas que odio. Llevo conmigo un mini bloc de notas para anotarlo todo.

—¿Conoces el trabajo que se está haciendo en el Centro Drug Freedom? Una vez al mes hacen comidas familiares con música en vivo. Yo soy anfitrión a veces. Buena música. Y bien, no te he visto en buen tiempo. ¿Has tenido oportunidad de pensar bien las cosas?

—¿Qué?

Agarra la tablilla sujetapapeles y el bolígrafo.

—Di no a Royal Orion.

Eso es lo que quiere. A Moisés no le interesa que estoy aquí para salvarle la vida. Solo quiere mi firma.

—Ah, sí, sobre eso. Toda historia tiene dos lados, así que no puedo comprometerme con ninguno. Oí que la mayoría de los inquilinos dejaron de pagar el alquiler. Y que hay mucha droga en ese edificio. Ese es el motivo por el cual los están echando.

Por su expresión me doy cuenta que lo que digo no es nuevo para él.

—Mmm… —Se frota la barbilla—. Puede que tengas un punto.

¿Me está vacilando? No hay manera de que ceda tan fácilmente. Regresa a su mesa, saca una pila de folletos y los distribuye a todo el que los tome. La mayoría de la gente le retira la mano.

—Si quieres tener una conversación seria, déjame invitarte a almorzar. Te debo una —me dice.

Reviso el área para asegurarme de que nadie, ni las señoras de la iglesia ni Junior, lo oigan. No me imagino a Moisés en una salida. Primero me da lecciones sobre causas sociales y al minuto siguiente quiere salir conmigo.

Sacudo la cabeza.

—¿Por qué no? ¿A qué le temes? Es solo un almuerzo. —Se ríe—. No te voy a obligar a repartir folletos. Bueno, no hasta después de almuerzo.

—No tengo miedo, pero no te conozco. Puedes ser un loco psicópata. Además, yo no hice nada. —No dejo de tocarme el collar.

—Me defendiste. —Baja la voz a un tono sensual—. Estoy hablando de sándwiches.

Una parte de mí quiere ir, pero no lo haré. Me imagino lo que dirían Serena y Camille. No importa lo guapo o simpático que sea, Moisés no está a la altura. Repartir folletos no parece un proyecto de vida. Mi meta es clara. Este año me verán con el chico correcto de Somerset, alguien merecedor de mi tiempo. Una futura abogada o doctora no puede ir a almorzar con un muchacho que recoge firmas o es anfitrión de una sesión improvisada de música.

—Princesa, adentro.

Junior está parado al lado del supermercado. Se pavonea por la calle hasta llegar a la mesa. Mi corazón se acelera porque he estado aquí antes y Junior parece listo para empezar una pelea. Pero me rehúso a moverme.

—No puedes poner tus cosas justo frente a mi supermercado —dice Junior.

Moisés está a punto de responder, pero el tipo musculoso a su lado le pone la mano contra el pecho. El hombre extiende la otra mano.

—Mi nombre es Douglas y este es Freddie, de South Bronx Family Mission. A nombre de Moisés y de la misión, quisiera disculparme por cualquier malentendido que pueda haber ocurrido el otro día.

Moisés sigue mirándome, no mira a Junior, lo que me hace sonrojar. Si hay una disculpa que pedir, Moisés se rehúsa a ser parte de ella.

—No hubo ningún malentendido —responde Junior—. Su empleado estaba causando un riesgo de incendio.

Junior actúa como si hubiera tenido una razón válida para sus acciones de bruto. Lo que ocurrió el otro día no tuvo nada que ver con entradas bloqueadas, sino con pendejadas de orgullo machista.

Un par de personas se paran alrededor, anticipando otro arrebato de Junior. Él no se puede dar ese lujo, no después de que papi le dijo que esta situación se puede intensificar y que la gente se puede poner en nuestra contra. "Los clientes nos escogieron para hacer sus compras, pero se pueden ir a otra parte", le advirtió papi.

—Podemos poner nuestra mesa aquí. —El muchacho llamado Freddie señala un punto a unos pasos de distancia de la tienda—. No interrumpimos el paso de nadie y podemos decir las verdades de Carrillo Estates.

—¿Eso está bien para ti? —pregunta Douglas. Extiende otra vez la mano para sellar el trato. Junior hace una pausa antes de aceptarlo.

—Asegúrese de que él sepa qué es lo que hay. —Junior mira mal a Moisés—. En el momento que bloquee la entrada, lo muevo.

—¿Oíste eso? —pregunta Douglas.

—Sí —dice Moisés.

Junior no lo soporta. Tiene que haber algo más entre ellos para que él esté tan enojado con Moisés. Pero ¿qué?

—¡Princesa!

Papi está de pie en la entrada. No le hago caso. ¿Por qué tiene que salir en este momento? Ambos están tratando de manipularme frente a Moisés.

—Buenos días —dice Moisés.

—No bloquees nuestras entradas —responde papi con voz desagradable.

—Por supuesto. —Moisés reparte los folletos sin que se le borre la sonrisa del rostro.

Papi me rodea con el brazo y me lleva de vuelta adentro.

—Parece que te sobra el tiempo. —Me da un mapo y un cubo de agua—. Esto es para ti. Pasillo uno.

Antes de que pueda defenderme, un niño pequeño atraviesa corriendo el supermercado completamente cubierto de lo que parece jalea. Una gran mancha púrpura me espera.

Yo también quiero correr por toda la tienda junto al niño y gritar. La semana número tres apesta. He ganado seiscientos sesenta dólares, pero ni siquiera puedo tocar ese dinero. Papi me avergonzó frente a Moisés y faltan cuarenta y cinco días para la fiesta de Nick. Una eternidad.

CAPÍTULO 7

Hoy decidí aventurarme fuera del supermercado y cruzar la calle hasta St. Mary's Park. Paso por al lado de un grupo de niñitos que hacen fila para comprar coquito. Gritan sus pedidos como si por gritar más alto fueran a saborear más rápido los deliciosos helados de coco.

—¡Dame uno de cereza!

—¡Yo quiero uno de coco!

Sin inmutarse por el caos, la vendedora les contesta gritando también, mientras ajusta la pequeña sombrilla que la protege del sol.

—¡Un peso! ¡Un dólar!

Acostumbro comer en la sala de descanso, pero hoy Junior decidió pasar por allí. El coqueteo y las zalamerías entre él y las cashieristas me dan náuseas, así que agarré mi almuerzo y me escabullí por la parte de atrás. Veo un banco vacío lejos de los niños. Me siento y hago una llamada.

Aunque marqué el número de Serena, es Camille quien contesta el teléfono y oigo risas de fondo. El nerviosismo se apodera de mí. No hay forma de negarlo. Me estoy perdiendo buenos momentos y chistes internos de los que hablarán en septiembre cuando volvamos a clases.

—Eh, es Margot —anuncia Camille a las chicas.

De las dos, Camille es la más cabrona. Nunca he conocido a alguien tan hipercrítica de todo (excepto mi madre, quizás). Algunas veces, mi acento del Bronx es muy fuerte. O el color de mi lápiz labial choca con mi atuendo. Camille nunca se guarda sus opiniones. No tiene filtros. Serena me advirtió que Camille era despiadada. Pero no me imaginaba cuánto.

Camille vive en la mismísima ciudad con su mamá y su padrastro, en un edificio de apartamentos con portero. Sus padres también tienen una casa de playa en los Hamptons y todos los años hacen viajes de lujo a Europa. Ella vive la vida más glamorosa. Ropa de diseñadores. Tarjeta de crédito personal. Todo lo que yo desearía tener. Soporto sus pullas porque quiero su vida. Mami dijo que le diera tiempo a Somerset, mientras que el consejo de papi fue que me mantuviera con los chicos que se destacaban. Camille, con sus piernas largas y delgadas, parece una modelo. Chicos y chicas la desean. Yo estoy siguiendo los consejos. Me ganaré el favor de Camille a toda costa.

—¿Quién está ahí? —le pregunto. Mi risa es un poco fuerte.

—Solo algunas de las chicas. —Está tapando el auricular. ¿Estarán hablando de mí? Si me vieran, lo harían. Mi vestido está arrugado y mi perfume ha sido reemplazado por agua de boloña. Acomodo los cabellos sueltos en el moño lo mejor que puedo mientras sostengo el teléfono.

—Dile que Nick preguntó por ella. —La voz se parece a la de Serena, pero no estoy segura. Tampoco sé si me está vacilando o si realmente él preguntó por mí.

—¿Están hablando en serio? ¿Qué dijo?

Más risitas nerviosas. No lo entienden. Los muchachos en Somerset siempre hablan con ellas, pero yo siempre he sido la hermanastra fea del grupo, la que los chicos apenas notan, y tampoco las chicas, a decir verdad.

—Preguntó por qué no estabas aquí. —Serena le quita el teléfono a Camille—. Se ve bien. Otra chica lo va a enganchar y nunca tendrás una oportunidad. Y él dijo...

Alguien interrumpe allá, cantando en voz alta y desentonada.

—¿Qué fue lo que dijo Nick? —le ruego. Siguen cantando.

Desde la distancia veo que Moisés está caminando hacia mí. De todos los bancos del parque, escoge justo el que está al lado del mío. ¿Por qué? Esto no puede estar pasando.

—Eso fue todo. No dijo nada más. Debes estar feliz de que recuerda tu nombre. Progreso —dice Serena.

Me siento cohibida. ¿Debo moverme para que Moisés no escuche mi conversación? Pensándolo bien, ¿por qué debería hacerlo? Él se sentó cerca de mí. Olvídalo.

—¿Qué crees que debo hacer? ¿Debo enviarle a Nick un mensaje de texto? —le pregunto.

—¡No! —grita Serena—. Contrólate, Margot.

—Sí, tienes razón. Lo siento.

No hay motivo para actuar así. Qué novata. Serena y Camille vuelven a cantar. No voy a gritar, no mientras Moisés esté escuchando cada palabra que digo como si fuera mi oficial de libertad condicional. Así que me pongo a tararear la canción de ellas.

—Ay, por Dios, ¿qué estás haciendo? —Serena se ríe, y me parece oír una risita disimulada de Moisés—. Me gustaría que estuvieras aquí. No es lo mismo. La estamos pasando tan bien. Aparécete.

Siento el pecho apretado. Por lo menos Serena me echa de menos. Eso es algo.

—Ya quisiera. Estoy trabajando en eso. Es complicado.

—Diles que los Hamptons es un paseo escolar obligatorio. Que te van a reprobar si no vas.

La idea de robar la tarjeta de crédito de papi se me ocurrió porque Serena dijo que a sus padres no parecía importarles que ella tomara prestada la de ellos. Después de que extraje la tarjeta de la billetera de papi, nos reunimos en la linda casa de piedra rojiza de Serena, en Brooklyn. Sentada en su cama mientras Camille planeaba mi atuendo de verano, fui capaz de ocultar mi delito en lo más profundo porque había encontrado mi lugar. A Camille le encantaba ser mi asesora de imagen y yo estaba encantada con la atención que ella me brindaba. Ese día ya no fui más la compañera excéntrica con el acento irritante.

—Si con Nick no funciona, siempre queda Charles —oí decir a Camille.

Charles es el nerdo a quien me desafiaron a besar. Es un chiste mongo que siempre repite. Camille puede ser una verdadera bruja.

—Dejen de molestar —les digo—. Solo dale mis saludos a Nick.

—Lo haré —dice Serena—. Y también le daré tu número a Charles.

—Ja, ja.

No puedo seguir con esto. Ahora que Camille ha mencionado a Charles, ya no hablarán más de Nick. Ya he sido antes el blanco de sus bromas. Camille me humilla y Serena le sigue la corriente.

—Las llamo luego —digo, y cuelgo mientras siguen riéndose.

Me dirijo a Moisés:

—Hay como quinientos bancos disponibles. ¿Tenías que sentarte aquí?

Se mueve a un lado y saca una pequeña toalla azul. La extiende y sigue sacando objetos de su mochila: un sándwich, una malta y una bolsa de papitas.

—Este es mi lugar. Vengo aquí todos los días. Estoy seguro de que hay otro banco donde puedas descifrar en privado toda esa dinámica de Nick.

—¿En serio? —le digo.

Él no es el dueño de este banco ni del parque. Saco mi ensalada y trato de no comer grandes cantidades. Él, por otra parte, se come a grandes bocados lo que parece ser un sándwich cubano. Después de un largo silencio, pregunta:

—Entonces, ¿cómo te va?

—¿Perdón?

—¿Nick? ¿Cómo te trata ese chico tuyo, Nick?

Claro que estaba prestando atención. Recurro a mi actual mecanismo de defensa cuando me siento acorralada. Miento.

—Genial. Él es genial. Sabe cómo tratar bien a una chica. Siempre me compra cosas, joyas y todo tipo de cosas.

—¿Eso es lo que te gusta? —Moisés me estudia—. ¿Vivir esa vida materialista?

—Sí, es agradable. No como los chicos de aquí. Esos idiotas probablemente te invitan a una hamburguesa de White Castle y santas pascuas.

—No. Preferimos McDonald's. Es más clásico —responde—. Y ese Nick. ¿Cuál es su historia?

Muestra una sonrisa tímida. De ninguna manera le voy a hablar de Nick y de mi inexistente relación con él, a pesar de esa sonrisa. No puedo dejar de mirar los labios de Moisés.

—¿Por qué te metes en mis asuntos? —le pregunto.

—Solo estoy ayudándote como un hermano.

—Yo ya tengo un hermano desquiciado, no necesito otro. Gracias.

—No pretendo entrometerme. Es solo curiosidad. Somerset es una escuela antigua y definitivamente allí no hay diversidad, pero tú estás allí, así que eso significa algo.

—No soy la única latina allí.

Otra mentira. El primer día que papi me dejó allí, me dijo con orgullo: "Aquí no vas a encontrar títeres, solo blanquitos". A mis padres les importa el color de la piel. Si eres un poquito moreno, un trigueñito, tienes mala suerte. Si tienes la piel más clara, eres definitivamente bendecido. Mi hermano Junior se parece a mi mamá. Ambos son afrolatinos. Yo me parezco a papi.

—Chévere —dice Moisés—. Y ¿desde cuándo estás saliendo con él?

Nick. Seguro. Me viene a la mente una visión de Nick paseando por la playa con alguna otra chica de Somerset. Suena lógico, como sacado de un catálogo de Urban Outfitters.

—Qué curioso eres. No es asunto tuyo.

—Okey, okey. Solo estoy buscando conversación. —Levanta la mano en señal de derrota—. Dejaré de hacer preguntas.

Vuelve a su sándwich y yo a mi ensalada. Esto es incómodo. No quiero hablar de Nick, pero tampoco quiero estar aquí sentada en silencio. Es tonto.

—¿Cómo conoces a mi hermano? —le pregunto.

—Él jangueaba con Orlando en otros tiempos.

—¿Tu hermano que está en la cárcel?

Eso fue muy grosero de mi parte. No puedo siquiera controlar mi boca. ¿Qué me pasa?

—Lo siento. Alguien me lo mencionó el otro día.

—No tienes que disculparte. Todos saben que Orlando está en la cárcel.

Por un instante su semblante se entristece. No recuerdo que mi hermano alguna vez mencionara a Orlando. Mis padres nunca le permitirían tener a un traficante como amigo.

—La fricción entre tu hermano y yo no es nueva. Tenemos una historia en común.

—Historia. ¿Qué clase de historia?

Ya sabía yo que había algo por la forma en que Junior perdió los estribos con Moisés. Me pregunto qué tan profunda es la conexión entre ellos.

—Está enterrada. Ya yo no frecuento los mismos círculos que él —dice eso y toma un sorbo de malta.

—¿Qué quieres decir? —le pregunto.

Junior se la pasa con un trío de muchachos que viven en este vecindario. Hasta donde sé, casi siempre van a barras y clubes nocturnos. Muchachos engreídos en busca de acción nocturna, pero nada de eso incluye drogas, ¿o sí?

—Junior y sus amigos están más interesados en divertirse que en ayudar a las causas. Yo, si no estoy reuniendo firmas, estoy dando talleres de justicia restaurativa en el centro comunitario o dando mi opinión en alguna reunión —alega

Moisés—. Hay trabajo que hacer y no tengo tiempo que perder en una vida de discoteca.

Siempre tan serio.

—Jesús, ¿acaso nunca te diviertes?

Se ríe a carcajadas.

—Pues claro que sí. De hecho, puedo enseñarte a pasarla bien.

Casi me ahogo con la ensalada.

—¡Dios mío! ¡Ese comentario no puede ser en serio!

—Hablo en serio, Margot —Pone cara de póker, pero hay un brillo en sus ojos. Está vacilando conmigo—. Ayudar a tus hermanos es divertido. Es la razón por la cual en los años setenta la gente estaba con el Young Lords Party, el grupo de jóvenes a quienes les gustaba fiestear. Apuesto a que no sabes ni un poquito de la historia de los latinos.

Esta vez, ambos nos reímos. Me gusta ver ese lado suyo. Pero no dura mucho.

—Deberías venir un día conmigo para mostrarte lo que está ocurriendo en el edificio de Eagle Avenue donde Carrillo Estates quiere construir un condominio. Allí vive Doña Petra. Ella es viuda y ha vivido en el edificio prácticamente toda su vida. Un día, el techo de su baño se desplomó. Ella tiene que ir al apartamento de una vecina porque tiene miedo de darse una ducha.

—Uy —le digo.

Me siento mal por la anciana, pero el edificio desvencijado en el que debo concentrarme es el supermercado de mi padre, para no tener que seguir viviendo avergonzada. O, mejor aún, encontrar la forma de que papi lo venda.

—No me malinterpretes. Allí hay gente que hace meses

que no paga la renta —añade Moisés—. Pero son unos cuantos. Las apariencias engañan. Lo que pasó en El Barrio está a punto de ocurrir en el Bronx. La terrible palabra con "G".

—¿La palabra con "G"?

—Gentrificación. Condominios multi-pisos a costa de quienes han vivido aquí durante años. —Enfatiza sus palabras con las manos, como si intentara evitar que se desborde la ira—. Carrillo Estates es el primero de muchos. ¿Quién va a defender a las Petras de este vecindario? Depende de nosotros ser su voz. No podemos quedarnos callados. ¿Me entiendes?

Me siento atrapada. Es atractivo ver a un hombre apasionarse así por una causa. Nick es más o menos así con el fútbol. Se la pasa rebotando un balón de fútbol por los pasillos de la escuela. Usa las medias ultra gruesas y los pantalones cortos apretados. Pero no me parece que sea lo mismo. También recuerdo que papi me dijo la otra noche que los nuevos condominios traerían nuevos clientes. ¿Eso me hace, nos hace, unos vendidos?

—Tenemos que presionar. Dejar que la comunidad se entere —dice Moisés—. Entonces, ¿qué hay? ¿Te consigues a un hombre o te quedas con tu chico Nick?

Ey, bájale dos. Es tan directo y desconcentrado. Es difícil entenderlo cuando va de atrás para adelante así. No estoy preparada para lo que está pasando ahora, a menos que cuente la lista reciente que escribí, titulada "Cinco conversaciones imaginarias con Moisés". Número tres. Si Moisés dice: "Me gusta cuando llevas el cabello con tus rizos naturales. Olvídate de lo que la industria de la belleza trata de venderte", tu respuesta debe ser: "Sabía que te gustaría". Obviamente la lista es pura ficción.

—¿Qué es tan gracioso? —pregunta—. Supongo que debí decir *hombres*.

—¡No! Yo no soy así. —Él cree que yo soy una rompecorazones o algo así. Yo, que no tengo nada de experiencia. Cero, menos negativo—. Yo no soy así para nada.

—No quise ofenderte. Estoy hablando mierda. En el momento que te sientas insultada, puedes pegarme. La familia Sánchez es conocida por sus fuertes golpes. En serio, no trato de manipularte.

Analizo su cara para ver si está diciendo la verdad. Se escucha sincero. Él no retira la mirada, y yo tampoco. Pero finalmente lo hago. Estoy empezando a sentir algo por él y eso no es nada bueno. Nada. Recojo mis cosas para irme.

—Ah, ¿ya te vas? Te acompaño.

—No, gracias —le respondo—. Creo que puedo arreglármelas para cruzar un parque.

—¿Te puedo llamar, entonces? —pregunta—. Si está bien contigo.

—No —sueno molesta, aunque no es a propósito. Una parte de mí quiere que me llame, pero la otra parte sabe lo que pasa—. Te veré por ahí, ¿está bien? Está bien.

Me levanto y me alejo. Puedo actuar normal, pero no, tengo que ser dramáticamente tímida. Estoy cruzando la calle hacia el supermercado cuando Moisés me alcanza y me entrega un libro.

—Esto es una tontería. Léelo. Creo que te gustará.

Vi este libro el día que lo conocí, justo sobre la mesa. Es una colección de poemas de Julia de Burgos, *Canción de la verdad sencilla*. Dentro de la primera página, veo su número y dirección de correo electrónico con una nota: *Cuando quieras.*

CAPÍTULO 8

Jasmine me hace un gesto con la mano tan pronto regreso a la tienda. No quiero ni pensar qué nuevo desastre me espera. ¿Otro frasco de jalea roto? ¿Un grupo de ciudadanos de la tercera edad rabiosos en espera de sus rebanadas de jamón? Puede ser la tarea siempre popular de limpiar el asqueroso microondas del salón de descanso. Con Moisés al frente, papi se asegura de que no me sobre tiempo. Jasmine agita las manos como loca. La tarea que me espera debe de ser épica. No me importa. Voy a tomarme todo mi tiempo. Faltan solo treinta y ocho días para la fiesta de Nick. Aunque en mis pensamientos sigo repitiendo mi almuerzo con Moisés, tengo que concentrarme.

—Está pasando algo —dice Jasmine cuando llego finalmente hasta ella—. De verdad.

—¿Qué? —le pregunto.

—Shhh. Escucha.

Incluso con la música de salsa y el ruido de las cajas registradoras, puedo captar el primer manotazo de Junior en el escritorio, y a papi gritándole. Una tercera voz, más baja, debe ser la de Oscar. Por lo que he presenciado, él es el calmado y sensato. Con Junior y papi siempre como perro y gato, el pobre Oscar tiene que pasar la mayor parte del tiempo actuando como árbitro.

Jasmine se inclina y dice:

—Alguien está robando dinero y no soy yo, porque si fuera yo me llevaría lo suficiente como para irme pal carajo.

Jesús. Miro fijamente a los empleados. Cualquiera de ellos podría estar robando, incluso Jasmine. He visto su cheque. Gana una miseria. Algunos de los empleados mantienen a sus familias con lo que ganan aquí. No sé cómo eso es siquiera posible. No en balde papi está con los nervios de punta.

—*¿Desde cuándo está pasando esto? ¡Tú estás viendo los malditos libros!* —grita papi—. *No estamos hablando de centaverías. Esto es mucho dinero.*

—*Oscar también ve los números. ¿Por qué no le preguntas a él?* —dice Junior—. *Deja de acosarme como si fuera mi maldita culpa y vamos a resolverlo.*

—*¿Cómo que no es tu culpa? En todos los años que he tenido estos mercados nunca ha habido una discrepancia. Ni una. Sé a dónde va cada centavo ¿Me oyes?*

—*Échame la culpa, ¡como siempre!* —grita Junior—. *No puedo hacer un carajo bien, no importa las horas que trabaje en este lugar. No me levanto tan temprano como tú quieres. No puedo administrar a los empleados. Nunca es suficiente. Siempre seré un fracaso.*

—¿Desde cuándo están en esto? —pregunto.

—Desde que te fuiste al descanso —contesta Jasmine.

Los clientes se dan cuenta del escándalo. Esto se está convirtiendo en un problema serio. Tienen que bajar el tono. Una cosa es pelear en casa, encerrados, donde se puede controlar la gritería, pero ¿en público? A mami le daría un ataque al corazón si lo supiera.

—¿Quién nos robaría? —pregunto—. Solo deseo saberlo para que podamos meterlo en la cárcel.

—Perra, puede ser cualquiera. ¿Nos ves viviendo entre lujos, como tú? Yo no digo que estoy robando, solo digo que no puedo culpar a una persona por tratar de conseguir lo suyo.

No existe eso de "conseguir lo suyo". Papi trabaja duro para darnos todo. Él vivió en este vecindario, obtuvo trabajo en este mismo supermercado y fue capaz de ahorrar suficiente dinero para comprárselo al dueño. Es verdad que yo no crecí teniendo que pasar por tiempos difíciles, pero no vivimos con lujos. Ya quisiera yo. Jasmine justifica un delito simplemente porque mi familia vive con comodidades. No debemos ser castigados por eso.

—¿Qué te parece, Rosa? —le grita Jasmine a la cashierista de la caja del lado—. Princesa va a resolver el caso como toda una experta de *Law and Order*. Ni siquiera sabe todavía limpiarse el culo. Como si esta perra no se hubiera robado nunca nada.

Sus palabras hieren porque finalmente lo comprendo. Hace apenas unas semanas, papi me interrogó por llevarme su tarjeta de crédito. Yo hice exactamente lo mismo que este ladrón. Quizás me dije a mí misma que merecía el dinero. Que ser una Sánchez significaba que debía vivir de determinada forma. Mi apodo es Princesa, ¿no? Yo debo tener lo que quiero cuando lo quiero. ¿Es acaso eso diferente de lo que está haciendo el ladrón en este momento? Trato de ocultarme con mi indignación justificada, pero soy una gran hipócrita.

—¿No te robaste seiscientos dólares? —dice Jasmine—. ¿No es por eso que estás aquí?

Mi vergüenza aumenta con cada comentario que hace Jasmine. Rosa se ríe junto con ella. Esto es demasiado. Me alejo de sus risotadas y de los gritos cada vez más altos de Junior. Salgo y sigo caminando hasta que me detengo frente al jardín comunitario. Dos hombres están sentados en cuclillas trabajando la tierra. Entrelazo mis dedos en la verja de alambre eslabonado y me recuesto en ella.

Cada vez que cargaba una compra a la tarjeta de crédito de papi, sabía que no era correcto, pero mi necesidad de pertenecer cancelaba cualquier duda. Había decidido que dejaría de ser la Princesa que mis padres querían que fuera. Sería Margot, una chica que podía comprar todo lo que quisiera. No tenía una base real, pero si deseaba que esa persona existiera, quizás podría serlo. Con cada compra me sentía más cerca de Serena y Camille. Nuestra dinámica cambió ese día. Fui feliz hasta que me atraparon.

Papi no podía entender por qué había hecho algo así. ¿Por qué llevarme la tarjeta de crédito, si él me habría dado el dinero si yo se lo hubiera pedido? No supe cómo responder. No había forma de explicar lo desesperada que me sentía. ¿Acaso la persona que está robando dinero del supermercado siente la misma desesperación? ¿Es eso lo que lo impulsa a robar? Puedo entenderlo.

—¡Eh!

Moisés aparece a mi lado. Choca juguetonamente su hombro contra el mío. No puedo sacudirme esta depresión con mi característica verborrea. Estoy demasiado alterada para intentarlo.

—Eh —murmuro.

Nos quedamos ahí parados.

—¿Cómo te va? —pregunta.

Pienso si debo contárselo a Moisés. La carga sería más liviana si la comparto con alguien, pero esa idea solo dura un segundo. No lo conozco, y divulgar el drama familiar a un extraño no es lo que me enseñaron. En vez de eso, le digo que todo está bien.

—¿Quieres entrar? —me pregunta después de un largo silencio—. Yo iba a dar la vuelta un momento a ver qué está creciendo.

—No, debo regresar al trabajo.

—Está bien. Te dejaré entonces con tus pensamientos.

Entra y saluda a los dos hombres. Después de algunas bromas, Moisés deja su mochila y los ayuda a arrancar las malas hierbas. Aun con los carros tocando bocina y un estéreo cercano tocando reguetón, el jardín parece un oasis, con sus hileras de vegetales y tanto verdor. Debe ser agradable trabajar en un lugar dedicado al crecimiento.

A pesar de que Moisés está trabajando arrodillado, de vez en cuando me busca con la mirada. ¿Cómo lo hace? Tuvo una niñez difícil, según me contó Jasmine, pero eso no lo detiene para siempre dar una mano. ¿Cómo una persona pasa de distribuir drogas a desyerbar? Quizás algunas personas nacen buenas, sin importar sus circunstancias. ¿Qué tal si yo nací para ser egoísta?

La verja del jardín está abierta. Puedo volver al supermercado y sentirme mal. Intentar evitar a Jasmine y a las demás. Preocuparme por los ladrones que roban el sustento de mi familia. O puedo alejarme de todo. Me sorprendo a mí misma y me dirijo a la entrada.

—Cambiaste de idea —dice Moisés. Me presenta a sus amigos—. Agáchate y mira esto.

Señala una hilera de pimientos verdes. Son grandes y brillantes.

—Willie aquí me dice que estos chicos malos están listos para cosecharlos el mes que viene. Hacen una salsa picante que te quema la lengua —dice Moisés—. ¿Tienes buena mano?

Nunca he cultivado nada. A mami le encanta la jardinería, y es meticulosa, pero solo siembra plantas ornamentales. Todo su jardín tiene el propósito de mostrar lo perfecta que es la familia Sánchez. La casa perfecta con dos hijos perfectos.

—No, no soy buena con las cosas vivas.

Mi comentario hace reír a Moisés. A veces digo las cosas sin pensar. Pero me gusta verlo sonreír.

—Por lo menos eres sincera. Ven a ver esto.

Caminamos lentamente por hileras estrechas.

—Estas flores azules se llaman heliotropos de la pradera. Las mueles para hacer té y te dan el poder de ver el futuro. Estas se llaman caléndula de dragón. Si las hueles, te maldecirán con mal aliento para siempre.

—¿Sabes tan siquiera de qué estás hablando? —le pregunto riéndome. Se está inventando esos nombres y es divertidísimo.

—No, pero por un momento me creíste. Me di cuenta.

—Pues, entonces, estas son saponaria del diablo. —Le sigo la corriente—. Las masticas y te vas derechito al infierno.

—¿Pero por qué tienes que ser tan tenebrosa? Muy bien, veamos qué crece por aquí.

Nos rotamos inventando nombres ridículos de plantas que no existen, nos reímos de nuestras propias creaciones y tratamos de superar al otro.

—Estas plantas pueden parecer inocentes —Moisés señala a una hilera de hortalizas—. Pero son...

—Hierbas verdívoras —interrumpo—. Si las tocas, tu piel se volverá verde.

—Así es. Pero solo de noche, como el coquí. —Baja la cabeza y la voz—. Si la mordieras y te convirtieras en un coquí, yo seguiría siendo tu amigo. Me encontraría contigo aquí por la noche y podríamos quedarnos en el jardín. Te doy mi palabra, Margot.

Estamos tonteando, pero de repente me siento cohibida. Le gusto. Puedo darme cuenta, y eso me causa mucha ansiedad, como si debiera decir algo muy ingenioso o *sexi*. Me quedo muda, y entonces invento una excusa para volver al supermercado.

—Gracias por mostrarme los alrededores. Es muy bonito.

—Claro, cuando gustes. Te veo luego. —Regresa a donde está Willie.

Cierro la verja detrás de mí. Por un momento allí volví a ser la misma de antes. Los complejos que habitualmente me ataban habían desaparecido. No pensé ni por un instante qué le parecerían mis interacciones. Pero no pasó mucho tiempo antes de que volviera a tomar conciencia de mi lugar. Vuelvo a mirar adentro del jardín.

Moisés me hace una señal. Me encuentra en la verja de alambre.

—Willie dice que la lavanda es excelente para repeler las plagas que se comen las cosechas. Pensé que te vendría bien para mantener a raya a quienquiera que te esté arruinando el día.

Me da un ramito de lavanda a través de la verja. El aroma es suave con un toque alcanforado.

—Huelen rico. —Hago una pausa—. Pero, ¿por qué me las das?

Ladea la cabeza.

—Emanas tristeza a millas de distancia —me responde—. Pensé que te vendría bien un arma natural para combatirla. Además, algunas veces solo hace falta un poco de bondad. Sin cartas ni flores bajo la manga. Las vi y pensé en ti.

Bondad cuando la necesito. Moisés, con sus libros de poesía y sus flores, me está conquistando.

—Entonces, ¿funciona de inmediato? —apunto el ramito en su dirección, bromeando.

—Ay, bendito. Esa me la busqué, y te voy a dar crédito porque es merecido. Te veo luego, Margot.

Aunque todavía estoy agobiada por lo que está pasando en la tienda, por lo menos puedo oler la lavanda.

Adentro, la pelea a gritos parece haber terminado y Jasmine está muy ocupada atendiendo clientes como para prestarme atención. Guardo la lavanda en el bolsillo de la chaqueta de mi uniforme y busco una redecilla.

Normalmente, papi procura que salgamos un poco antes de las cuatro para evitar el tráfico, pero hoy no. La puerta de su oficina permanece cerrada. Ni Oscar ni Junior entran o salen. Cuando entré para ver si papi estaba listo para irnos, me gruñó un "no" y dijo que pronto. Son las cinco y espero por él en la sala de descanso.

La llamada diaria para reportarme con Serena fue breve. Están pasando el día en el velero de un amigo y la conexión se interrumpía, pero no me importó. No estoy de humor para actuar alegre cuando el dinero robado me calienta la cabeza.

Ya existe el temor de que un supermercado nuevo se apodere de nuestra segunda tienda, y ahora esto. Con razón papi está tan preocupado y furioso. Por otro lado, está Moisés y el ramito de lavanda que me dio. Él solo fue amable, pero es difícil no convertirlo en algo importante en mi mente.

Pienso en Elizabeth y en el momento en el que Junior perdió su beca de lucha. La casa era insoportable con mami y papi enojados entre sí. Mi solución para evitar el fuego cruzado fue quedarme a dormir en casa de Elizabeth. Esos fueron los momentos más divertidos que pasamos juntas antes de partir por rumbos separados a distintas escuelas.

Busco la vieja cuenta de Instagram ARTE PARA LLEVAR PUESTO y encuentro la foto de nosotras vestidas como las Ronettes. Elizabeth pintó un fondo con un convertible de los años cincuenta y posamos frente a él. Yo no podía parar de reírme, por lo cual nuestro delineado de ojos de gato parecía más el maquillaje de la loca de los gatos. Lo siento tan lejano. Echo de menos cuando Elizabeth y yo nos disfrazábamos y actuábamos como tontas. Camille y Serena están tan obsesionadas con ser adultas que no hay espacio para un poco de locura. ¿Desde cuándo es todo tan serio?

Junior irrumpe en la sala de descanso. Abre de sopetón el refrigerador y toma un sorbo de una botella que mantiene en la parte de atrás. Mejor me mantengo alejada. Lo único que brota por sus poros es odio, y no quiero que me salpique.

—¿A dónde fuiste en tu descanso? —pregunta.

—¿Qué te importa? —le contesto.

—Te hice una pregunta. Alguien dijo que estabas hablando con un tipo.

—¿Quién dijo eso? No puedo creer esto. ¿Acaso me estás espiando?

Toma un largo trago de la botella y se limpia la boca con el dorso de la mano. Hay manchas de sudor en su camisa favorita. Ni siquiera se ocupa de afeitarse. Junior se ve como un desastre total.

—Te preguntaré una vez más. ¿Dónde estabas?

Me agarra el brazo. Fuerte.

—Si me entero de que saliste con ese pendejo de allá fuera, te voy a dar una paliza.

Su aliento huele a alcohol. ¿Cómo está su vida de irracional que no puede siquiera esperar a terminar de trabajar para beber?

—No voy a darte explicaciones. Y ¿por qué no puedo ser yo amiga de Moisés? Tú eras amigo de su hermano.

Un destello de conmoción pasa por su cara, para dar paso de inmediato a la furia. Me agarra con más fuerza.

—Moisés y su hermano de mierda son traficantes de drogas. Y ninguna hermana mía va a pasearse con un títere. Ya tengo suficiente con tener que hacerme cargo de la mierda aquí como para ahora también tener que cuidarte.

—¿No deberías preocuparte por encontrar a la persona que está robando, en vez de estar preguntándote con quién hablo yo?

Los ojos de Junior están inyectados de sangre, pero aun empañados puedo ver sus enormes pupilas. Parece poseído.

—Suéltame, Junior. ¡Suéltame!

—¿Qué más te dijo ese hijueputa sobre mí? —me grita en la cara—. ¿Qué más? No vas a salir con él, ¿oíste?

No puedo evitar las lágrimas que caen por mis mejillas mientras intento zafarme. Hubo una época cuando Junior planeaba los sábados completos para nosotros. Los llamaba los sábados serios de los Sánchez. Cine, salas de videojuegos, lo que yo quisiera comer. La noche siempre terminaba con una copa de helado tan grande que yo nunca podía acabarla. Era nuestro día especial juntos. ¿Dónde está el Junior que me compraba helado? No queda nada de ese hermano. Esta persona que me tuerce el brazo actúa como si quisiera matarme.

—Suéltame, Junior —le digo, retorciéndome de dolor—. Por favor.

—¡Déjala! —Oscar entra.

Junior se detiene, me suelta el brazo y empuja a Oscar para pasar.

—Toma. —Oscar me da un pañuelo desechable. Estoy tan alterada, que me resulta difícil calmarme—. No lo hizo a propósito —agrega Oscar—. Él te quiere. Es el estrés.

Yo no sé qué fue eso, pero no fue estrés. Junior está fuera de control. Algo lo está carcomiendo. Puede que sea el trabajo, pero siento que hay algo más y que, de alguna manera, es mi culpa. Es difícil aferrarse a un recuerdo efímero de cuando Junior era un hermano decente.

—Este trabajo no es para todo el mundo. —Oscar se seca con una servilleta las gotas de sudor sobre su labio—. Hay que ocuparse de muchas cosas y tu hermano no nació para este tipo de trabajo, pero lo intenta.

—Si no sirve para el trabajo, debe dejarlo —le digo.

Tengo grandes marcas rojas en el brazo, evidencia del "estrés" de Junior.

—¿Sabes que a tu papi le encanta tenerlos a ambos aquí? El supermercado es la vida de tu papi y él quiere compartirla con ustedes. —Oscar me toca el hombro—. Tu padre está pensando en tu futuro. Con el tiempo, Junior será el dueño. Él quiere que ustedes vean lo importante que es el mercado para la familia. ¿Entiendes?

Asiento con la cabeza. El supermercado puede que esté en el futuro de Junior, pero no en el mío.

—¿Has visto las fotos de los nenes? —Oscar trata de levantarme el ánimo.

Saca una billetera de cuero, gastada y abultada, y me muestra fotos de sus tres hijos, todos menores de cinco años. El más pequeño, que todavía no camina, es el vivo retrato de Oscar. Rollizo y calvo. Los gemelos han crecido mucho.

—Son traviesos. ¿Sabes lo que estaban haciendo el otro día? —cuenta Oscar—. Brincando del gabinete como si fueran Superman. A este le dieron cinco puntos.

No podría estar más orgulloso de sus peligrosas payasadas.

—Tener hijos varones es difícil. Pregúntale a tu padre.

COSAS REALMENTE DIFÍCILES, LISTA ABREVIADA

Correr un maratón.

Correr un maratón en tacones.

Correr un maratón en tacones mientras lactas a un recién nacido.

CAPÍTULO 9

Tengo las manos entumecidas de estar llenando las neveras de galones de leche y de jugo. Salgo afuera a calentarme un poco, con un sucio verso de rap atrapado en mi cabeza gracias a Dominic. Él es bueno para esas cosas. Pero no todo es malo. Me pidió consejos para una cita, a dónde llevar a su novia a celebrar los cuatro meses de estar juntos. Cuando le dije que la llevara a un lindo restaurante de la ciudad, me dijo: "Olvídalo. Ella no vale eso". Y eso fue todo.

De frente al estacionamiento, estoy parada en la puerta, esperando que mis dedos se descongelen. Distingo la minivan de Oscar por la bandera dominicana que cuelga del espejo retrovisor. El resto de los carros tienen distintas banderas —puertorriqueña, mexicana—, con excepción del viejo Toyota maltratado de Dominic. El adorno de su carro es una foto de una muchacha semidesnuda. El sedán de papi ocupa el único lugar del estacionamiento que tiene una carpa para protegerlo del sol. Papi no cree en banderas, guantes de boxeo o calcomanías que proclamen el amor patrio. Considera que esas exhibiciones son ordinarias.

La puerta de un carro se cierra con un golpe fuerte y deliberado. Jasmine camina con su taconeo. Quienquiera que la haya dejado aquí le toca bocina dos veces, pero ella no le hace caso. Ha llegado muy tarde, pero eso no es nada nuevo. Lo nuevo es que no está maquillada. No hay lápiz labial rojo. No hay colorete de brillo. Ni siquiera se ha pintado las uñas.

Me hago a un lado. Sin su armadura de maquillaje, Jasmine es todavía más aterradora. Se acerca y digo hola entre dientes, pero evito el contacto visual. No me responde. Justo antes de entrar en el supermercado, se detiene. Está renuente a entrar. Se chupa los dientes, saca un cigarrillo y lo enciende. La persona que la dejó da marcha atrás y se va.

—Hijo de puta —dice.

—¿Está todo bien? —le pregunto.

—No. —Bota el humo con fuerza—. No lo está.

Con el cigarrillo colgando de su boca, Jasmine saca una gomita y se amarra el cabello en una cola de cabello apretada.

—Él sigue posponiendo la fecha y yo quiero hacerlo ya. —Sacude una ceniza inexistente al suelo.

Algunas veces Jasmine habla conmigo, pero es como si hablara sola. No tengo idea de qué es lo que quiere hacer ya.

—¡Mi demo! —dice, molesta porque no respondo rápido—. Estoy lista para grabar. Hay suficientes canciones para dos álbumes, pero él quiere que espere. No voy a esperar un carajo.

El demo es la obsesión de Jasmine. Siempre está anotando un verso o trabajando con Dominic en una letra de rap para posibles raperos invitados. Todo gira en torno a terminar las canciones, a triunfar en grande. Pero, ¿qué tan real es ese sueño? Puede que la pegue. La he oído cantar. Es buena, pero no es una Adele.

—Yo no soy como esas otras pendejas que le dan una mamada a cambio de tiempo en el estudio. Yo no. —Inhala otra vez y da golpes rápidos con el tacón—. No dejes que nadie te lleve por mal camino. Te lo digo ahora. Los hombres no quieren que triunfes, solo quieren tenerte sobre tus rodillas. Pero a mí no. Yo voy a llegar. Créeme.

Observa el estacionamiento como si pudiera ver dentro de su cabeza las distintas estrategias y cálculos para salir de aquí. Igual me siento yo, pero por lo menos yo tengo a Somerset. El supermercado es un pequeño revés, pero cuando llegue septiembre solo habrá sido algo pasajero en mi año. Lo de Jasmine es un sueño pop.

—Okey.

—¿Qué? ¿Te aburro o algo? —Me señala—. Tú crees que no puedo lograrlo. El hecho de ir a una escuela de blanquitos ricos no te da la llave del reino.

No puedo soportar a otra persona gritándome. No después de la crisis mental de Junior ayer. ¿Acaso parezco un blanco ambulante?

—Yo no tengo la culpa de que tu chico no haya terminado tu grabación. Debes contratar a alguien. No todos te la deben o te tienen manía.

Pero todos aquí la han tomado conmigo, todos quieren darme una lección, como si yo no tuviera la menor idea sobre la vida. Hasta Moisés con su libro de poesía. Después de darle una ojeada al libro, me siento tan tonta. No entiendo casi nada. ¿Acaso Moisés trataba de insultarme de alguna manera simbólica? ¿O estaba siendo amable? Me temo que es un poco de ambas cosas, y eso me confunde.

—Resuelve el problema con dinero —dice Jasmine—. Así funciona la familia Sánchez. La vida como la Princesa de papi.

Jasmine me examina. Esto le gusta, exasperarme para ver hasta dónde llego. Es un juego.

—Dinero. Sí, claro —contesto—. Yo trabajo aquí igual que tú.

La palabra "dinero" se siente liviana en mi boca, no como algo que lo controla todo. Papi todavía no ha mencionado el efectivo faltante. Pensé que ese sería el tema de conversación en la cena, pero se fue poco después de dejarme en casa. Dijo algo sobre tener que volver al supermercado para revisar el inventario. Mami no habló mucho. Ella siempre se cierra cuando papi trabaja hasta tarde y ha estado sucediendo varias veces por semana. Incluso cuando le pregunté por su más reciente clase de arreglos florales, casi no respondió. La oí hablando con una de sus hermanas en Puerto Rico, pero no pude descifrar la esencia de la conversación.

—Tú no te pareces a mí. Yo no tengo a un papi que me ayude. —Jasmine da golpes en el aire con el dedo, como si pinchara a una persona imaginaria—. Yo no necesito limosnas ni la lástima de nadie, sobre todo de ti. Yo llegaré sola a la cima.

No hay forma de llegar sola a ninguna parte. Yo necesito a Serena y a Camille. Pasé de tener a Elizabeth como mi mejor amiga a no conocer a nadie. Todavía hay momentos en los que trato de alcanzar a los demás. Se cuentan chistes y vagamente puedo reír en el momento indicado. Algunas veces ni lo logro, y me río como cinco minutos después. La mitad del tiempo no sé de lo que hablan. ¿Quién se supone que nos guste ahora? ¿Cuál es la canción correcta cuya letra se supone que me aprenda? Es como si estuviera a prueba. Sé graciosa. Sé simpática.

Entro detrás de Jasmine. Ella se dirige a su caja registradora y yo regreso a los galones de leche. Escondida detrás de las torres, es fácil imaginarme a Jasmine con el ceño fruncido frente a los clientes. Golpea las teclas de la registradora como si golpeara un saco de boxeo. Está decidida a fugarse. Es lo único que tenemos en común.

—Margot, ¿puedes subir?

Papi me llama por el intercomunicador. Tengo que comparecer a la oficina.

—Dum, dum-dum-dum. Dum, —proclama Dominic—. La Princesa Muerta caminando.

—Cállate —le digo, y se ríe a carcajadas.

Papi está sentado en su escritorio, con los brazos cruzados sobre el pecho. El almuerzo que mami le preparó, arroz y frijoles negros con pollo empanado, está sin tocar. Junior está a su lado, imitando a papi. Su cara amargada lo dice todo. Está escupiendo mentiras. Me pongo en guardia.

—¿Me dicen que estás viendo a un muchacho? —pregunta papi.

—¿Quién dice, y qué muchacho? —le contesto.

Sé perfectamente bien de quién habla. No puedo creer esto. Junior es un soplón.

—Ese muchacho. —Papi señala hacia afuera.

El supermercado está enfrentando una crisis real y ambos están aquí sentados preguntando si me senté al lado de un chico en un banco del parque. Esto es ridículo. Veo lo que está pasando. Alguien nos roba y Junior me lanza una curva para distraer a papi de su desastre. No se la voy a poner fácil. Voy a responder a este interrogatorio de forma lenta y amable.

—¿A qué te refieres con "verlo"? Él tiene una mesa ahí afuera.

—No te hagas la lista —interviene Junior—. Estás jangueando con un traficante de drogas.

—Él no es un traficante de drogas. Es un activista comunitario. Y yo no estoy saliendo con Moisés ni con nadie más.

—Papi tiene una cara seria. Está de parte de Junior.

—Solo necesitas abrir las piernas una vez y terminas como el resto de las muchachas aquí, estúpida y preñada.

Las palabras de papi se sienten como golpes en el estómago. Lo he oído hablar así muchas veces frente a los tipos que trabajan en el taller de reparaciones al lado. Hablan de exnovias o de mujeres que viven en el vecindario. Cada vez que estoy cerca, papi se calla por respeto. ¿Pero ahora? Está incluyendo a todas las muchachas de esta cuadra en una aseveración sexista. ¿Cómo se atreve a decir que las mujeres son tan estúpidas que no pueden pensar por sí mismas cuando se trata de sexo?¿Y qué tal los hombres? Vean al estúpido de Junior. Se acuesta con todas y papi ni se inmuta. Nadie lo hace. Yo no soy una idiota para dejar que unas frases dulces de cualquier individuo abran mis piernas por arte de magia. Nunca ni siquiera me ha llamado un muchacho a casa, y ahora resulta que ya lo estoy haciendo. A papi se le olvida quién soy yo.

—No puedo permitir que asocien a mi hija con títeres. Se supone que aprendas sobre responsabilidad, no que salgas con narcotraficantes.

—Él no es un títere y tú no sabes nada sobre las muchachas de este vecindario. Deja de generalizar sobre ellas y sobre Moisés.

—Ya estás en boca de todos en el vecindario. ¿Cómo crees que me enteré de que andabas juntándote con ese vago? —afirma Junior—. Si no paras ahora, va a ser peor.

—¿Qué diantres te importa a ti? ¿No tienes problemas reales de los que te tienes que preocupar, como encontrar el dinero perdido o tirarte a la siguiente cashierista?

—¿Ves lo que digo? —pregunta Junior como si yo hubiera presentado pruebas de que he caído de la gracia divina—. Ya está cambiando su forma de actuar.

—Basta, Junior —advierte papi—. Déjame manejar esto.

—Manéjalo, porque se está corriendo la voz. Si no puedes controlar a tu propia hija, ¿por qué la gente va a confiar en nosotros? —Junior se va.

Yo también me dirijo a la puerta. No voy a quedarme aquí para que me acusen. Papi me detiene.

—Princesa —me dice—. Estoy haciendo esto porque quiero protegerte. Porque te amo. Ambos te amamos. Entiendes eso, ¿verdad?

Amor. ¿Todo lo que hace es porque me ama? Enviarme a trabajar aquí y no dejar que vaya a los Hamptons. Acusarme de ser una puta, mientras Junior bebe y se revuelca con quien quiere. Vaya jodida forma de amar.

—No me ames entonces.

Se frota las sienes. El teléfono suena.

—No quiero oír que estás hablando con él o con ningún otro tipo. ¿Entendiste? Y esa es mi última palabra.

Papi contesta el teléfono. Él no me está protegiendo. A él le preocupa su imagen y lo que va a decir la gente si descubren que su preciada hija habla con un extraficante convertido en activista. Ellos no pueden controlarme. Si temen tanto que yo dañe la reputación de la familia Sánchez, les voy a dar algo para que de verdad se preocupen.

Antes de volver a los galones de leche, busco el número de teléfono de Moisés y le envío un texto:

"Vamos a vernos. Solo tú y yo".

Un par de minutos después, Moisés contesta: "Genial".

CAPÍTULO 10

El olor a azufre está por todas partes. Explota un petardo. Y después otro. Y otro. Con cada bombita me arrimo más a Moisés, hasta que se disipa el ruido.

—Esto es una locura —exclamo.

—Vamos —me dice mientras buscamos refugio en una bodega.

El miedo es una emoción curiosa. Te puede parar en seco, los planes aplastados antes de alcanzarlos. El miedo te puede poner también en un camino que no tenías intención de tomar. Yo cometí un gran error al textear a Moisés. No tengo dudas de eso, pero una vez que lo hice, no había marcha atrás. Realmente, enviar el texto fue fácil. Fue durante los segundos siguientes, cuando esperaba su respuesta, que me di cuenta de que había cometido un error.

No consulté con Serena y Camille. Ellas me habrían aconsejado actuar como niña buena para que pudiera reunirme con ellas en los Hamptons. Ya estoy en la semana número cuatro; faltan seis más para terminar mi odisea en el supermercado. En lugar de eso, estoy en un estúpido viaje de rebeldía. Junior y papi piensan que estoy perdiendo el tiempo con un títere, pues voy a perder el tiempo con un títere. En ese momento tenía mucha lógica, pero ahora que estoy caminando por la calle con él no estoy tan segura.

Recoge mangos de una pila de frutas, en su mayoría magulladas, y dos botellas grandes de agua. No tengo idea de qué estamos haciendo ni a dónde vamos. El plan fue bastante fácil de idear. Convencí a papi y a mami de que iba a estar con Elizabeth en la ciudad. Y entonces le dije a Elizabeth que me reuniría con ella y sus amigas en algún momento de la noche. Ella estaba muy emocionada.

Yo no mencioné a Moisés. Mis padres estaban más que contentos de que me alejara de cualquier "distracción".

Paso cerca de un grupo que está preparando cohetes de botella y rezo para que no tiren uno en mi camino. Aunque el Cuatro de Julio fue hace un par de semanas, el Bronx continúa con la fiebre de los fuegos artificiales. Tiene algo que ver con que le va bien a los Yankees. Yo no sigo los deportes. No me interesan. Protejo mi cara de las explosiones.

Un niño lanza un petardo frente a mí. Está sin camisa, orgulloso de su pecho flaquito. Se pavonea otra vez ante mí, listo para encender otro. Su sonrisa es demasiado amplia. Tenemos que salir de esta locura.

—¿A dónde vamos? —pregunto.

—Estamos cerca. Un poco más arriba —dice Moisés.

No ha hablado mucho desde que nos encontramos al otro lado del parque. Quizás está tratando de descifrarme. Espero que me lleve a comer a un lugar agradable y seguro. Estos fuegos artificiales me asustan.

Moisés se detiene frente a un edificio de apartamentos con rejas negras en todas las ventanas y escaleras de incendio oxidadas cubiertas con ropa colgada para secarse. Está en ruinas. Fuertes olores a comida frita y a hierba permean el pasillo. Pasamos por cada apartamento y oigo boleros en la radio, y parejas hablando en voz alta o ¿peleando? No estoy segura.

—Aquí es.

Saca un manojo de llaves. La puerta tiene una calcomanía de Jesús con las palabras "Dios bendiga esta casa" escritas debajo. Se ve maltratada, como si hubieran forzado la entrada. Moisés abre la puerta y lo primero que veo es un retrato del Papa, el presidente Kennedy y Martin Luther King. A la derecha hay un pasillo largo con varias puertas a cada lado. A la izquierda, un gran espejo bañado en oro se inclina sobre una mesa dorada en combinación. En el centro, un jarrón con flores artificiales. Las flores tienen polvo incrustado. Todo se ve viejo y barato.

Espero afuera del apartamento. Esto no es a lo que estoy acostumbrada. No soy así de atrevida. Respiro hondo. Esto es solo un reto, me digo a mí misma, una aventura.

—No te preocupes. Ella está en un retiro de la iglesia. Regresará tarde.

Una invitación a salir significa relajarse en su apartamento. Solos. Así es como va a transcurrir la noche. ¿Qué era lo que decía papi? ¿Veré esto hasta el final?

Entro.

El sudor me recorre el cuello. El aire es sofocante. La salita está tan abarrotada de muebles que apenas hay espacio para estar de pie. Hay pequeñas estatuas de santos y un montón de recuerdos de boda expuestos como trofeos. Aunque quisiera hacerlo, no toco nada. Quienquiera que sea "ella", lo notaría.

—A ella le gusta coleccionar objetos —me comenta.

—¿Tu mamá?

—No. Vivo con mi tía. Mi papá está en algún lugar de Puerto Rico. Mamá está fuera de servicio.

—¿Qué quieres decir con "fuera de servicio"?

Hace una pausa.

—Lo último que supe de ella es que estaba fumando crack con alguien. No la he visto en un par de años.

—Ah. Eso te pone a ti automáticamente fuera de servicio. —Me río, pero no hay nada de qué reírse.

Se dirige a mí.

—Ahora que has oído mi lustroso trasfondo, ¿todavía te quieres quedar?

—¿Por qué? ¿Se supone que me asuste o algo así?

—Probablemente estás acostumbrada a salir con muchachos de dinero, que tienen a sus padres juntos y una linda casa.

Me está juzgando, se dirige a mí de la misma forma que lo hizo con Junior aquel día que por poco se enredan a puños.

—No sabes a lo que estoy acostumbrada.

Mantiene la mirada fija en mí. Yo trato de sostenerla, pero me rindo pronto. Siento el calor en las mejillas. Las cosas eran mucho más fáciles afuera, donde solo tenía que esquivar los petardos. Ahora que estamos dentro, me inundan las dudas.

Caminamos por el pasillo y una bola de pelo nos pasa corriendo por el lado, camino a la sala.

—¿Qué fue eso? —pregunto.

—Esa es la gata, Midnight. Pero yo no la tocaría. Es muy arisca.

Entramos en otra habitación. Al contrario de la sala, aquí no hay muebles. Una delgada sábana blanca cubre un colchón en el piso. Un bombillo cuelga del techo. Pósteres de Malcolm X, Pedro Albizu Campos y un montón de gente seria cubren las lúgubres paredes. La habitación huele a calcetines sucios.

Moisés retira una pila de libros de encima de un cajón y enciende unos palitos de incienso.

—Siéntate —dice, señalando el cajón.

Una ligera brisa entra a la habitación, pero no es suficiente para sentir la diferencia. Mantengo las piernas y los brazos cruzados. Trato de no moverme.

—¿Duermes aquí? —le pregunto.

—Sí, es un lugar donde pasar la noche hasta que pueda pagar algo mío.

—Ah.

Me muerdo una uña. Tengo tantas voces en la cabeza diciéndome que me vaya. Esto no es para mí. Tampoco Moisés. ¿Qué pensará de mí cuando el único sitio a donde me lleva es a su cuarto?

Camino hacia un espejo donde hay varias fotografías presionadas contra el marco. Moisés nombra a cada persona en las fotos como si yo fuera a recordarlas.

—Este es mi equipo, mis panas —me dice—. Cuando las cosas se pusieron feas con mi hermano, ellos me sostuvieron. Freddie, aquí, es mi mano derecha. Él me alejó de algunas locuras en que yo andaba.

Solo puedo pensar en que Moisés está demasiado cerca. Esto también es un reto, así que me quedo donde estoy y asiento con la cabeza mientras me explica cuán importantes son sus amigos para él, y cómo una banda de chamacas de aspecto sospechoso le salvaron la vida. Él huele a almizcle. Aguanto la respiración y anticipo su siguiente movida. ¿Puedo ser yo como esas chicas en la fotografía, con sus camisetas de tirantes y mahones cortados? Parece que saben qué hacer, sin miedo, mostrando sus sonrisas y sus curvas. Una mano firme en la cintura, las caderas saliéndose por el lado. Se ven tan seguras de sí mismas. Pero yo, yo no me visto como ellas ni hablo como ellas. No tengo nada de *sexi*. Estoy totalmente perdida. Vuelvo a sentarme en el cajón.

Elizabeth me envía un texto preguntando por qué me he tardado tanto. Afortunadamente, ella ya hizo planes para encontrarse con sus amigas en el SummerStage de Central Park. Le contesto: "Pronto. Te aviso".

El estallido de un *cherry bomb* afuera me asusta. No sé si puedo seguir con esto. Hasta Moisés nota mi ansiedad.

—Tengo una idea. Dame un segundo —me dice.

Sale corriendo y lo oigo abrir y cerrar puertas. Está buscando algo. Ruego que se esté preparando para salir.

Pero en vez de eso, regresa y me da un saco de dormir.

—Vamos.

—¿A dónde? —pregunto.

—Confía en mí.

No lo conozco, pero eso no evita que lo siga unos cuantos tramos de escalera arriba. ¿Qué estoy haciendo? Es como si pusiera a prueba algunos límites imaginarios para ver qué tan lejos llegaré. Saca otro juego de llaves y abre la puerta. Una suave brisa nos recibe. Estamos en la azotea. Desde aquí puedo ver realmente los fuegos artificiales. Parece como si las cuadras adyacentes se comunicaran a través de las fuertes explosiones y las luces centelleantes.

—Esto es impresionante. —Miro abajo a la gente en las calles corriendo para buscar el mejor lugar para ver los fuegos artificiales. Hasta podemos ver un par de estrellas en el cielo.

—Aquí no se permite a nadie. Yo ayudo al dueño en algunas cosas del edificio, así que me da acceso.

Saca una manta y la extiende. Yo abro el saco de dormir y lo pongo al lado de la manta. Moisés corta los mangos y comemos. Cuando termina, se acuesta boca arriba para ver los fuegos artificiales. Yo no sé qué hacer, así que me quedo sentada y actúo como si esto fuera algo normal.

—Ven a ver las estrellas. —Da un golpecito en el lado vacío de la manta junto a él, para que lo acompañe. Se me acelera el corazón. No soy buena para estas cosas. Me acuesto a su lado, pero no puedo quedarme mirando tontamente los fuegos artificiales. Mis labios se tienen que mover. Me volteo y noto un gran arañazo en su brazo.

—¿Cómo te hiciste eso? —pregunto.

—La gata de mi tía. —Señala a una pequeña cicatriz en mi mano—. ¿Y tú?

—Una caída de la bicicleta. Creo que tenía diez años. —Señalo mi rodilla—. Esta fue en Hawái. Me resbalé de una roca. Tu turno.

—Creo que eso es todo —dice.

—¿De qué hablas? ¿Y la cicatriz en tu cuello? —Paso mis dedos suavemente por ella.

Se estremece.

Lamento ser tan atrevida.

—No tienes que decirme si no quieres —me apresuro a decirle.

Duda.

—No, está bien. —Toma un sorbo de su botella de agua.

—Debo haber tenido cerca de nueve años. Mi hermano acostumbraba calcular el tiempo que me tardaba cada vez que iba a la tienda por él. Una vez, me encontré con un amigo y empezamos a tontear. Cuando regresé, Orlando me advirtió que la siguiente vez que me desviara me colgaría del cuello. Me mostró cómo iba a hacerlo. Terminé con esta quemadura de soga como un recordatorio para nunca llegar tarde.

—¿Quién hace esas cosas? Nunca he oído algo tan cruel.

—Jesús. Eras solo un niño —le dije.

—Sí, es un poco retorcido. Te presento a la familia Tirado.

Moisés intenta ser muy hombre con relación a esta historia, actuar como si lo que su hermano le hizo estuviera bien, pero no tiene caso. Solo estamos nosotros aquí y los petardos explotando. Lo miro fijamente y por primera vez no retiro la mirada. Pongo mi mano sobre la suya.

—Pero tú no eres como tu hermano. Tú eres diferente.

Retira su mano lentamente.

—¿Por qué estás tan segura? —Moisés suelta las palabras como si yo hubiera desenmascarado una herida. Fue tonto pensar que un simple gesto de mi parte podría ayudarlo a olvidar ese recuerdo. Peor aún creer que tengo derecho a tocarlo.

—No quise...

—Déjame preguntarte algo. ¿Por qué me enviaste ese texto después de dejarme plantado en el almuerzo? —pregunta—. ¿Estás experimentando en el barrio? ¿Viendo cómo vive la otra mitad?

Esa furia no está dirigida a mí. Debo haberlo avergonzado y me siento mal por ello. Pero de todos modos lo que dice me duele, y soy una tonta por aguantarlo. Puede quedarse con sus mangos. Me levanto.

—Existe esta idea equivocada de que la gente del South Bronx siempre está tratando de salir —continúa con su diatriba—. Pero no todos se sienten atrapados. Algunas personas escogen vivir aquí. Vi la expresión de tu cara cuando te llevé a mi cuarto. Me menosprecias a mí y a mi familia.

Me estoy enojando. Pasamos de compartir algo íntimo a unas acusaciones que no acabo de identificar. Cualquier persona en su sano juicio se asombraría de ver cómo vive. Ni siquiera duerme en una cama normal, sino en un burdo colchón sobre el piso. No hay nada de malo en querer cosas buenas.

—Escuche, Mr. Bronx —me defiendo—. En vez de estar perdiendo el tiempo tratando de salvar a los demás con tu actitud de superioridad, ¿por qué no te compras un maldito juego de cuarto? Me voy de aquí.

Cuando llego a la puerta, es imposible abrirla. Por más que halo, está atascada. Mi salida triunfal se esfuma como una ocurrencia tardía.

—Espera. Detente.

—¡Vete al carajo! —Sigo halando, pero no pasa nada. Estoy atrapada en una azotea con un individuo que odia todo sobre mí—. Abre la puerta para que pueda irme.

—Espera.

—No, ¡ábrela!

—Antes de abrirla, dame un segundo para explicarte —dice Moisés—. Lo siento, Margot. De verdad, lo siento. Esa mierda no estuvo bien. Lo dije porque… no tengo derecho a hacerte sentir mal. Soy un idiota. El hecho de que tengas dinero no quiere decir que lo tengas todo. Caigo en esa actitud, quiero diezmar a todos a mi alrededor.

Quiere encasillarme con todo lo malo. Si no vives como él, entonces estás tratando de ser blanco o rico o algo que no eres. Yo ni siquiera sé todavía lo que soy. Solo voy tirando, igual que él.

—Mira, me sorprendió cuando te comunicaste —continúa—. Pensé que estabas jugando y te seguí la corriente. Me equivoqué. Me gustas y, aunque venimos de mundos diferentes, quiero tener una conexión. Lo que intento decir es... vamos a apretar el botón de rebobinar.

Empieza a hacer maniobras alocadas. Camina hacia atrás. Intento no reírme, pero es difícil cuando empieza a pronunciar palabras en reversa. Después de un rato, me rindo. No voy a olvidar sus acciones hirientes, pero verlo hacer el papel de tonto alivia un poco las cosas. Un poquito.

En lugar de regresar al saco de dormir, camina por el borde de la azotea. Lo acompaño, pero dejo una distancia considerable entre ambos.

—Mi nombre es Moisés.

Me extiende la mano. Debo cortar por lo sano e irme. No le estrecho la mano, pero acepto la disculpa por ahora. Su demostración es graciosa, pero no tengo que creerlo todo.

—No me hables como si yo no tuviera idea de nada —le digo—. Yo no estoy buscando consejos tuyos ni de ningún otro hombre, de hecho. Esto no es una guerra y yo no estoy tratando de atacarte.

—Me parece justo. —Hay una pausa que se llena con las explosiones de los petardos—. Entonces, ¿qué es lo que quieres?

Espera. Pensé que estaba poniendo límites como una persona madura. No creí que tendría que participar en una conversación profunda con él.

—Nada. No quiero nada. —Mis planes iniciales de usar a Moisés para desquitarme de papi y de Junior se esfumaron—. Solo quiero hablar.

—¿Hablar?

—Sí. No te sorprendas tanto. Algunas muchachas solo queremos hablar. Supongo que soy diferente.

—Un poco —me contesta—. ¿Ya leíste algunos de los poemas de Julia de Burgos? Hay un poema titulado *Yo misma fui mi ruta*. Ese poema me recuerda un poco a ti.

—Y ¿eso es algo bueno?

—Ella escribe sobre ser ella misma. Sobre cómo la gente la empuja en una dirección por ser mujer, por ser de su clase, pero ella se rehúsa. Ella sigue su propio criterio. Puedo ver eso en ti. Me sorprende que nunca hayas oído hablar de Julia de Burgos. Supongo que tu escuela está muy ocupada en enseñarte las mismas materias de siempre.

—Somerset es una excelente escuela —respondo—. Ofrecen un montón de materias que no se dan en las escuelas públicas regulares. ¿A qué escuela vas?

—A ninguna. Voy a tomar el examen del GED.

No está en la escuela. En casa, no tenemos otra opción que graduarnos e ir a la universidad.

—No todo se puede enseñar en la escuela. Se aprende más interactuando con la gente. —Moisés baja la cabeza y levanta lentamente la vista con una ligera sonrisa—. Entonces, ¿quieres retozar? No, estoy bromeando. Pero, en serio, si quieres, aquí estoy. Seré tu "práctica" hasta que Nick vea la luz.

Me río a carcajadas, cualquier cosa para disimular el nerviosismo ante la idea de que quiera besarme. Definitivamente, tiene algo. Puedo admitirlo. Miramos arriba, una explosión de fuego se ha apoderado del cielo. También está estallando mi teléfono por los mensajes de texto de Elizabeth, que pregunta dónde estoy.

—¿Tu familia sabe que estás conmigo? —pregunta Moisés.

—Claro —le miento.

—¿Y a tu hermano no le importa?

—Junior no es mi carcelero.

—Carcelero. Curiosa elección de palabra.

—Él no siempre es así. —Una cosa es estar enojada con Junior, pero no me gusta que los demás lo pongan como un trapo. Así que aquí estoy repitiendo la misma excusa que me dio Oscar hace un par de días—: Algunas veces Junior puede ser amable. Él solo está estresado.

—Puedo ver que lo quieres, a pesar de que es un imbécil.

—No le llames así.

¿Qué tiene Junior que obliga a Moisés a hablar tan fuerte? No voy a negar que mi hermano fue muy grosero con él, pero aun así es mi sangre.

—¿Por qué lo odias? Junior no me dice nada. ¿Qué pasa entre ustedes dos?

Moisés se voltea y se recuesta del borde de la azotea. Duda, y eso alimenta más mi curiosidad.

—Indirectamente, Junior me recuerda mi pasado y el de mi hermano. Y es probable que a él le pase lo mismo, le recuerdo cosas que él quisiera olvidar. De todos modos, algunas veces las personas simplemente no son compatibles.

Antes de poder hacer más preguntas, mi teléfono vuelve a vibrar.

—Cambio de planes. Lo siento mucho, no voy a llegar.

Te lo explico todo mañana. Hablamos después. Diviértete
—le contesto.

Elizabeth no responde y sé que en algún lugar de la ciudad ella está furiosa conmigo. Pero alejo ese pensamiento.

Nos quedamos en la azotea y hablamos otro rato. Algunas veces, Moisés se va por la tangente hablando de las injusticias en el mundo, pero lo traigo de vuelta. Está acostumbrado a pelear. Más tarde, la conversación se mueve al saco de dormir y siento maripositas en el estómago. Lo he dejado muy claro. Estoy aquí solo para hablar. Moisés no trata de besarme, pero ¿por qué todavía deseo que lo haga?

El sol brilla. Moisés me rodea con su brazo. Ronca. No hay forma de saber cuánto tiempo hemos estado así. Recuerdo que la conversación pasó de un tema a otro. Sentí los ojos pesados, pero continuamos hablando hasta que ya no pude mantenerlos abiertos y los fuegos artificiales ya no me asustaban. Ahora, ya es de mañana, puedo ver su cicatriz y su barba incipiente.

Moisés abre los ojos. Gime y se mueve len-ta-men-te hacia mí. Tan cerca que puedo sentir su aliento en mi mejilla, hasta que sus labios están sobre los míos y me veo obligada a cerrar los ojos también. Sus labios son suaves y siento el sabor agridulce del mango. Por unos instantes, me permito disfrutar de su cercanía. Esto es nuevo, pero se supone que no sienta nada por Moisés. Ni este beso ni nada. Su mano recorre mi cuello, baja a mi espalda y se mueve lentamente bajo mi blusa. Mi alarma de virginidad suena para que lo detenga. Cuando va más allá, me aparto.

—No puedo —digo abruptamente.

—Podemos ir poco a poco. Quiero estar contigo. Si eso

quiere decir tomarnos de la mano, está bien conmigo. Si es más, también está bien. ¿Sabes lo que te digo?

—No, no es eso.

Deja de sostener mi cara entre sus manos.

—Es tu chico Nick, ¿verdad?

Tiene razón sobre Nick. Moisés no puede ofrecerme nada bueno. Él es solo un reto.

—Tengo que irme. —Me pongo de pie y asimilo su cara seria, que brilla contra el sol naciente. Él se levanta y enrolla el saco de dormir. Lo ayudo a limpiar.

—Te acompaño a la estación del tren —me dice. Si está molesto con lo que acaba de pasar, no lo demuestra.

—No tienes que hacerlo —le respondo, pero me alegra que lo haga porque quizás eso quiere decir que no soy una perfecta idiota.

Las calles están cubiertas por los restos de los petardos. Un montón de pensamientos locos me dan vueltas en la cabeza: que pasé la noche con él, que Elizabeth está enojada y que me van a atrapar.

Cuando llegamos a la estación, Moisés pasa su tarjeta de MetroCard antes de que pueda detenerlo. Cuando le digo que no tiene que esperar, mueve la cabeza como si yo estuviera diciendo tonterías.

El tren se acerca. No sé cómo terminar esto. ¿Qué puedo decir sin sonar como una idiota o como una persona sin corazón?

—Gracias por acompañarme y por una noche divertida.

Las puertas del tren se abren, pero antes de subir, Moisés se inclina y me da un beso en la mejilla.

—Te veo por ahí —me susurra al oído.

Me le quedo mirando mientras el tren se aleja.

CAPÍTULO 11

Mami alinea botellas vacías en una mesa afuera, frente al garaje. Son las ocho de la mañana y se ve fresca. Una mujer decidida, con la misión de limpiar, en mahones ajustados y tacones. Deben de haber tenido alguna tertulia con los vecinos anoche. Me acerco de puntillas a la puerta principal.

—Margot, ven acá. Tiene el cabello recogido en un moño que yo he tratado de imitar muchas veces, pero nunca logro. Mis rizos no se dejan controlar. Me va a interrogar. Cuando le texteé la mentira de que pasé la noche en casa de Elizabeth, respondió dándome órdenes de llegar a casa a más tardar a las ocho. Es una prueba para recordarme que todavía estoy pagando por mis delitos, pero la pasé porque regresé a tiempo.

—¿Qué tal la pasaste? —me pregunta.

—Bien.

Me ajusto las gafas de sol. Quisiera que ocultaran todo mi cuerpo y no solo los ojos. Tengo que llegar a mi cuarto. Elizabeth no respondió ninguno de mis textos ni llamadas esta mañana. Me da miedo de que vaya a presentarse en casa y arruine mi coartada. Tengo que contactarla.

Mami le hace señas a la empleada para que se encargue del otro lado del patio. Siempre se queja de que Yolanda no es suficientemente rápida, pero mami no le da chance. Ella tiene un don de llegar primero a los desastres. Mami olfatea el aire a mi alrededor y arruga la nariz. Vuelve a olfatear.

—¿Tú has estado fumando? —me pregunta—. Puedo olerlo desde aquí.

—¡Qué? ¿Estás loca? Fumar es asqueroso. Estarás oliendo a Junior.

Cruza los brazos.

—Probablemente es incienso o petardos. Anoche hubo fuegos artificiales.

—Pues apestas.

—Yo no apesto. De todos modos, no hicimos mucho. —Mis dedos le dan vueltas a mi collar de colgantes. No puedo dejar que me haga tropezar—. Pasamos por el concierto y regresamos a su casa. Si quieres, puedes llamar a su mamá y preguntarle.

Mami nunca llamaría a la mamá de Elizabeth. Ella odia parecer una dictadora opresiva en comparación con los padres de Elizabeth. ¿Y cómo no? Ellos dejan que Elizabeth trabaje en la ciudad, mientras yo estoy castigada.

—Deja eso —dice mami, gesticulando para que deje de jugar con el collar—. Tu papi y yo queremos hablar contigo sobre el problema ese del muchacho…

—No hay ningún muchacho, así que no hay problema del muchacho. —Odio ser el tema de la discusión.

—Princesa, quiero que escuches cuidadosamente y trates de entender de dónde venimos. En Puerto Rico hay un refrán que dice: "Dime con quién andas y te diré quién eres". ¿Entiendes lo que eso quiere decir? Significa que puedes juzgar a una persona por las personas que le hacen compañía. Si sales con vagos, eso te hace un vago. ¿Me entiendes?

—Estoy cansada y apesto —trato de interrumpirla—. Tengo que darme una ducha.

Mami se resiste a dejarlo ir.

—Entiendo cómo son las cosas. Conoces a un muchacho y puede que sea guapo. Quizás él se fija en ti, te dice piropos, pero todo eso es temporero. No te dejes engañar. Esos sinvergüenzas solo quieren una cosa.

¿De qué está hablando mami? Mis padres tienen un sentido distorsionado de la realidad, donde las muchachas son *fembots* sin idea de nada, que siguen ciegamente a cualquier tipo, y los varones son depredadores prestos a atacar a todas las muchachas. A veces siento que vivo en un episodio de *Mad Men*.

—Te enviamos a Somerset para que puedas concentrarte en la escuela. Tienes una excelente oportunidad. Este trabajo de verano, aunque no fue idea mía, es para que pagues tu deuda —sigue hablando—. No arruines tu futuro con un muchacho que decide prestarte algo de atención.

Lo que menos se imagina es la influencia que han tenido Serena y Camille en que haya tomado el camino del mal que ella tanto menciona. Mami y papi me matarían si se enteraran de que pasé la noche con Moisés. No puedo quedarme aquí y escucharla darme consejos sobre cómo conservar mi reputación angelical cuando huelo a pecado.

—Tengo que ir al baño —le digo—. Me tengo que ir.

—Margot, no me dejes con la palabra en la boca. Tenemos que hablar.

El sonido tintineante de las botellas me deja saber que no me sigue, y eso es bueno. El corazón me late tan fuerte que me trago una botella completa de agua para normalizar el ritmo. Le dejo un cuarto mensaje a Elizabeth. La necesito de mi lado. Antes de que pueda enviarle un texto de seguimiento, alguien toca a la puerta de mi cuarto.

—Princesa, soy yo. —La voz de papi suena áspera.

Corro por el cuarto y abro las ventanas.

—¿Sí? —Tengo que disimular cualquier vestigio de olor de anoche.

—Abre.

—Voy a entrar a bañarme. —Abro la puerta solo un poco.

—La puerta. Ahora. —Entra con una taza humeante de café negro. Tiene la cara hinchada y bolsas bajo los ojos. Debe haber bebido bastante anoche mientras yo estaba en una azotea con Moisés. Papi quita la ropa que está tirada sobre mi cama y hace espacio para sentarse.

—¿La pasaste bien anoche? —pregunta.

—Sí. —Me acomodo cerca de la ventana y ruego porque el aceite de almizcle de Moisés se evapore de mi piel. —Tengo que bañarme.

—Ah. —Papi se pone de pie, confundido. Todavía tiene un vestido en la mano—. Bueno, yo vine a hablarte de ese muchacho.

—Olvídalo. Hablé con Elizabeth sobre eso. Él no es de por aquí, así que no debería hablar con él. No tiene importancia.

—Bien. Estoy orgulloso de ti. Eso es una señal de madurez. Con el tiempo verás que teníamos razón.

Papi está complacido. El mundo está bien ahora que Princesa vuelve a ser la hija inocente y ese muchacho problemático ya no es una amenaza. Si supiera. Es extraño que mi beso de mango haya ocurrido hace apenas un par de horas, pero un beso no es nada. Y ese beso en particular fue un error.

—Margot, ¡Elizabeth está aquí! —grita mami desde afuera.

¡Por fin! Espero que Elizabeth no abra la boca. Ya no estamos sincronizadas. No puedo esperar que mantenga un registro de mis mentiras.

—Apúrate y sube —le grito, y me dirijo a papi—. ¿Te importaría darnos privacidad, por favor?

Elizabeth llega sin aliento y sudando, con ropa de correr. Trato de descifrarla, pero su expresión está en blanco. Si mami no ha gritado "asesinato", supongo que estoy a salvo.

—Princesa no quiere decirme lo que hizo anoche —bromea papi—. ¿Qué secretos están ocultando?

Elizabeth suelta una risa nerviosa. Observo que abre la boca para responder, pero se detiene. Debe quedarse callada.

—Es bueno verlas juntas. Elizabeth, dale una mano a Margot. Ha tenido una semana dura en el trabajo.

—Ay, papi, Elizabeth no vino hasta aquí para hablar contigo. Vete ya.

Lo empujo fuera del cuarto y le pongo el seguro a la puerta.

—¿Dónde te metiste anoche? —pregunta Elizabeth—. Te envié montones de textos.

La mando a callar. Papi podría estar todavía cerca de la puerta. No puedo arriesgarme. Además, no es para tanto.

—No pude llegar —le digo—. No me mires como si hubiera matado a alguien.

—Debiste decirme. Estaba asustada. Por poco llamo a tus padres.

Le da vueltas a un mechón de cabello azul. Elizabeth y yo nunca hemos hecho nada malo. Niñas buenas por mucho tiempo. Lo más atrevido que ella ha hecho es ese tinte de pelo reciente. Cuando le dije que me atraparon robando la tarjeta de crédito de papi, no podía creerlo. Ella no entendía por qué yo haría algo así, sobre todo porque papi nunca ha sido tacaño con el dinero. Estuvo mal incluso contárselo.

—Estaba con un amigo. Lo siento, perdí la noción del tiempo.

—¿Quién es? Alguien de Somerset —dice enojada. No puede ocultar su disgusto. Por eso mantengo mis dos mundos separados.

—No, no es de Somerset.

Espera con ansias los detalles, pero me detengo. No sé por qué. Quizás si comparto mi momento en esa azotea, el evento se empañará. Se malinterpretará. O quizás no quiero ser juzgada por mis actos, buenos o malos.

—Primero me haces mentir y ahora no me dices qué pasó —dice Elizabeth—. ¿Para qué me molesto? Se pone de pie para irse.

—Era solo un estúpido muchacho y no pasó nada —desembucho—. Hablamos, eso fue todo.

Elizabeth está decepcionada porque no le conté nada hasta después del hecho.

—¿Qué muchacho? —pregunta—. ¿Serena y Camille saben lo de anoche?

Niego con la cabeza. Gano algunos puntos por no haberles dicho, pero no es suficiente.

—¿Por qué no fuiste sincera conmigo? Yo te iba a cubrir, pasara lo que pasara —afirma Elizabeth—. Algunas veces actúas como si fuéramos extrañas.

—Si te hubiera dicho que estaba planeando janguear toda la noche con un muchacho del que nunca habías oído hablar, me habrías dicho que estaba loca.

—Estás loca —contesta, y hace una pausa—. Pero te

hubiera cubierto. Nos protegemos mutuamente, pase lo que pase. ¿Recuerdas? ¿O eso ha cambiado?

No saco a relucir cuando me abandonó por sus nuevas amigas durante aquellas primeras semanas en Somerset. Elizabeth hizo un nuevo círculo de amigas cercanas, mientras yo estaba totalmente perdida, ni siquiera sabía abrir mi nuevo casillero. Ella piensa que yo dejé de ser su amiga, pero fue Elizabeth quien se apartó primero.

—Yo no inventé toda esta historia mientras tu mamá me interrogaba para nada. Quiero los detalles.

—Es solo un muchacho que vive cerca del supermercado. Nada serio —le aseguro—. Y no estábamos solos. Fue más una fiesta del barrio con gente que yo no conocía. Mis padres no quieren que yo hable con nadie de ese vecindario. Tenía que inventar algo.

Me mira de reojo.

—Bueno, ¿por lo menos es mono?

—Sí, pero definitivamente no es mi tipo. —Al menos esa parte es verdad—. Lamento no haber sido sincera contigo.

Elizabeth se olvida un poco de su decepción. Yo no quiero que esté enojada conmigo. Sé que no hemos estado muy unidas por algún tiempo, pero yo todavía le tengo cariño.

—Bueno, ahora me debes dos. Los Boogaloo Bad Boys van a tocar el otro fin de semana. Ven conmigo. Me muero por verlos en vivo. Será divertido.

Cuando me dice que el concierto es en un parque del South Bronx casi me echo para atrás. Es como si las fuerzas conspiraran para mantenerme allí, sin importar cuánto intente salir. ¿Y la banda? Una mezcla de salsa, rap y reggae, la música que me gustaba antes. Ahora sigo el gusto musical de Serena y Camille. A ellas les gustan las últimas chicas malas, estrellas del pop, las que usan la ropa bien apretada y letras empalagosas que no cuadran con su imagen pícara. No hay sabor en esa música, pero puedo seguirles la corriente con sus gustos.

—¿Podemos ir a ver otra cosa? No me gustan los Boogaloo Bad Boys.

—¿De qué estás hablando? A ti te encantaba Fuego cuando era el cantante principal de los Cumbia Killers. Es el mismo tipo.

—Sí, pero ya no. Vamos a ver quién más se está presentando. —Voy a mi computadora y busco otro concierto.

—Sarah Sez está en SummerStage. Vamos a verla.

—De ninguna manera. Odio a esos aspirantes a raperos. No puedo creer que tú escuches esa basura. Eso ni siquiera es música, solo Auto-Tune. Represento esta magnífica hazaña por ti y tú ni siquiera puedes venir conmigo a ver a los Boogaloo. Solo van a tocar ese día.

—Okey, okey. Te lo debo. Iré.

—¡Sí! Como es un sábado, nos podemos reunir aquí y vamos en bicicleta a la estación del tren. Será como en los viejos tiempos.

Cuando éramos más jovencitas, Elizabeth y yo salíamos en bicicleta todos los fines de semana. Ella me seguía por callejones y caminos, por lugares que nuestras madres nos decían que nunca fuéramos. Actuábamos como hermanas en fuga. Yo siempre iba al frente, empujando a Elizabeth a llegar a áreas más nebulosas.

Me pregunto si la he dejado atrás. Quizás Elizabeth no puede seguir el ritmo. No es mi culpa tener a Somerset ahora. Estoy tomando decisiones sobre mi vida sin ella.

—¿A qué hora empieza? —Busco el concierto en línea. No voy a despreciarla, aun cuando ver a los Boogaloo Bad

Boys en concierto ya no es lo mío—. Nos encontramos aquí a las once de la mañana. ¿Te parece bien?

—Vamos a vestirnos con sus colores, negro y dorado —me propone.

—Yo dije que iba. Nadie habló de disfrazarse.

—A ti te encantaba eso. Bueno, yo me disfrazo. —Hace algunos estiramientos—. No te olvides. Sábado a las once de la mañana. Y si te aburres más tarde hoy, pasa por casa. Estoy trabajando en unas pinturas nuevas.

Cada vez que comienza un nuevo proyecto, Elizabeth pinta toda la noche. Su práctica en el museo debe inspirarla. ¿Qué inspiración me ofrece a mí el trabajo en el supermercado? Desviarme con Moisés. Estoy segura de que eso no era precisamente lo que papi tenía en mente.

—Estoy demasiado cansada —le digo—. Y no te preocupes, no voy a olvidarlo. Tú vas a dedicarte a enviarme textos para que lo recuerde. ¿No es así?

—Más te vale —me dice y se va.

Antes de llegar a la ducha, recibo un texto de ella. Boogaloo baby! No puedo esperar.

LISTA DEL ESTADO DE ÁNIMO ACTUAL

Ligeramente molesta.
Falta de sueño.
Y cada vez que pienso en Moisés, confundida.

CAPÍTULO 12

ntes de salir en Skype, me maquillo y me pongo una blusa rosada con un collar grueso. Estoy muy pálida, así que creo un poco de magia con la luz de mi habitación. La iluminación ambiental siempre funciona.

Hace un par de días que no envío mis textos para reportarme con Serena. Ella decidió que necesitábamos una sesión de Skype. Esto es nuevo para mí y estoy nerviosa. No quiero que me critiquen por usar el color equivocado de sombra de ojos. Nunca puedo estar lo suficientemente perfecta.

Camille se acaricia la clavícula. Su cabello se ve todavía más rubio por el sol. Se cubre las pecas con maquillaje, pero siempre asoman. Es una pena, porque pienso que las muchachas con pecas se ven lindas. Cometí el error de decírselo una vez y casi me agarra por el cuello, quejándose de que era por el estúpido lado irlandés de la familia que tenía esas horribles marcas en la cara. Camille también está furiosa por la "grasa" inexistente en los tobillos, heredada de su padre, y por sus labios finos, herencia del lado de su madre. Es difícil ser solidaria. Camille ya tiene un entrenador personal y tiene planes de rellenarse los labios cuando cumpla los dieciocho.

—¡Casi pierde la parte de arriba del bikini!

Serena se sienta al lado de Camille con un bikini rosado que resalta su piel aceitunada. Me cuenta lo que ocurrió anoche en una fiesta. Otro evento que me pierdo. Serena no tiene tantos complejos como Camille en lo referente a su cuerpo. Sus padres son los animadores de Serena, siempre elogiándola. Esto lo veo en su página de Facebook. Su madre usa los emoticones como si se fueran a acabar. No creo que los padres de Camille le demuestren tanto amor en público. Ella casi nunca habla de ellos, solo cuando alardea recitando la lista de lugares increíbles que han visitado. Sus padres parecen estar muy ocupados con esa vida glamurosa.

—¡Qué zorra! —dice Serena—. Lo hizo a propósito.

Es difícil concentrarse. Los últimos dos días en el trabajo han sido la vieja rutina, con una excepción: Moisés no se ha presentado. ¿Está evitándome? Había imaginado que nos veríamos e intercambiaríamos miradas de complicidad. O quizás tener que explicarle que solo podemos ser amigos, que la otra noche fue un accidente, pero no he tenido oportunidad. El espacio al frente del supermercado ha estado vacío.

—¿Estás escuchando? —pregunta Camille.

—Claro que sí. La chica es una zorra. Es la reina de las zorras —le respondo.

Camille está de un humor de perros. Es el tercer día de una semana de ayuno de jugos, en preparación para la fiesta de Nick. Las Navidades pasadas nos obligó a hacer el *detox* a base de jugos por tres días. Aunque le dije que lo estaba haciendo, comía a escondidas cada vez que podía. Cuando llegó el gran día del pesaje, yo había aumentado una libra. Camille me acusó de hacer trampas. Ninguna dieta de jugos o ropa de marca van a hacer desaparecer mis curvas. No importa cuánto intente camuflajearlas, siempre van a emerger.

—¿Margot está besuqueándose con alguien? —Serena suelta una risita nerviosa—. ¿Es por eso que no nos prestas atención? Te nos desapareciste por un par de días.

—No, ni tanto.

No quiero mencionar mis patéticos actos de vulnerabilidad. A ellas no les interesan. No puedo comparar mi momento con Moisés con sus fiestas en la piscina.

—Está mintiendo —dice Camille—. ¿Con quién te estás dando lengua? No es posible que todo el tiempo estés trabajando en la tienda de tu padre.

Le recuerdo que no estoy trabajando en una tienda, sino en una cadena de supermercados. La presentación lo es todo.

—Lo siento, quise decir supermercados —dice Camille—. Entonces, ¿qué has estado haciendo para verte bien? ¿Cuál es tu ángulo?

Camille quiere acuñar esa frase. La repite constantemente. Su madre es la dueña de una firma de diseño de interiores. Sus clientes son diseñadores de moda y celebridades, todos muy ricos. Suena como un trabajo de ensueño. La mamá de Camille le ha enseñado la importancia de generar expectativa para dejar una impresión. Por eso la pregunta de "¿cuál es tu ángulo?". No quiero que piensen que el quedarme callada es un tipo de rechazo.

—¿Mi ángulo? No es nada serio, es solo casual. —Dudo, pero quieren más.

—¡Habla! —grita Serena.

—Okey. Okey. Hay un muchacho.

—¡Ay, qué zorra! ¡No nos dijiste nada! —reclama Serena—. ¿Quién es él?

—Nadie especial. Solo un chico local.

Camille arruga la cara en señal de disgusto. Grave error. Nunca debí haber dicho "chico local". Incluso con la pobre conexión de Skype, puedo ver que estoy perdiendo puntos. Tengo que arreglar esta historia o no oiré su final.

—No tengo mucho de dónde escoger. La selección es escasa. Pero él está bien, estaba bien. Quiero decir que es guapo.

—¿Cómo se llama? —pregunta Camille.

No tengo dudas de que en cuanto les diga lo buscarán en línea. Lo estudiarán. Analizarán a Moisés de pies a cabeza. Puedo inventar un nombre, pero sería ridículo. Mejor digo la verdad. Ellas solo quieren ver algo. Nunca lo conocerán.

—Su nombre es Moisés Tirado.

Serena toma su teléfono de inmediato. Camille toma un sorbo de su jugo verde de col rizada, y espera. La imagen que sale de Moisés es de lo que parece una concentración de la comunidad. Sostiene la infame tablilla sujetapapeles y el bolígrafo. La fotografía no es tan de cerca como para que puedan ver su cicatriz, pero sí el collar de cuentas que siempre usa.

—Ajá. Bonitas cuentas —dice Serena. Serena tiene un collar similar, pero ella compró el suyo en un safari al que fue con sus padres hace un par de años. Su padre es abogado corporativo. Alto nivel. Creo que las cuentas del collar de Moisés son de plástico.

—Tiene unos ojos hermosos. Son oscuros y muy intensos. Es inteligente. Buen cuerpo.— Me esfuerzo por venderlo, pero hasta ellas tienen que aceptar que es muy apuesto.

—Tiene buen cuerpo —concede Camille y frunce sus delgados labios rojos—. Pero no tiene mucho estilo.

Aumenta la tensión en mi cuello. No quiero perder nada de mi prestigio social.

—¿Cómo se conocieron? —pregunta Camille.

—Él reúne firmas frente al supermercado. Es un activista comunitario.

—Activista comunitario. ¿Te refieres a concentraciones y manifestaciones? —Acaricia sus largas extensiones—. Interesante. —Camille no está impresionada.

Mientras más hablo, peor parece Moisés.

—Me regaló un libro de poemas —les cuento—. Como sea, nos besamos. Eso es todo.

—Ah, poesía. Eso es muy sensual. ¿Estás segura de que eso fue todo lo que hicieron? —pregunta Serena—. ¿Algo más que quieras decirnos? ¿Algo estalló? Mejor nos cuentas, porque tenemos maneras de averiguarlo.

—No hay nada que decir. Lo juro. Nos besamos. Yo solo estaba confraternizando en los barrios pobres.

Dios mío. Qué he dicho. He traicionado esa noche mágica entre nosotros con tanta facilidad, diciendo que confraternizaba en los barrios pobres. Es precisamente de lo que Moisés me acusó y aquí estoy, dejándolo de lado porque tengo mucho miedo de admitir algo honesto y real ante Camille y Serena. Si dejo ver ese lado, quedaré vulnerable. Mi papel en nuestro trío es seguirlas e imitarlas. Eso no incluye compartir nada en profundidad.

Pero, ¿qué gano exactamente al destruir a Moisés de esa forma? Si soy honesta conmigo misma, me quedo con esta revelación: No encajo con ellas y no encajo con Moisés. La última vez que me sentí cómoda conmigo misma fue en la secundaria con Elizabeth. Pero ahora Elizabeth y yo no estamos sincronizadas como antes. Así que, ¿dónde estoy parada?

Es más fácil mentir y herir a alguien que no está presente. Serena y Camille están ahora frente a mí. Me concentraré en ellas. Lo que dije estuvo mal, pero no tengo las agallas para retractarme.

Camille termina de tomarse el jugo. Está aburrida. Momento de dejar atrás a Moisés.

—¿Saben algo de la fiesta de Nick? —pregunto.

—Ya es un hecho. El 21 de agosto. ¿Vas a venir? —pregunta Camille—. Digo, si no estás ocupada intercambiando saliva con algún chico.

—Claro que estaré allí —contesto.

La fiesta de Nick cae en la semana número ocho de mi encarcelamiento en el supermercado, lo que quiere decir que falta menos de un mes. Técnicamente, papi no me ha dado luz verde, pero yo utilizaré mi magia de alguna manera. Estaré en los Hamptons, haciendo mi mejor esfuerzo para alinearme con las chicas y con Nick.

—No me perderé su fiesta —añado.

—Si te invitan —comenta Camille.

Ah, pues yo creía que ya estaba invitada.

—¿Por qué no me invitarían?

—Bueno, tu prometiste pasar el verano con nosotras y sucedió todo ese drama con tus padres —dice Camille—. Yo no sé si Nick se acordará de quién eres. No es como si estuvieras aquí para recordárselo.

Se me cae la cara. ¿Qué se supone que haga? ¡Contratar a un avión para escribir en el cielo que Margot todavía está aquí?

—¿Qué debo hacer? ¿Le envío un correo electrónico?

—Camille está bromeando. —Serena le da un codazo a Camille y esta se ríe.

—Por supuesto que estás invitada —dice Camille—. Estás con nosotras. No te preocupes.

Si Camille comiera más, no sería tan cruel.

Las chicas van a una fogata. Otra noche de sábado que me quedo en casa sin planes. No hay nada más que hacer que embellecerme y borrar la marca que me ha quedado dentro por renegar de Moisés.

—Mami, ¿has visto mis pinzas? —grito desde el baño de arriba.

Otra vez con lo mismo. Vuelve a organizar el botiquín y cambia todo de lugar. Por la cantidad de productos para la limpieza que ha usado, puedo adivinar que algo le molesta. Tiene una fijación con mantener la casa en orden. Le gruñe a papi y, algunas veces, a Junior. Cuando empieza a hacer eso, sé que es grave.

La casa está limpia, pero el supermercado se derrumba, considerando que están robando dinero. Mami peleó con papi esta mañana antes de que él saliera a trabajar. Ella quería que él viniera a cenar. Él le hizo un comentario mezquino sobre pagar para que tomara otra clase. Fue un golpe bajo. Él puede ser muy cruel con ella.

—Las puse aquí. —Mami toma una nueva cajita de cristal de una repisa. Demasiado extravagante para las pinzas comunes y corrientes que compro. Comienzo a darle forma a mis cejas abandonadas.

Mami decide que mi reto de belleza es un deporte para espectadores.

—¿Qué estás haciendo? Tienes que depilarlas en la dirección del vello. —Me quita las pinzas de la mano y acerca mi cara a la luz.

A pesar de que se ha pasado el día limpiando, todavía

tiene maquillaje. Sus pestañas largas y oscuras lo son aún más con el rímel. Sus hermanas mayores la enseñaron a maquillarse, y ella me enseñó a mí. Pero yo tuve que desaprender algunas de las lecciones, ya que el emplaste de pintura no es lo que se consideraría una "apariencia natural" en Somerset.

—Por favor, no me depiles mucho —le digo y ella chasquea la lengua, ofendida porque le he dicho algo obvio.

Algunas veces me resulta muy difícil imaginarme a mami de mi edad. No hay muchas fotos de ella cuando era niña. Sé que era pobre y que vivían en un pueblo pequeño. Sé que fue ahí donde conoció a papi y que él se la llevó enseguida a Nueva York. Fue la última de la familia en casarse, ya a sus veintitantos años. A papi le gusta bromear diciendo que ella era una solterona. A veces sus chistes no tienen gracia.

—Mami, ¿cómo eras tú de adolescente? —le pregunto—. ¿Tenías muchas amistades?

—Tenía a mis hermanas y a mis primas. —Deja las pinzas y pasa suavemente su dedo por mi ceja—. Yo nunca estaba sola.

—Pero, ¿nada de amiguitos, noviecitos? ¿No tenías amigos varones?

—No, Princesa. Los amigos varones no existen. Ese concepto es americano. Papi fue el único novio que yo tuve. Nos conocimos y los tuvimos a Junior y después a ti.

Frunce los labios, vuelve a tomar las pinzas y se concentra en mi otra ceja. Papi la alejó de sus seres queridos y la mudó aquí. Tiene que haber sido espantoso. Cuando Elizabeth no pudo ir a Somerset, yo tuve que arreglármelas sola. Entiendo cómo es estar solo en un lugar inhóspito. Lo raro es que mami tiene sus clases y sus amigas del vecindario. ¿Por qué prefiere entonces quedarse en casa y estar triste? No hace mucho, papi acostumbraba a llevarla a cenas románticas. Incluso iban a ver a sus cantantes favoritos, pero ya no recuerdo cuándo fue la última vez que lo hicieron. Una vez, ella me contó que la primera vez que papi la llevó a un concierto fue para escuchar cantar a Cheo Feliciano. Ella todavía conserva el vestido dorado que usó esa noche. Hay una foto de ellos juntos encima de la cómoda.

—¿Está todo bien entre tú y papi?

Vuelve a dejar las pinzas.

—Claro, ¿por qué me preguntas eso?

—Pelean todos los días. Parecen tan deprimidos.

Me sostiene la cara con sus dedos ligeramente fríos. Tenemos los mismos ojos y, desde este ángulo, puedo ver aún más el parecido.

—Estamos bien. Quítate esas preocupaciones de la mente. Eres joven. Deja que la gente mayor limpie sus propios desastres.

Sería lindo tener el tipo de relación entre madre e hija que vemos en televisión, donde la mamá siempre está al lado de la hija apoyándola, y tienen largas conversaciones sobre asuntos serios. Pero esas relaciones probablemente solo existen en las telecomedias.

¿Acaso no se da cuenta de que ya no soy una niña? No hay forma de que pueda hablarle acerca de mis sentimientos por Moisés y Nick. Nunca los entendería. Mami viene de la vieja escuela de pensamiento, donde los hombres son considerados el enemigo hasta que vienen a rescatarte a galope y se casan contigo.

—Ya está —dice y coloca las pinzas en la cajita de cristal—. Perfecto. Y déjate quieto el collar.

Mami nunca divulgará lo que sea que la está molestando.
Yo haré lo mismo y mantendré ocultos a Nick y a Moisés.

CONTEO REGRESIVO PARA LA FIESTA DE NICK (FALTAN 29 DÍAS)

Crear un tablero con variaciones de vestuario para mostrarles a Serena y Camille.

~~Darles forma a las cejas~~ Mantener las cejas arregladas.

Alisarme el cabello.

Practicar lo que vas a decir cuando veas a Nick.

CAPÍTULO 13

ntre uno y otro pedido del deli, mis ojos se desvían al lugar donde debería estar Moisés. Su socio está entregando folletos, y Moisés no está por los alrededores. ¿Cuántos días han pasado desde la azotea? Me digo a mí misma que no los cuente. Por el contrario, cuento las semanas. Es el comienzo de la semana número cinco. La mitad. Ya he ganado alrededor de mil doscientos dólares. Solo faltan veintiseis días para la fiesta de Nick. Puedo lograrlo.

—Vamos a comer pizza —dice Jasmine.

Miro a mi alrededor. ¿De verdad me está pidiendo que salga con ella?

—¿Yo?

—Sí, tú, ¿con quién diantre estoy hablando?

—Ya almorcé. —Generalmente, Jasmine come con las demás cashieristas. Nunca me invitan. ¿Por qué me parece que hay un truco?

—No me hagas eso. —Teclea fuerte en la vitrina del deli. Sus uñas están pintadas de color rojo sangre—. Carajo, parecería que estoy pidiendo un riñón.

—No golpees el vidrio —advierte Roberto.

—¡No me grites! La voz de Jasmine ahoga todo a su alrededor. Me atrapa mirando por la ventana y reorienta su ira—. Ah, perdón. ¿Estás esperando una mejor oferta?

¿Acaso papi envió a Jasmine para distraerme de Moisés? En serio. Pensé que ese drama había quedado atrás. Esto podría ser una prueba para asegurarse de que es cosa del pasado. Jasmine es una espía y voy a tratar este almuerzo como una misión encubierta. Cualquier cosa para mantener mi expediente limpio, a tiempo para mi único viaje a los Hamptons.

—Está bien. Iré contigo.

Me esfuerzo por mantener el paso. Las calles están abarrotadas de gente, como si todo el mundo hubiera decidido salir. Una anciana con bifocales gruesos como botella de Coca Cola y una bata de casa finita camina frente a nosotros, empujando un carrito lleno de ropa lavada. La anciana para de sopetón. Su carrito está atorado en una rajadura de la acera.

—¿No sabe caminar? —dice Jasmine.

—Ay, este carro —murmura la anciana, su mirada confusa aumentada por los gruesos lentes. Intento ayudarla, pero Jasmine me aparta.

—¡Por Dios, Jasmine! ¿Cuál es la prisa? —le digo—. A ella le vendría bien una ayudita.

—¡Ay, por favor! Deja de actuar como una Girl Scout.

¿Esta es la persona con la que voy a compartir el pan? Jasmine está completamente fuera de control. Más vale que me coma mi pedazo bien rápido o estoy condenada a ser aguijoneada por su lengua viperina.

—¿Todo eso es tuyo? —dice un hombre recostado en un carro estacionado—. Ese culo jugoso no puede ser todo tuyo.

—¡Vete al carajo! —grita Jasmine.

Ni siquiera espera a confirmar que el tipo esté hablando con ella. Bien podría referirse a mi trasero, aunque mi larga blusa básicamente lo tapa. Me volteo a mirar al hombre. Se está riendo a carcajadas. Cuando termina de reír, responde con más declaraciones de amor al trasero, clasificadas X. Pasamos a las millas.

Antes de entrar en la pizzería, Jasmine se queda mirando su reflejo en la vitrina.

—Me estoy poniendo muy gorda. —Es verdad que ha aumentado de peso, pero no espera a oír si yo coincido o no con ella. Le da una última jalada al cigarrillo y entra.

El lugar está lleno. Un par de policías están metidos en un reservado, con sus armas colgando a los lados. Una familia se apropia de otro reservado, con un niño berreando por un helado, mientras una simpática pareja de jóvenes comparte un refresco extra grande.

—¿Cómo te puedo ayudar? —pregunta el hombre detrás del mostrador.

—¿Cómo crees? —contesta Jasmine—. Dame un pedazo y no me des ese de ahí todo grasoso. Quiero uno caliente.

—Está bien, está bien —le dice él—. Tómalo con calma. ¿Qué vas a querer tú?

—Yo estoy tratando de comer saludable —le digo—. Tengo que verme bien en bikini. La pizza no es buena. —El sujeto detrás del mostrador se ve desconcertado, pero francamente no me puedo decidir—. Debo pedir una ensalada.

—¡Date prisa! —ladra Jasmine—. Pareces que estuvieras leyendo la Biblia. Es una pizza.

—¡Dios mío! —No gano una con esta chica—. Dame un pedazo. Gracias.

Jasmine se deja caer en un reservado. Observa todo el restaurante. Le echa un vistazo a la pareja joven y le da golpecitos a un sorbeto hasta romper la envoltura. Si Jasmine bajara el tono de su coraje, se vería bonita, pero es tan brusca en todo. Hasta sus cejas demasiado depiladas exageran su expresión agriada. ¿Acaso alguna vez es dulce o simpática? No lo sé. Nunca la he visto así. Ni siquiera estoy segura de que yo le caiga bien, pero aquí estoy, sentada frente a ella.

—Cuéntame de esa escuela de riquitos a la que vas. ¿Es verdad que las hijas de MC3 van ahí? —Jasmine observa la mancha de grasa que se extiende por el plato de papel.

—Sí, pero son mayores que yo, así que no las conozco.

—MC3 es un rapero y sus hijas gemelas asisten a Somerset. Ellas son súper populares y están totalmente fuera de mi liga. Son incluso más populares que Camille y Serena. Las nenas son simpáticas, así que es difícil que alguien las odie.

Jasmine se encoge de hombros y mira mi collar. ¿Quién te dio eso?

Siempre se me olvida que lo llevo puesto. Nunca me lo quito.

—Mi mamá, en Navidad.

—Cada vez que veo a tu madre, ella actúa como si yo le debiera dinero. —Jasmine habla con la boca llena de queso—. Ella es tan estirada. Apuesto a que ni siquiera le cocina a tu papá.

—Ella le cocina, pero ¿qué tiene que ver eso? Es tan anticuado. ¿Acaso tu mamá le cocina a tu papá?

Jasmine resopla.

—Él no se quedó el tiempo suficiente para averiguarlo. Mami siempre me dice "tienes que atender la casa, cocinar, hacerlo todo o te quedarás sola", pero ella ni siquiera pudo retener a su hombre. Qué idiota. Tu mamá también es una idiota. Yo no dejaría a mi hombre solo con un montón de muchachas.

—¿De qué estás hablando? Papi no es así. Además, esas cashieristas son feas. ¿Te lo imaginas con Ana?

Ana es una de las empleadas más viejas del supermercado. Tiene arrugas sobre arrugas y una verruga en el cuello que está más grande cada vez que la veo.

—¿Cómo puedes estar segura de que no está con Ana? Tú no estás con él cada segundo. Maldita sea, quizás yo me lo estoy tirando.

Qué cosas tan horribles dice. ¿Qué sabe Jasmine? Ella no sabe un carajo sobre mi padre. Mi hermano es el que siempre anda jodiendo por ahí. Se ha tirado a todo lo que encuentra a su paso en el supermercado, además del personal de la otra tienda. Jasmine me dijo que una vez estuvieron retozando, pero no fueron más allá. Él era muy infantil, según dijo ella.

Un momento. ¿Qué tal si Jasmine y Junior lo están haciendo, y esta es su extraña manera de ser simpática? Me ha ocurrido antes. Las muchachas se me pegan disimuladamente para estar más cerca de Junior. Tengo que comerme rápido esta pizza porque yo no quiero ser un peón en la trágica historia de amor entre Jasmine y Junior.

Jasmine agarra el pimentero y cubre lo que queda de su pedazo de pizza con una sábana de puntos rojos.

—¿Alguna vez has estado embarazada?

—Claro que no —le contesto—. No soy tan estúpida.

—No tienes que ser estúpida para embarazarte. Pasa todo el tiempo. —Apunta su larga uña roja hacia mí, la que tiene la argolla en la punta—. ¿Eres virgen?

—No, ummm, no realmente. Ya sabes… he hecho cosas.

—Ah. Supongo que eso te hace toda una experta.

—Sí, bueno, no intento tener un bebé.

Entonces me doy cuenta. Estudio su cara. No es que irradie un brillo ni nada de eso. Es la misma cara enfurruñada de siempre. Pero qué tal si…

—¿Estás embarazada?

Entorna los ojos como si su dilema fuera obvio.

—No he tenido el periodo. He hecho todo lo posible. Hasta fui a esa montaña rusa Nitro en Great Adventure dos veces a ver si me bajaba.

Ay, Dios mío, ¿será de Junior? ¿De eso se trata todo esto? Ni siquiera puedo dar forma a las preguntas porque la cabeza me va a explotar. No quiero saberlo.

—¿Has hablado con el… ummm, muchacho? —le pregunto—. Probablemente pueda ayudarte.

—Para ti es tan fácil decir eso, coño —me responde—. Probablemente así se resuelve en tu mundo. La gente dialoga. Yo no puedo hablar con él. Yo soy solo su chilla, una imbécil que se acuesta con él.

Jasmine agarra una servilleta tras otra. Se limpia las manos y tira el papel estrujado sobre la mesa. No sé a dónde mirar, definitivamente no a ella. No me ha dicho que sea Junior. Probablemente no lo sea. Quizás sea el productor musical. O cualquier otro tipo del vecindario. O Junior. Muy bien podría ser él. Qué idiota.

—No lo vas a tener, ¿o sí? —le susurro.

—Quizás sí. —Se frota la mano con más fuerza—. Él tiene dinero, así que se puede hacer cargo de nosotros dos. No tendré que trabajar más en ese lugar.

Nadie mejor que Jasmine para convertir un embarazo en el premio gordo. Ni siquiera piensa en el bebé. No puedo quedarme aquí sentada y actuar como si estuviera de acuerdo con su plan.

—No me lo tomes a mal. —Elijo mis palabras con mucho cuidado—. Pero me parece que lo que estás haciendo es un poco retorcido. Usar a un muchacho solo porque tiene dinero.

Jasmine deja de frotarse las manos y tira la servilleta al piso.

—Como que tú nunca has hecho nada malo, como escaparte a espaldas de tu papi para ir a ver a Moisés.

—Yo no estoy viendo a Moisés.

Mueve la cabeza incrédula.

—Es tan obvio que algo está pasando. No es posible que mientas por nada. Yo veo la forma en que él te busca y tú haces lo mismo. O estás viendo al idiota o tratando de verlo. ¿Cuál de las dos?

Su cara es como una pared, impenetrable. Nada la va a hacer cambiar de parecer. No estoy saliendo con Moisés, pero no tiene caso explicárselo a Jasmine. Ya ella tiene su idea.

—Es un chiste esa mierda. Papi no quiere que su Princesita se ensucie con una rata de alcantarilla. Quizás yo deba decirle. Despertaría a la realidad.

—Deja de jugar. No lo digas ni de broma.

—Todos piensan que eres un ángel, pero estás tan jodida como el resto de nosotros. Por lo menos la gente me ve y saben de dónde vengo, pero tú eres una embustera doble-cara.

—Bueno, por lo menos no soy tan estúpida como para embarazarme.

El silencio que sigue me mata. Quiero que se llene con el estruendo de un tren elevado pasando cerca, un disparo, cualquier cosa. La mirada fija y belicosa de Jasmine es la misma que lanzó justo antes de enterarse de que una chica del vecindario estaba hablando de ella a sus espaldas. Aguanto la respiración y espero. Pero, en lugar de agarrarme por los pelos y golpear mi cabeza contra la mesa, Jasmine de repente sonríe.

—Somos dos pendejas enamorándose de tipos que no podemos tener. Que se joda.

Dejo escapar un suspiro de alivio.

—Moisés no es como los demás muchachos que conozco.

No puedo creer que haya acabado de admitir eso. ¿De dónde me salió? Moisés no está en mis planes y aquí estoy tan efusiva con Jasmine como una tonta.

—Solo digo... Él es inteligente, diferente.

El beso. La noche en la azotea. Sucedió. Contarle a otra persona no es malo. Jasmine no le va a decir a Serena y a Camille.

—Solo somos amigos —añado.

—Sí, amigos. Así empecé yo y mírame ahora.

Dejo de hablar y termino mi pedazo de pizza.

En el trabajo dos personas acusan a Jasmine de cobrarles de más. Puedo ver que está cometiendo errores de novata. Minutos después, está enfrascada en una pelea a gritos con una clienta por el precio de los aguacates. Salgo del deli para aplacar la situación, pero no sirve de nada. La mujer quiere hablar con el dueño.

Papi baja de la oficina y se disculpa. Convence con palabras bonitas a la señora con cara de pocos amigos, y le ofrece un galón de leche gratis. Ella acepta de buen grado.

—Debes irte a casa —le dice a Jasmine.

—¡No quiero estar aquí de todos modos! —Tira al piso la bata y sale como alma que lleva el diablo, dejando atrás una fila de clientes impacientes.

Salir así cuando comienza el ajetreo de la tarde, estoy segura de que papi la despedirá en el acto. Él despidió a una cashierista la semana pasada por responderle mal cuando se tomó un descanso demasiado largo. Pero en lugar de gritarle a Jasmine que vaciara su casillero, papi recogió la bata y la dobló sobre su brazo.

—Pensé que solo tenía dos hijos —bromea y hace señas a un hombre en fila para pagar. La pequeña vena en su frente está pulsando—. Hazme el favor de empacar esto. —Le da los aguacates a otra cashierista y vuelve a subir.

Algo está pasando definitivamente. Papi debe saber que Jasmine está embarazada y por eso ha sido indulgente. Tiene sentido.

—Ya era hora. —La señora le arrebata la bolsa.

Qué grosera. He empezado a dirigir a la gente a otras cajas registradoras cuando aparece Junior. Qué oportuno aparecerse cuando no hay moros en la costa.

—Jasmine se fue —le digo.

—Qué pena —me responde—. ¿Has visto a papi?

—¿No te importa Jasmine? —No puede ser tan insensible.

—Ella se puede cuidar sola —contesta—. Tengo que hablar con papi. Creo que sé cómo podemos resolver nuestros problemas. En vez de espantarnos por las nuevas propiedades que están construyendo, debemos invertir en una. Hay un local para un nuevo restaurante y bar. Podemos adquirirlo antes de que lo haga otra persona.

Papi no va a invertir en un restaurante. Además, ¿qué sabe Junior sobre administrar uno? Absolutamente nada. Está tan desesperado por convencer a papi, por demostrar que él es más que el hijo que fue suspendido de la universidad. Junior persigue ideas ostentosas que necesitan mucho dinero para sobrevivir. No creo que papi caiga. No ahora.

—¿Qué te parece? Ya tengo un nombre: Sabor, un Bistró Sánchez.

¿Le digo la verdad o miento? Él parece estar tan orgulloso de sí mismo, como si hubiera descifrado el código de cómo lograr que papi olvide sus fracasos. La lucha para él es real. Ser el único hijo varón implica una serie de presiones poco realistas que ni siquiera yo puedo comprender. Él lleva el nombre de papi, nada menos. Su rol como único hijo varón en la casa fue establecido desde el principio, pero no creo que alguna vez le hayan preguntado si él quería o no esa responsabilidad. Él busca formas de convertirse en un gran jugador, pero nada de eso importará si el hijo que espera Jasmine es suyo. Junior va a tener que hacerse cargo de ese desastre.

—¿Y bien?

—Creo que es importante que hables con Jasmine —le digo.

—¿Por una vez puedes estar de mi lado? —pregunta—. ¿Es mucho pedir? Carajo. Olvídalo.

A pesar de mi falta de apoyo, Junior sigue sintiéndose en la obligación de presentarse en la oficina de papi. Junior no tiene tiempo para ser padre, no cuando todavía está tratando de perseguir un sueño de crear un imperio. Y, ¿qué hay del sueño de Jasmine de ser cantante? ¿Lo dejará de lado por un bebé?

Espero que Jasmine esté equivocada.

Soy muy joven para convertirme en tía.

CAPÍTULO 14

Examino a la multitud. Pareciera que toda la comunidad artística latina coordinara sus calendarios para salir este sábado. Las chicas de "hágalo usted mismo" con el cabello pintado de varios tonos y atuendos llamativos y extravagantes. Los chicos "emo" vestidos de negro con sus patinetas. Mi conservador vestido floral no deja ningún tipo de huella en este grupo. Elizabeth encaja bien con su jumper de caleidoscopio y sus zapatos negros estilo *creepers*.

—¿Qué te parece? —pregunta Elizabeth mientras busca el lugar perfecto para hacer nuestro pícnic—. ¿Un poco de sombra, un poco de sol?

—Da igual.

—Eh, ¿qué tal aquí? Coloca alegremente una manta y reclama un lugar debajo de un árbol.

Todavía estoy asustada con el asunto de Junior y Jasmine. Empecé a contarle la situación a Elizabeth, pero le restó importancia. Me dijo que yo necesitaba un tiempo lejos de mi familia y su drama. Un tiempo solo para divertirme. Así que lo dejé ahí.

—No seas tan gruñona —dice Elizabeth—. La música va a estar electrizante.

Saca su teléfono y me toma una foto, con cara gruñona y todo.

—Ja, voy a publicar esto —dice.

Eso no va a pasar. No voy a permitir que Serena y Camille vean esa foto. No habrá evidencia de que estuve aquí. Le digo que la borre.

—No voy a hacerlo. Deja de tratar de censurarme. Esto es la vida y la estoy documentando. Estoy pensando hacer un collage de fotografías para mi próximo proyecto.

—No publiques eso porque, si lo haces, me voy —le advierto.

Elizabeth toma otra foto.

—Deja de tomar fotos. Hablo en serio.

Finalmente deja el teléfono y me estudia. Mueve la cabeza como una madre a un hijo.

—Tú solías ser divertida. Estás tan preocupada sobre lo que piensan los demás.

—Sigo siendo divertida —protesto—. Es solo que este no es mi... —Alguien la llama.

—¡Elizabeth!

La muchacha tiene la cabeza rapada y usa una falda larga y una blusa corta. Sus muñecas no aguantan más pulseras: plata, oro, cuero. Es el uniforme total del festival de música, una hippie latina.

—¡Me alegra tanto que hayas venido! —dice y abraza a Elizabeth.

Sin dar aviso, me abraza a mí también.

—Hola. Encantada de conocerte finalmente. Soy Paloma. Elizabeth me ha hablado mucho de ti.

Elizabeth le hace sitio a su amiga. Estoy obligada a conocer a la chica que me reemplazó en la vida de Elizabeth. De quien yo estaba celosa. Paloma saca una hogaza de pan y uvas verdes de su bolso, su aportación a nuestro pícnic.

—Elizabeth lleva algún tiempo tratando de conectarme contigo —dice Paloma—. Olvidé, ¿a qué escuela vas?

—Margot va a Somerset —contesta Elizabeth. Hay un dejo de resentimiento en la forma como lo dice. Quizás estoy tensa, pero me suena como si Elizabeth acabara de criticarme.

—¡Sí! —dice Paloma—. He oído decir que los muchachos en Somerset son muy guapos. ¿Es verdad? Porque si es así, me inscribo de inmediato.

Puedo ver por qué a Elizabeth le gusta Paloma. Ella parece un proyecto de arte humano, sin cabello y con tatuajes de henna en brazos y piernas. Cuando habla, suena como un instrumento musical, con sus brazaletes tintineando.

—¿Has visto a Boogaloo antes? Cada vez que vienen a la ciudad, yo estoy en primera fila —comenta Paloma.

Pero antes de que pueda contestarle, se pone de pie y agita los brazos.

—¿Esa no es Mimi? ¡Mimi! Aquí —le grita a la misteriosa Mimi hasta que se da cuenta de que no es ella—. Ups. Pero espera, aquel es Freddie. Vuelvo enseguida. —Se va a un gran círculo de muchachos.

—Paloma es medio loca —dice Elizabeth—, pero es muy dulce.

—Sí, me doy cuenta. No sabía que íbamos a encontrarnos con tus amigas.

—No estaba planeado, pero no te importa, ¿no?

Solo han pasado unos minutos y ya me siento incómoda cerca de Paloma. Ella no ha dicho nada, pero no puedo evitar sentirme como la chica rara, nada más por la apariencia. ¿Por qué esta salida no podía ser entre Elizabeth y yo nada más?

Me echo un par de uvas a la boca. Cuando estoy masticando, lo veo. Moisés está parado en ese círculo, justo al lado de Paloma. El estómago me da un vuelco. No puedo creerlo. No estoy preparada.

—¿Podemos irnos? Me pongo de pie y comienzo a empaquetar la comida.

—Acabamos de llegar —dice Elizabeth.

—No me siento bien.

Paloma los dirige hacia nosotros. Es demasiado tarde. No puedo levantarme y correr. Pensará que estoy loca o avergonzada por lo que pasó entre nosotros. Tengo que calmarme.

—¿Qué pasa? —pregunta Elizabeth.

Moisés me ve y sonríe. Lleva una camiseta blanca y mahones gastados con ligeros desgarres. Él está muy bien. Tengo que quitarme esto de encima.

—No, nada. Olvídalo.

Tengo que serenarme. Viene hacia nosotros. Puedo manejarlo. No es gran cosa.

—Eh —dice Moisés.

—Eh —le respondo.

—¡Ustedes se conocen!

El entusiasmo de Paloma me crispa los nervios. Me gustaría que le bajara el tono a todo. Elizabeth me da un codazo, pero mantengo la calma.

—Sí, nos conocemos hace mucho tiempo —bromea Moisés—. Nunca me imaginé que te gustaba Boogaloo. Parece que nunca te descifro.

—Bueno, tú no eres el único con gustos musicales eclécticos. —Sonrío a pesar de mí misma.

—Margot no es fanática. Yo sí. —Elizabeth extiende la mano y se presenta a Moisés.

Esto es una primicia. Ella nunca ha sido tan osada cuando se trata de muchachos. ¿Será porque Paloma está aquí? Quizás Elizabeth se siente valiente con su nueva amiga.

Moisés nos presenta a sus amigos. Reconozco a un par de ellos de las fotos que cuelgan en el espejo de su cuarto. Freddie trabaja con Moisés en South Bronx Family Mission. A Willie lo conocí antes. Trabaja en el jardín de la comunidad. Es el mayor del grupo, pero no habla mucho. Todos son un poco toscos, como él. Paloma conoce a Moisés de la escuela primaria. Qué pequeño es el mundo. Demasiado pequeño.

—¿De dónde se conocen ustedes? —pregunta Elizabeth. Está tratando de averiguar si es el mismo muchacho de aquella noche.

Para aliviar la confusión de Elizabeth, explico:

—Moisés atiende una mesa al lado del supermercado.

—¿El supermercado? —pregunta Paloma.

—La familia de Margot es la dueña del supermercado Sánchez & Sons, en la Tercera Avenida —le explica Elizabeth a Paloma.

—¡Ah! ¿Tu familia es la dueña? —exclama Paloma—. Mi mamá compra allí todos los días. Tu familia prácticamente nos alimenta.

Paloma sigue diciendo que el supermercado fue parte de su niñez. Nadie más que yo parece desconcertado. Me siento rara. No quiero que me conecten con el supermercado, que eso dicte la pauta de cómo me ven.

—¿Te refieres al que está frente al Parque St. Mary? —pregunta Freddie—. Yo voy allí todo el tiempo, mano. Conozco a todos. Mi amigo Dominic trabaja allí. También Papo, pero a él le dicen P-Nice. ¿Los conoces?

Los conozco, pero solo hablo con Dominic, apenas.

¿Y las hermanas Wanda y Lourdes? —pregunta—. ¿Todavía trabajan allí? Esas chicas son... ¡rayos! —Cierra los ojos y se muerde el labio inferior. Paloma lo golpea juguetonamente con su bolso.

—¿Qué haces tú allí? —le pregunta Elizabeth a Moisés.

—Reúno firmas para evitar que derrumben el edificio de inquilinos de Eagle Avenue para construir un condominio —dice Moisés. Se inclina hacia mí y se lleva algunas uvas.

—Blancos ricos —dice Freddie.

—Los dueños de ese edificio no son blancos —le digo.

El grupo se queda callado.

—Los Carrillo no han vivido en ese vecindario por décadas —aclara Moisés—. Han perdido el contacto con su propia gente.

—Sí, es como si fueran blancos —comenta Freddie.

Entorno los ojos. ¿Por qué Elizabeth no interviene? Por lo menos debería intentar apoyarme.

—Esto se trata de negocios. Y deja de generalizar sobre grupos de personas. No todos los blancos son malos —agrego.

Es difícil expresarme cuando estoy acostumbrada a seguir el liderazgo de Serena y Camille. Oigo también la voz de papi en mi cabeza diciendo que un condominio nos ayuda a todos, incluyéndonos. Él no puede estar equivocado.

—Sí, yo soy mitad blanca. —Paloma empuja a Freddie—. ¿En qué me convierte eso?

—En una belleza. —Freddie le salta encima a Paloma, que chilla en protesta.

—Negocios son negocios. Pero proteger a quienes no pueden defenderse solos es asunto de todos —apunta Moisés.

—El supermercado de mi padre ha estado allí durante años, así que él ha visto los cambios por los que ha pasado el vecindario. Esto es solo una cosa más. —No debería sentirme mal por defender la postura de mi familia, pero me pasa. Es difícil quitarse ese desasosiego.

—¿Dónde compraste ese vaso de café que estás tomando? En Starbucks, ¿verdad? —Eso es. Elizabeth arremete contra Freddie—. ¿Qué había ahí antes de Starbucks? Te apuesto a que era una tiendita familiar.

—Sí —dice Paloma—. Hipócrita.

Moisés se le queda mirando a Freddie hasta que Freddie bota su bebida de Starbucks.

—Coño, mano. Gracias por arruinarme mi momento *latte* —protesta Freddie.

—No todos los cambios son buenos —dice Moisés y le da una botella de agua a Freddie—. Si todos tuviéramos la misma mentalidad, podemos darnos por vencidos y dejar que las corporaciones ganen. ¿Qué tal si Whole Foods abriera justo al lado del supermercado de tu familia? ¿Qué pasaría entonces?

Puedo ver el efecto dominó si eso ocurriera. Me quejo de trabajar allí, pero el supermercado es el sustento de mi familia. ¿Cómo avanzas sin aplastar a otros a tu alrededor? Nunca había pensado que una tienda nueva podría arruinar la vida de otra persona. Nuestros supermercados están arraigados en la comunidad, pero ¿qué tal si la comunidad se vuelve irreconocible? No hay respuestas fáciles. Mientras más oigo a Moisés, más me doy cuenta de que no todo es blanco y negro, como mi padre me dice.

Un amigo interrumpe la conversación y dejamos de lado el tema.

Mientras esperamos a que la banda comience, los amigos del vecindario pasan a saludar y a decir dónde están sentados los demás y lo que piensan hacer después del concierto. Moisés los conoce y parece que él es el jefe de este grupo. Gravitan a su alrededor y escuchan cada palabra que dice. Él es tan seguro de sí mismo. Todos lo son, cada uno a su manera.

Alguien del grupo le pregunta por qué no estaba en la manifestación de la otra noche contra la brutalidad policíaca.

—Estaba ocupado —responde.

Se me queda mirando y siento arder la cara. Nunca hablamos de los términos, pero él tiene que saber que lo que ocurrió esa noche no es tema de conversación. Los muchachos se ríen de Moisés y le preguntan el nombre de la chica, pero él no dice nada. Me meto más uvas a la boca.

Freddie enciende un porro y se lo pasa a los demás. Moisés le da una larga jalada.

—¿De dónde sacaste esto? ¿Washington Square? Esto es orégano, papá. No te quedes con lo bueno, hijoeputa.

Las palabras de Moisés hieren el oído. Así es él con sus amigos. Así es como se siente más cómodo. Cuando le pasa el porro a Elizabeth, espero que ella diga que no, pero no lo hace. Elizabeth inhala como si hubiera estado fumando yerba por años. Yo soy la única que no fumo. En esta multitud, la rara soy yo.

Hay demasiada gente. Mi conversación no aporta nada. Todos son artistas o poetas. Yo solo soy la chica que va a Somerset, la hija del dueño del supermercado. Hasta Elizabeth atrae más la atención de los muchachos, incluyendo a Moisés, que está interesado en su arte. Ella comparte fotografías de su última obra con él. Moisés habla de las veces que ha ido a los conciertos de Boogaloo. Elizabeth tiene pistas en vivo excepcionales que solo conocen los fanáticos más fieles. Es difícil observarlos.

—¿Estás bien? —Moisés me da un codazo después de un respiro en la conversación.

—Estoy bien.

Apenas somos amigos. No me molesta que hable con Elizabeth. Parece que han hecho buenas migas. Él no parece querer educarla sobre las corporaciones malas y la poesía.

—¡Esa es *la* canción! —grita Paloma—. Baila conmigo.

Intenta convencer a Freddie de que se ponga de pie, pero él quiere fumar. Los otros no están interesados, incluyendo a Elizabeth, que se ve contenta hablando con Moisés. Paloma me mira.

—Vamos.

Me toma de la mano y me arrastra hacia el escenario. No quiero bailar, pero es preferible en vez de observar a Moisés y a Elizabeth. Paloma se abre camino a empujones hasta el frente del escenario y hace espacio para las dos. Yo me paro detrás de ella.

La canción es un reguetón lento y Paloma gira a su ritmo, sin reparos y sin pensar que la gente la mira fijamente. Los hombres la contemplan asombrados, hasta que un alma valiente se atreve a acercarse a su espacio y empieza a perrear detrás de ella. Ella no le hace caso. Yo mantengo mi baile de dos pasos, seguro pero aburrido: un paso a la izquierda, uno a la derecha. No hay nada sugerente o *sexi* en mi forma de moverme. Claro, cuando estoy sola en mi habitación me muevo hasta reventar. Pero en las fiestas de la escuela me quedo al margen, hasta que Serena finalmente me arrastra para un baile, por compasión. Esto puede haber sido lo que hizo Paloma. Un baile por compasión.

Me da envidia que pueda bloquear todo a su alrededor y disfrutar de la música. Yo estoy consciente de todo. Mis movimientos torpes. Lo bien que se llevan Moisés y Elizabeth. Debería estar contenta. Ellos hacen una buena pareja, pero yo no puedo olvidarme de su beso.

Un hombre mayor, narizón, con un pañuelo en la cabeza, me toca el brazo. Le digo que no. Lo intenta de nuevo, sin entender que no quiero bailar con él. Empieza a obligarme, pero Moisés aparece y me rodea la cintura con su brazo. Me acerca a él. El hombre rechazado entiende la indirecta y se va.

—¿Cómo vas a bailar con ese tipo? —pregunta Moisés.

Antes de que pueda defenderme, Moisés coloca mi brazo alrededor de su cuello. Su rodilla hace presión entre mis piernas. Los brazos de ambos brillan por el sudor. Con su ayuda, finalmente encuentro el paso correcto. Me dejo guiar por el ritmo regular del bajo y por Moisés. Busco a Elizabeth, pero no la veo por ninguna parte. No quiero que piense que me estoy interponiendo con su nuevo amor. Esto es solo un baile.

—Si estabas tan desesperada por verme, pudiste habérmelo dicho —comenta Moisés.

—¿Qué? Yo no planifiqué esto.

—Está bien, relájate. No tienes que guardarte tus verdaderos sentimientos.

Se ríe, pero no es gracioso. Yo no arreglé este encuentro. Es una coincidencia. No quiero malentendidos. No hay nada entre nosotros, aun cuando me aprieta y huelo su profundo aceite de almizcle.

—Tu amiga es simpática. Elizabeth, ¿no? —continúa—. Deberíamos salir juntos. Ir a otros conciertos.

Su boca está tan cerca de mi oído. Me alegra que se interese por ella. No voy a dejar que el destello de celos me moleste. Voy a enterrarlo muy profundo, porque es bueno que Elizabeth y Moisés estén juntos.

—No tenemos que salir todos juntos. A Elizabeth le dará mucho gusto ir contigo a algún concierto.

Deja caer la mano. ¿Qué me pasa? Puedo ser tan fría, pero no voy a dejar salir mis emociones, particularmente cuando no tienen sentido. Quiero que Elizabeth conozca mejor a Moisés. De verdad.

—Genial. Entonces, no te importa si la llamo. Estamos bien.

Se va. Me obligo a quedarme bailando sola hasta que termina la canción.

Cuando regreso al grupo, Moisés está sentado al lado de Elizabeth. Y aunque ella no está hablando directamente con él, me molesta la dinámica de los lugares. Me siento al lado de Freddie.

—¿Puedo? —Freddie me pasa el porro y le doy la jalada más pequeña. Ni siquiera me gusta, pero puedo ser igual a los demás. Moisés no me hace el más mínimo caso. Reviso mi teléfono y dejo un comentario en una foto de Nick en la playa. Nada muy obvio ni desesperado, solo un par de emojis nadando. Sigo bajando para ver otras imágenes y veo una foto de Serena y Camille pasando el rato con Nick y sus amigos. Más que nunca quisiera estar allí con ellos.

—Esa muchacha se ve bien. —Freddie agarra mi teléfono y se come con los ojos la foto de Serena—. Conecta a un hermano.

—No creo —le digo.

Elizabeth interviene:

—Ella va a Somerset. Debe estar fuera de tu liga.

Otra vez, ese tono. Aunque sea verdad, ¿por qué tiene que estar diciéndolo?

—Cuando yo irradie mi estilo de papi chulo, esa nena va a estar cocinándome chuletas en un abrir y cerrar de ojos. Pásame su número.

Le quito el teléfono.

—Lo único que va a hacer esa muchacha es llamar a la policía —dice Moisés—. Esas muchachas no quieren saber nada de ti o de mí. ¿No es cierto?

Moisés me mira con una expresión llena de acusaciones. Ya me cansé de esta escena.

—Me voy.

—¿Por qué? —salta Elizabeth. Ella está herida de verdad, pero yo no quiero estar aquí, no mientras Moisés me odie. Ella empieza a recoger sus cosas, pero no se tiene que ir.

—No. Quédate —le digo—. Diviértete.

—¿Estás segura? ¿No te importa?

—Claro. Me llamas después.

Me despido de todos, menos de Moisés. Lo ignoro.

CAPÍTULO 15

Mis curvas sobresalen. Demasiados sándwiches cubanos. Nunca voy a verme bien para los Hamptons, por lo menos no a este ritmo. Cuenta regresiva para la fiesta. Solo dos semanas más. Hasta ahora he ganado cerca de mil setecientos dólares, que es bastante, pero no he visto nada de ese dinero. Papi se ha quedado con cada centavo y todavía se rehúsa a darme algo para comprarme un vestido para una fiesta a la cual tampoco se ha comprometido a dejarme ir.

Me dirijo al pasillo cuatro, donde está Dominic, cuando mi teléfono zumba con un texto de Camille pidiéndome que la llame con urgencia.

—Nick preguntó por ti —me dice Camille cuando contesta el teléfono—. Necesita hablar contigo. ¿Puedes hablar?

—¿Por qué quiere hablar conmigo?

—Cállate. Solo prepárate. Te va a llamar —dice Camille, prácticamente jadeando. Esto es una locura—. Y Margot, es en FaceTime, así que más vale que te veas bien.

—Pero, ¿por qué? ¿Qué es lo que quiere?

Camille está respirando fuerte. Está irritada.

—Quiere preguntarte algo. Cuando llame, déjalo sonar tres veces y entonces contestas.

Me cuelga sin despedirse. Mierda. Yo no estoy lista para lo que sea esto. Corro al baño y hago un inventario rápido. No me sequé el pelo. Los rizos se salen. No tengo maquillaje. Me pinto los labios y me pellizco las mejillas. Ya me están sudando las manos. Quizás me va a invitar a salir. Las muchachas probablemente lo convencieron y él ha decidido que es el momento perfecto para nosotros. Finalmente, algo bueno va a suceder. Puedo dejar de obsesionarme por lo de Moisés con Elizabeth si tengo a Nick.

La espera desespera. Miro el teléfono para asegurarme de que esté encendido. Vuelvo a pintarme los labios. Me arreglo el cabello.

—Oye, ¿me vas a ayudar o qué? —pregunta Dominic mientras repone las cajas de pasta. Tomo una caja y la pongo en el estante.

—Estoy ayudando. —Vuelvo a revisar el teléfono.

Cuando suena, corro afuera. La luz del día será más favorecedora que la iluminación artificial. Un timbre. Dos timbres. En el tercer timbre, contesto. Nick se ve borroso en la diminuta pantalla.

—Hola, Margot —dice.

Hay un pequeño retraso, así que, cuando dice algo, no está sincronizado.

—Hola, Nick. —Se oye el chillido de la sirena de una ambulancia—. ¿Puedes oírme? Estoy afuera, así que puede que haya ruido. Lo siento.

—No hay problema. ¿Qué tal tu verano? —Está llamando desde una habitación. ¿Será su cuarto? Aun cuando tiene el cabello largo y revuelto, se ve bien con una camisa azul. El corazón se me acelera y hago un esfuerzo por no hablar al mismo tiempo ni jugar con mi collar de dijes. Compostura. Quédate quieta.

—Mi verano ha estado genial. ¿Y tú? Quiero decir, ¿y el tuyo? —Trato de limitar mis respuestas a una o dos sílabas.

—Bien. No te he visto en la playa. ¿Qué pasó?

Me ha estado buscando.

—He estado trabajando —le digo.

—Espero que no todo haya sido trabajo.

Mi risotada lastima mis propios oídos. Recobra la compostura. Hay una pausa. No estoy segura si es la conexión o si debo decir algo.

—¿Jugando fútbol? —pregunto y me arrepiento de inmediato. Qué pregunta tan estúpida. ¿A quién le importa? Sueno como una idiota.

—A veces.

Pasa otra sirena y vuelvo a disculparme. Estoy tan avergonzada.

—Serena y Camille me dijeron que tienes una conexión con algún supermercado.

—Ah.

Se me cae la cara. ¿Qué le dijeron? Me da miedo lo que debe pensar de mí. Una conexión con un supermercado. ¿Qué significa eso? Se oye ridículo.

—Sí, tenemos la fiesta y pensé que quizás... Tú vienes definitivamente, ¿verdad?

—Sí, definitivamente allí estaré.

¡Me quiere allí!

—Estaba pensando. —Aparta la mirada del teléfono, como si fuera tímido. Eso es lindo—. Como tienes esa conexión con el supermercado, quizás puedas conseguirnos un buen precio para la cerveza.

—¿Cerveza? —repito.

Quiere que le consiga cerveza. Qué casual. Y ¿por qué se preocuparía él por dinero? Yo pensaba que su padre era jefe de una compañía de tecnología.

—Mi padre se ha puesto duro conmigo este verano. Ya sabes cómo es. —Lo deja ahí y asiente con la cabeza.

Me sorprende oír que tenga que lidiar con problemas de dinero. Probablemente le están reduciendo su mesada de muchísimo a mucho.

—Solo pensé que debería preguntar. Pero si no puedes no hay problema. Puedo inventar algo.

—No, no. Claro que puedo ayudar. Me encantaría hacerlo —le digo.

¿Cómo se supone que voy a conseguir cerveza? Mis padres son los dueños de un supermercado, pero las cosas están apretadas. No podría preguntarles. No solo eso, soy menor de edad. Que mis padres tengan una tienda no quiere decir que yo pueda llevarme todo lo que quiera. Ni siquiera puedo tomar un paquete de M&M's sin que me obliguen a pagarlo. No le digo nada de eso.

—Excelente —dice Nick—. Solo necesitamos alrededor de tres cajas. Déjame saber cómo quieres manejarlo.

—Claro. Te puedo enviar un texto o algo.

—La fiesta va a ser épica —dice Nick—. Estoy loco porque llegue.

—Yo también. —Nos sonreímos.

Papi sale del supermercado hacia el estacionamiento echando chispas. Tiene la cara roja. Junior lo sigue a poca distancia.

—¡Ya es suficiente! —le grita papi a Junior.

Intento encontrar un área más tranquila, pero el estruendo de la bocina de un carro se añade a la confusión.

—Tú los conoces. ¡Yo te los presenté! —Junior le grita a papi. Hay un vestigio de pánico en su voz—. Vamos allá ahora mismo para mostrarte.

—¡Lo que necesito es que te concentres en el supermercado en vez de hacerme perder el tiempo con tu maldita idea del bar! —le grita papi.

—¿Todo está bien? —pregunta Nick. ¿Dónde estás?

—Sí, todo está bien —le contesto mientras me refugio en una esquina, intentando evitar que Nick sea testigo del drama familiar que se desarrolla en público—. Solo alguna gente loca por ahí.

—Déjame mostrarte los números. Yo sé que este bar será una buena inversión —insiste Junior.

—Tú no puedes ni llevar los números del supermercado. ¿Qué te hace pensar que te voy a confiar un bar? —responde papi.

—Esto se trata del supermercado. Estoy intentando ayudar. ¿No lo ves? Déjame hacerlo por la familia. —Papi niega con la cabeza. No va a ceder ni aunque Junior le ruegue.

—Como siempre, no confías en mí. ¿Cuándo vas a dejar de tratarme como a un niño? ¡Voy a conseguir ese jodío dinero con o sin tu ayuda! —promete Junior.

—Lo siento —le digo a Nick. Mis orejas se están quemando de la vergüenza—. Te envío un texto cuando tenga los detalles.

—Estoy ansioso por verte —dice Nick y cuelga, mientras papi y Junior continúan su garata.

Para evitar volverme loca, entro a las millas.

Si este plan funciona, Nick me verá como alguien con quien vale la pena pasar el tiempo. Regresaré a Somerset con una historia increíble, un ángulo, de cómo salvé el verano. Para variar, trabajar en un supermercado será una ventaja. Tengo que ver cómo lo resuelvo. Hay tanto por hacer.

A la hora de volver a casa, me presento en la oficina de papi. Me sonríe y asumo que es una buena señal de que quizás no está echando chispas todavía por su discusión con Junior.

—Qué bueno que estás aquí —me dice—. Tengo que quedarme hasta tarde hoy. Junior te llevará a casa.

Genial. Tengo que viajar con esa rabia. Junior probablemente chocará el carro. Pero no me puedo quejar. Hay asuntos apremiantes que debo atender ahora mismo, como la fiesta.

—Papi, he estado trabajando duro —le digo en el tono más dulce posible—. ¿Puedo ir a la fiesta de mi amigo la semana que viene en los Hamptons? Ya el verano está por terminar y yo no he hecho casi nada.

—¿Qué fiesta? —Vuelve a su trabajo—. ¿Qué dijo tu madre?

Gracias a Dios, mami está de mi parte. Esto es más fácil de lo que pensé.

—Ella dijo que dependía de ti. —Va a decir que sí, puedo sentirlo.

—Bueno.

Ahora, la pregunta crucial.

—Gracias. Y, papi, ¿puedes darme dinero para comprarme algo que ponerme? —Se frota la frente.

—Ustedes no han aprendido nada. ¡Yo no soy un banco! —La cara se le ha puesto roja por el coraje—. No, no puedes tener dinero para un vestido. La ropa fue la causa de que estés aquí. La respuesta es no.

Este fue un grave error. Pedí demasiado. Necesito retroceder antes de que se arrepienta de la fiesta. Una cosa a la vez. Primero, el permiso para ir. Después pensaré cómo voy a asegurar algunas cervezas.

—Lo siento, papi. —Salgo de la oficina antes de que comience a gritarme como le gritó a Junior.

Encuentro a mi hermano al lado de su casillero, sin camisa. Lo que solía ser su tesoro, sus abdominales marcados, ahora solo son costillas salientes. Ha perdido mucho peso. Algo se lo está comiendo y creo que sé lo que es. Estrés.

—Tienes que llevarme a casa —le digo.

Junior me ignora. Se pone una de sus camisetas escandalosas y se echa colonia en el cuello.

—¿Me oíste? —le pregunto—. Me debes una. Le contaste a papi esa mentira sobre mí y Moisés. Tú sabes que yo no hablo con él.

Junior no reacciona.

—Es mentira y tú lo sabes.

—Te estoy protegiendo —dice entre murmullos—. Yo sé de Moisés.

—Yo también sé algunas cosas. He oído que su hermano Orlando y tú eran muy amigos. Pero no me ves soltándole a papi ese dato, ¿verdad? O sobre esa locura de Jasmine.

Se estremece un poco. No esperaba eso de mí. Quizás se retire y me dé un poco de espacio.

—¿Qué locura de Jasmine? —De la forma que me pregunta, me da la impresión de que no tiene ni idea. ¿Qué tal si no es él? Yo no quiero ser la persona que se lo diga.

—Debes hablar con Jasmine. De verdad.

—No voy a hablar con Jasmine. La única que me interesa es mi hermanita —dice Junior. Su voz está áspera—. Hay cosas de las que no debes preocuparte.

Sí, claro. He oído esa frase tantas veces que la tengo tatuada en la piel. Todos en la familia mantienen en secreto las cosas terribles del mundo. La venda en los ojos no está ayudando.

—No estoy saliendo con Moisés, te lo juro.

—Yo te creo.

La voz de Junior todavía es un gruñido, pero reconozco un dejo de gentileza. El Junior que yo recuerdo está profundamente enterrado en alguna parte. El hermano que corrió a socorrerme cuando me tropecé en esa roca en Hawái y me raspé la rodilla. Me recogió y sostuvo mi mano mientras me suturaban la herida. El mismo hermano que tiene sobre su mesita de noche una foto de nosotros dos en mi primera comunión.

—¿Estás lista? —me pregunta. Asiento con la cabeza y lo sigo al carro.

Aunque va manejando, Junior no para de revisar su teléfono. Suena y suena. Sus respuestas son muy enigmáticas. Por lo que puedo descifrar, necesita reunirse con un tipo para darle algo más tarde en la noche.

—¿Qué ha pasado con el dinero faltante? ¿Sigue sucediendo? —le pregunto—.

—¿Qué sabes tú de eso? —me contesta con brusquedad.

Bueno, ahí está mi respuesta. Alguien roba y no tenemos idea de quién es. ¿Qué tan difícil puede ser averiguarlo?

—Todos en la tienda lo saben. ¿No deberíamos avisar a la policía?

—No. Yo tengo mis sospechas. Solo necesito pruebas. Lo manejaremos como un asunto interno. No te preocupes.

Observo a la gente salir en estampida a la hora pico. Tienen una misión. Nuestra familia también tiene una misión, mantener los problemas serios ocultos bajo llave. Cuando pregunté por qué habían echado a Junior de la universidad, mis padres se negaron a darme una respuesta directa. Lo descubrí cuando papi dejó sobre la mesa de la cocina la carta oficial de período de prueba. Después de regañarme por meter las narices, mami me hizo prometerle que mantendría en secreto la situación de Junior. Bajo ninguna circunstancia podía contar ese chisme a nadie, ni siquiera a Elizabeth. No era asunto de nadie y solo lastimaría a Junior. Me costó trabajo no contarle a Elizabeth. La familia sostuvo la mentira de que fue decisión de Junior abandonar los estudios, y no al revés.

Poco tiempo después, dejé de compartir un montón de cosas con Elizabeth. Entré a Somerset y supongo que me estaba autoprotegiendo. No quería que ella supiera las situaciones embarazosas por las que estaba pasando. Es el tema recurrente de mi vida. Mi familia trata de salvaguardarme de la fealdad del mundo. He aprendido a ignorar lo malo y a crear una pantalla falsa para engañar a la gente a mi alrededor. Pero cada vez se hace más difícil fingir.

Junior se acerca a la entrada. Pone el seguro a la puerta del carro para evitar que me baje y saca de su bolsillo un fajo de billetes. Tiene un montón de billetes de cincuenta dólares.

—¿Qué diantres, Junior? ¿De dónde sacaste ese dinero?

—Estoy haciendo mercadeo de club para unos amigos. Sé que papi ha sido tacaño contigo. Maldito maceta. Yo nunca voy a ser así. Cómprate algo lindo. ¿Está bien? —Los billetes se desparraman de su mano—. Encontraremos quién está robando. No te preocupes.

Soborno. No hables de la situación de Jasmine ni del dinero robado. Toma el efectivo y sella el trato. Sigo siendo Princesa y él sigue siendo Junior. No debo hacerlo, pero me vendría muy bien el efectivo. Es más que suficiente para comprarme un lindo vestido.

—Tú sabes que te quiero, ¿verdad? —Junior espera ansiosamente que tome el dinero, que borre cualquier ofensa anterior con una simple acción—. Hablo en serio. Esta mierda del supermercado es un jodío dolor de cabeza, pero no es contigo. Sé una buena hermana.

Necesito este dinero, así que lo acepto. Y con dinero en mano, continúo con la negación familiar. Salgo del carro.

CAPÍTULO 16

Hay una fuga de dinero en la tienda de la familia. Todos están temerosos de perder el empleo, particularmente después de que papi despidió a un par de cashieristas. No hay dudas de que el negocio familiar está enfrentando dificultades este verano. La que debería ser la época más movida está llegando a su fin con un quejido en lugar de un estallido. Lo sé y aun así no me impide continuar con mi plan. Papi y Junior tienen programado visitar la segunda tienda, como todos los viernes. Junior nunca quiere ir, pero no tiene opción. Lo tengo todo calculado. Tengo que asegurar las cervezas. No lo llamaré robo. Es una contribución al Fondo Social de Margot.

Este fin de semana es el único momento cuando finalmente puedo divertirme un poco. Me voy a presentar, y Nick y todos los demás de Somerset verán que la nena que llegó completamente despistada puede arreglárselas sola.

Esto es lo que me digo a mí misma mientras pretendo trabajar junto a Dominic.

—Entonces, mi chica quería ir a Orchard Beach, pero

yo no pienso ir a esa playa —dice Dominic—. Demasiados imbéciles tratando de sabotearme el juego.

Tuerzo mi collar y no hago caso de la marca que deja en mi cuello por hacerlo con intensidad. Sigo a papi con los ojos mientras recoge sus cosas. Tienen que irse pronto o mi plan no funcionará.

—¿Tú crees que mi chica tenga motivos para enojarse conmigo? —pregunta Dominic.

—¿Qué? No, digo, no sé. Por favor, cállate. Estoy tratando de pensar.

Papi baja de la oficina. Habla un poco con los clientes y va a revisar algo con Oscar. Por poco se arrepiente de dejarme ir a la fiesta. Me dijo que tenía que acompañar a mami porque él iba a estar muy ocupado en el trabajo este fin de semana. Mami no me quiere cerca. Ella es como un fantasma. Está, pero realmente no está. Mami está deprimida por alguna razón, pero no me la dirá. Pasa la mayor parte del tiempo viendo televisión o hablando por teléfono con sus hermanas en Puerto Rico.

Papi no cederá hasta que mami se involucre. La conversación se desvió pronto hacia Junior y la forma en que este perdía tiempo en proyectos ajenos al supermercado. Empezaron a discutir y pronto mi viaje a los Hamptons regresó. Senté las bases a principios de semana al avisarles a todos que me iría temprano hoy.

Nadie conoce este plan. Ni siquiera Elizabeth, con quien no he hablado desde aquel día en el parque. A Serena y a Camille solo les importa que yo consiga las cajas de cerveza y que me vea bien.

Recibo un texto de Nick para avisarme que su primo

está a media hora del supermercado. Afortunadamente, papi y Junior están a punto de salir. Espero hasta asegurarme de que hayan salido del estacionamiento. Entonces, espero otros diez minutos como medida de seguridad adicional.

—Dominic, tengo que ocuparme de algunas cosas antes de irme —digo.

Agarro un carrito y me fijo dónde está Oscar. Está en la oficina principal, que mira hacia la hilera de cajas registradoras. Como en cualquier otro día, saludo a los clientes. Me sonríen. Roberto me mira de reojo cuando paso la sección del deli empujando el carrito. No hay nada extraordinario en pasar por aquí. Solo Princesa comprando algunas cosas. El corazón se me acelera mientras empujo el carrito a donde se guarda el inventario de reserva. Tengo en la mano la lista de las marcas de cerveza preferidas. Esto se ha planificado con Nick. Él quería comprar cerveza barata, pero lo convencí de que debería comprar por lo menos algunas importadas. Como si yo supiera de lo que estaba hablando. Ni siquiera bebo, pero soy la chica con la conexión del supermercado. Nick consiguió que su primo manejara hasta el Bronx para recogerme. Mis padres piensan que me voy con los padres de Serena. Ni siquiera se preocuparon por corroborar si algo de lo que dije era cierto. Cuando Nick ofreció enviarme dinero, le dije que no se preocupara. Nick me dijo que estaba ansioso por verme. He repasado esas conversaciones telefónicas en mi cabeza una y otra vez. Es fácil olvidar a Moisés cuando lo hago.

Los demás empleados están muy ocupados con su rutina para prestarme atención. Jasmine no está por ahí. Llamó que estaba enferma, lo cual ha estado haciendo mucho últimamente. Supongo que son los malestares matutinos. Pero no quiero pensar en ella ni en su drama. Solo pienso en los Hamptons.

La primera caja está un poco pesada, pero la pongo con mucho cuidado en el carrito. Vuelvo a revisar el área. No hay moros en la costa. Empiezo a levantar la segunda caja.

—Eh, ¿qué es la que hay? Soy yo, tú sabes, de los Boogaloo Bad Boys.

Freddie, el amigo de Moisés, está parado frente a mí con una gran bolsa de papitas en su mano. Freddie mira la caja de cerveza y me mira.

—¿Dónde es la fiesta? —pregunta.

—No hay ninguna fiesta. No debes estar aquí atrás.

Sin que se lo pida, me ayuda a levantar la segunda caja y la pone en el carrito.

—Andaba por ahí con Papo, ya sabes, P-Nice. Bueno, a mí me parece que hay una fiesta, a menos que tengas un problema grave con el alcohol. En ese caso, te diría que busques ayuda.

No se va de mi lado ni cuando empujo el carrito para buscar más cerveza.

—Es solo una pequeña reunión con algunos amigos. Okey, tengo que irme. Hasta luego.

—¿La chica de la foto va a estar allí? —Freddie no para de hablar y no se va.

—Quizás. No lo sé. —¿No entiende las indirectas? Le envío todo el arsenal de señales: no hago contacto visual; contesto con oraciones de dos a tres palabras; prácticamente le doy la espalda. Nada. Empieza a comer papitas de la bolsa que ya abrió, sin idea.

—Debes pagarlas —le digo—. Siempre hay una fila. Además, los clientes no pueden estar aquí. Debes irte. Fue bueno verte.

—Yo no tengo planes esta noche —me comenta—. ¿Qué están planeado tú y tus amigos?

Yo no le pregunté sus planes. Freddie está esperando que lo invite. Yo no puedo lidiar con él ahora. Por favor, vete.

—Princesa.

Maldición. Oscar me llama.

—¿Qué estás haciendo? —pregunta. Me jodí.

—Estoy buscando algunos suministros —le digo rápidamente.

Oscar pone una mano en el carrito. Este plan fracasó y ya veo cómo terminará. Serena y Camille me tacharán por mi falta de iniciativa. Nick ni siquiera sabrá qué sucedió porque yo seguiré siendo nada. Un gran vacío.

—No puedes llevarte eso —dice Oscar. Se dirige a Freddie—. ¿Quién eres tú?

Freddie levanta las cejas y da un paso atrás como si tratara de alejarse de la escena del crimen. Le lanzo una mirada de súplica. Él no me debe nada, pero le guste o no, ya está mezclado en mi plan.

—Ya las pasé por la caja —le muestro a Oscar el recibo que falsifiqué por la mañana. No cede.

—¿Para quién es esto? —Oscar agarra el carrito y me lo aleja. Ni las lágrimas lo conmoverán. Esta estúpida misión se está desmoronando.

—Son para una organización sin fines de lucro. Están recaudando fondos para comprar equipo de verano para niños sin hogar. ¿Verdad, Freddie? —Las mentiras fluyen como agua. Freddie mantiene los ojos bien abiertos, pero la boca cerrada.

—Lo siento, Princesa, pero hoy no puedo tener negocios sospechosos —dice Oscar.

—No, no me estás entendiendo. Ya yo me hice cargo de esto. Papi dijo que estaba bien.

—¿Recaudación de fondos? —pregunta Oscar sospechando. Se frota la parte posterior de la calva.

Oscar tiene que creerme. Él me quiere. Mi teléfono zumba. Debe ser mi transporte.

—¿Y tu padre lo sabe? —pregunta dudando.

Otra larga pausa. Freddie come papitas. Espera a ver cómo termina todo esto. Por lo menos no me está delatando o empeorando las cosas por hablar.

—Bueno. La próxima vez tienes que hablar conmigo primero. Tenemos un proceso cuando se trata de alcohol. ¿Me entiendes?

—Sí, Oscar, lo siento. Pensé que como papi dijo que estaba bien, no tenía que molestarte. Parecías tan ocupado.

—Nunca estoy ocupado para ti. Somos familia. —Se ve alicaído, y me doy cuenta de que está decepcionado. Ambos sabemos que estoy mintiendo, pero me va a dejar ir de todos modos—. Espero que sepas lo que haces —me dice.

Ni siquiera puedo mirarlo a los ojos, pero sigo con la sonrisa melosa en la cara. No importa lo que pase, voy a mantenerme firme en esta historia fabricada, aun a costa de que Princesa pierda el respeto de Oscar. Si me delata a mi padre, para cuando lo haga ya yo estaré en la playa y será demasiado tarde.

—Gracias —le digo.

Alguien llama a Oscar.

—Te necesitan al frente.

Oscar duda por algunos instantes, pero se va a resolver otra crisis.

—Okey. —Freddie alarga la palabra para darle énfasis—. Estoy confundido. Para empezar: ¿Quién diantres es Princesa?

—Princesa es mi apodo. —Contesto el texto y empujo el carrito—. Lo siento, no quise ponerte en un aprieto. La situación se salió de las manos.

—Ajá. —Camina conmigo hasta el estacionamiento. Busco el BMW azul. Un muchacho en pantalones cortos me hace señas. Ese debe ser el primo de Nick. Hay cierto parecido. Tiene la misma constitución, la misma actitud relajada.

—Tú debes ser Margot. Yo soy Chris.

Me da la mano y se presenta a Freddie, que se rehúsa a irse de mi lado. Chris abre el baúl del carro y Freddie ayuda a levantar la caja.

—Oye, Chris, ¿a qué hora es la fiesta? —pregunta Freddie.

Yo no le hago caso a la pregunta.

—No estoy seguro —contesta Chris—. Yo solo soy el servicio de mensajería.

—Probablemente alrededor de las ocho, ¿no? —pregunta Freddie.

—Está bromeando. No, tú no estás invitado —le digo y me río nerviosamente—, pero gracias por tu ayuda.

—Yo te di una mano, Princesa diagonal Margot —dice Freddie—. Anda.

Me sudan las palmas de las manos. Chris mira el reloj. Acomodo la última caja y él cierra el baúl.

—Vuelvo enseguida. Solo voy a buscar mi bolso.

—Bien. Debemos salir pronto. No quiero quedar atrapado en el tránsito del viernes.

Asiento con la cabeza y camino lo más rápido que puedo. Freddie me pisa los talones.

—No puedes venir —le digo.

—Entonces hablaré con Oscar y le diré que los organizadores de la actividad de recaudación de fondos para ayudar a salvar a los niños sin hogar con nuevos bates de béisbol tendrán que comprar su cerveza en otra parte.

Este baboso me está chantajeando. Freddie no va a ir a la fiesta. Yo creo que ni siquiera tiene carro. Puedo inventar una dirección. No, no puedo. Él vive cerca de aquí. Dice que siempre está en el supermercado. Y ¿quién sabe? Muy bien me puede delatar.

—Escucha, Freddie. No va a ser divertido. No conocerás a nadie y probablemente la gente no te va a gustar.

—Maldición. ¿Crees que no voy a estar a la altura? —dice Freddie—. Voy a la preparatoria de ciencias del Bronx. Puedo hablar de química de alto nivel si tengo que hacerlo. Física. Álgebra avanzada.

—Lo siento. Es una fiesta privada.

—Moisés me dijo que eras un poco burguesita, pero no le creí. Tu amiga Elizabeth tiene los pies en la tierra. Pero siento una seria resistencia latina en ti. Estoy seguro de que tu grupo puede janguear. Tampoco están bebiendo Courvoisier. ¿Qué llevas ahí? Heinies?

Moisés habla de mí. ¿Por qué? Probablemente se rieron a carcajadas aquel día en el parque diciendo que soy una princesa engreída con amigos estirados.

—Yo no soy una burguesita y mis amigos tampoco.

—¿Por qué tratas de meterte entre esa amiga tuya y yo? Envíame la dirección por texto. Este es mi número.

El tipo no se da por vencido. Serena nunca hablaría con Freddie. A ella le gustan los jugadores de baloncesto y la barriga de Freddie me dice que debe llevar una dieta de cuchifrito. Oscar mira al estacionamiento. A lo mejor está a punto de cambiar de idea. Tengo que terminar esta transacción.

—Está bien, aquí está. —Le doy la dirección a Freddie. Él no se va a presentar, así que no hay nada de qué preocuparse.

—Definitivamente voy a tratar de llegar, pero está el problema de transporte. Los Hamptons está lejos.

Cuando pide que lo lleven, respondo con cara de pánico.

—Puede que te vea esta noche. —Termina de comerse la bolsa de papitas—. Solo quizás. Si puedo encontrar quien me lleve…

No me voy a preocupar. No hay manera de que Freddie vaya. Él es como Moisés, mucho ruido y pocas nueces. Como sea. Tengo que concentrarme. Mi entrada triunfal está cerca. Funcionará.

"¡Tengo las cervezas! Las veo pronto", texteo a Serena y Camille.

Estoy lista. Nada arruinará mi momento.

CAPÍTULO 17

Chris detiene el carro frente al portón de entrada y pulsa un código para abrir. Me quedo boquiabierta. La casa de playa es enorme. Hay ventanales por dondequiera, una señal inequívoca de que la familia de Nick no tiene nada que esconder. El paso lento por la entrada empedrada es lo suficientemente largo como para terminar de impresionarme.

—Aquí estamos —dice Chris mientras se estaciona al frente de la casa.

No encontramos mucho tráfico, así que el viaje fue mucho más rápido de lo que había pensado. Estaba nerviosa. No quería sonar como una idiota en caso de que fuera a contarle a Nick, así que casi no hablé por el camino. Chris está terminando su MBA en NYU. Vive en la ciudad con su novia. Es más o menos de la misma edad que Junior. Es difícil no compararlo con mi hermano.

Chris apila las cajas de cerveza a un costado de la casa. Se va a encontrar con la novia en la casa de los padres de ella, que es cerca.

—Dile a Nick que lo veo más tarde. —Le doy las gracias y se va.

Saco un espejo compacto y me miro detalladamente. El cabello está lacio. Mi lindo atuendo está coordinado desde hace dos días. No tengo olor a carne del deli. Bien. Aun así, las mariposas se han apoderado de mi estómago. Vuelvo a pintarme los labios. El camino hasta la puerta se siente como millas con estos tacones. Miro por las ventanas tratando de ver a Serena y a Camille. Aunque es temprano, me prometieron que estarían aquí. Tampoco hay señales de Nick.

La puerta principal no tiene seguro, otra señal de que he entrado a un mundo diferente. Titubeo en la puerta. Este año he cifrado mis esperanzas en un grupo de personas que no conozco y que no me conocen. Solo hace falta una persona para señalarme y etiquetarme como una advenediza. Mirar mi ropa y escuchar mi acento y ver que no sé nada de este mundo. Esto es lo que he estado esperando todo el verano, pero estoy asustada. ¿Qué tal si no doy la talla?

Dentro, el lugar es aún más intenso. Todo parece salido de alguna revista. El mobiliario moderno con impecables rayas en grises y azules. No hay colores estridentes ni fotos familiares en las paredes. Una casa donde la gente no debería tocar nada por temor a romperlo.

Un pequeño grupo de muchachos en una larga mesa de comedor toman tragos de lo que parece ser tequila, mientras gritan *"¡Shot, shot, shot!"*. Reconozco a uno de ellos de la clase de ciencia. Leí en uno de los libros de autoayuda de mami que algunas veces "tienes que fingir hasta que lo logras". Voy repitiéndolo a medida que me acerco.

—Hola, Jason, ¿está Nick por ahí?

Los chicos me examinan. Paso la prueba y se siente bien.

Mi nivel de ansiedad todavía está en un diez, pero puedo disimular y actuar tan casual como sea posible.

—Está por ahí en alguna parte —contesta Jason—. Date un trago.

—Quizás más tarde. —No hay necesidad de saltar a la primera invitación. Tengo el resto de la noche para impresionar. Además, estoy esperando a Nick. Envío un mensaje de texto a las muchachas.

Un *disc-jockey* hace girar la música en el extremo de un salón prácticamente vacío. Solo una pareja baila. Supongo que el *D.J.* está esperando que haya más gente para preparar la pista de baile. Camino un poco más adentro y saludo a un par de caras familiares. Dos muchachas me saludan como si yo fuera una amiga perdida durante mucho tiempo, con abrazos y preguntas de dónde había estado. Contesto de acuerdo al libreto aprobado que preparé. Les digo que he estado ayudando en el negocio de mi padre. Ni siquiera les interesa. Solo quieren hablar de su verano, así que las escucho.

—¿Han visto a Serena y a Camille? —pregunto.

—Estaban aquí hace un momento. Búscalas por la piscina.

Una fresca brisa se extiende por toda la casa. Las puertas corredizas que dan a la playa están abiertas de par en par. No me puedo imaginar cómo debe ser vivir aquí, tener una casa para vacacionar con una piscina grande y esa vista. Acceso a la playa cada vez que te apetece. Aun cuando Nick me dice que sus padres no son muy desprendidos con él en lo que se refiere al dinero, ¿qué tan estrictos pueden ser? Lo dejan dar esta fiesta mientras ellos no están. Mis padres nunca permitirían algo así.

—¡Margot! —grita Serena desde el balcón. Tiene una gran flor prendida detrás de la oreja y una bebida en la mano.

La saludo.

—Voy a bajar —dice.

Este es el momento de la verdad. Me echo una mirada rápida y acomodo los mechones de cabello rebeldes. Me digo a mí misma que deje quieto mi collar. No hay motivos para estar nerviosa. Hice lo que me propuse. Espero las felicitaciones por la misión cumplida, y cosechar las recompensas.

—¡Hola! —Serena me abraza fuerte. Huele a bloqueador solar y a licor—. ¡Por fin llegaste! Te extrañé.

—Acabo de llegar. ¿Dónde está Nick? Traje la cerveza. ¿Debemos buscar las cajas?

Serena se ríe.

—Cálmate. No debes parecer desesperada.

Agradezco que esto me lo susurrara al oído. Quiero hacer las cosas bien.

—¿No tienes calor con eso? —me pregunta.

Tengo puesto un bonito vestido estampado, sobrio, que no muestra mucha piel, contrario a la mayoría de las muchachas aquí. No podía, no después de las libras que he aumentado por comer buena pizza. Si a ella no le gusta mi ropa, para Camille será un no definitivo. Me siento como un fracaso de la moda. Me desabotono otro botón para intentar mostrar un poco de escote.

—Tienes que ponerte al día —dice Serena. Me da su bebida y la pruebo. Está tan fuerte que me quema la garganta, pero no toso. Serena me aprieta el hombro y me lleva arriba. Se detiene en determinadas piñas para avisar que he llegado. Es como mi presentación al grupo, como un tipo de debut en sociedad. Se siente bien, aunque mi sonrisa es tan falsa que parece que se va a romper.

—Te informo que Nick salió a buscar a alguien —dice Serena. Se inclina demasiado hacia mí. Apuesto a que lleva rato bebiendo—. Rebecca está haciendo todo lo posible por hablar con él, pero no tiene oportunidad porque, bueno, ella es Rebecca y tú eres tú.

Rebecca es bailarina y tiene piernas largas y musculosas. ¿Quién no querría estar con una chica que puede tocarse los dedos de los pies y hacer *splits*? Pero Serena piensa que yo estoy a la altura.

—Mejor que se aparte de mi hombre —le digo.

Serena se ríe.

—Quizás debas hablar con él antes de reclamar su propiedad.

—He hablado con él. —Ella hace una mueca con la boca. Supongo que mi pequeño intercambio sobre la cerveza no cuenta—. ¿Dónde está Camille?

—¿Camille? ¿Dónde crees? —Serena señala al balcón.

Camille está rodeada por la mayoría de los miembros del equipo de polo acuático. Cuantiosos muchachos. Ella celebra audiencia como una reina. Es momento de hacer acopio otra vez de la poca osadía que tengo.

—¡Margot! —grita Camille, y el grupo se voltea a mirarme—. ¿Cómo estás, perra?

A Camille le gusta actuar así en público, hablar de forma brusca, con palabrotas y esas cosas, pero siempre suena gracioso viniendo de ella. Con su blusa corta, minifalda plisada y cola de caballo, parece más una jugadora de tenis que una chica ruda. Algunas veces pienso que se comporta así para mi beneficio, como si tuviera que superar mi particularidad por ser latina.

—Te ves tan pálida —me comenta después de darme un abrazo—. ¿No se supone que seas puertorriqueña? Estoy más prieta que tú. —Pone su brazo al lado del mío para compararlos.

—Estaré pálida, pero por lo menos no voy a tener cáncer de piel.

Uno de los chicos se ríe. Camille no. Estoy tan acostumbrada a lidiar con Dominic en el supermercado que he olvidado mi papel. Vuelvo a lo que se supone que haga cada vez que estoy cerca de Camille, ser su cachorrito adulador.

—Ay, Dios mío, ¿de dónde sacaste esos aretes? —Toco los grandes botones de diamante—. Me están cegando.

Necesito agradarle a Camille y lo consigo cuando la adulo.

—Un detallito de papá. ¿No son una jodienda? Lindo vestido. Es de Zara, ¿verdad? Ellos hacen buenos plagios de Prada. Debo saberlo porque mamá tiene el original. Muchachos, ¿ustedes conocen a Margot?

Por supuesto que iba a burlarse de mi vestido. Pero vale la pena esta pequeña humillación por las presentaciones. Camille se inclina.

—¿Trajiste la cerveza? —Asiento con la cabeza—. Buen trabajo, perra. Estás compensando por dejarnos abandonadas. Teníamos planes y tú los jodiste.

—Yo no los jodí. Fueron mis padres.

—Sí, ya sé. Tuviste que trabajar. Bla, bla, bla. Mal por ti, porque nosotros nos hemos estado divirtiendo. ¿No es cierto, Serena?

No tiene que recordármelo. Serena y Camille documentan cada momento en línea, y yo, como amiga fiel, le doy *like* y dejo comentarios en cada imagen. Camille está contando de nuevo su fiesta del Cuatro de Julio, una historia que ya he oído, pero la escucho. Su frío recibimiento cambiará. Se toma su tiempo para calentar. Quizás más piropos ayuden. Me siento oxidada con ellas.

Los muchachos se le quedan mirando y otra vez soy invisible. Odio eso. No quiero que esa sea mi vida. Así que le quito la cerveza de la mano a uno de los jugadores de polo acuático y me la zampo.

—¡Eh! —dice él.

Sus compañeros me animan. Camille lo aprueba porque también soy buena para eso, para divertirlos.

—Ves, estoy recuperando el tiempo perdido —le digo. La cerveza sabe a rayo, pero la aguanto.

Serena mueve la cabeza.

—¡Ay, Margot! Siempre haciendo algo. —Choca conmigo bromeando.

—Esta perra se está ocupando de ustedes, más vale que se inclinen ante ella —dice Camille—. Si no fuera por Margot, ustedes, idiotas, estarían bebiendo todavía esa basura barata.

Camille me echa el brazo y sé que soy aceptada.

—Toma. —Le da su teléfono al muchacho que perdió su cerveza—. Tómanos una foto.

Camille se coloca en el centro, Serena a su derecha y yo a su izquierda. Cruzo las piernas e inclino la cabeza de la forma que Camille me enseñó. Finalmente, una foto de verano que documenta la vida que deseo.

—Yo las quiero mucho. —Serena arrastra las palabras.

—Tú ya estás borracha —le digo.

—¿Y qué? ¡Emborráchate también! —grita. La empujo con suavidad. Aterriza en las piernas de un muchacho y se ríe sin control.

Alguien me tapa los ojos. Me volteo para insultar a la persona y encuentro a Nick sonriéndome. Se ve bien. Bron-

ceado. Más alto, incluso. Este es el premio con el que he so-
ñado todo este tiempo, que Nick finalmente se fijara en mí y
aquí está. Siento pesada la lengua.

—Te he estado buscando —dice—. Gracias por las cajas.
No tenías que hacerlo, pero me alegra que lo hayas hecho. Y
me alegra que estés aquí.

—¿Quieres ir a buscarlas? Están justo afuera.

—No hay prisa. Iremos en un momento —contesta.

Se ve ansioso. Los demás también. La libreta que guardo
en mi cartera esconde una lista que preparé, titulada "Frases
para iniciar una conversación". Encuentros completos con
Nick, detallados en papel. Los estudié. Ahora que está frente
a mí, no puedo pensar en una sola cosa que decir que me haga
ver ocurrente, o al menos humana.

—¿No se ve fabulosa la Margot? —pregunta Serena.

Sé que lo hace de buena fe, pero no puedo evitar sentirme
tonta. Es la misma sensación de cuando papi me exhibe a los
clientes como si yo fuera una muñeca de edición limitada.

—Debemos irnos —digo. Cualquier cosa para alejarnos
de esos ojos fisgones—. No quiero que se calienten las cervezas.

—Claro, vamos —responde Nick.

—Espera un momento —dice Camille. Las chicas me rodean. Serena me quita pelusas del vestido. Entonces, Camille
me susurra al oído: "Baila con él".

Ambas me miran como si yo estuviera a punto de caminar por la pasarela o de aceptar la corona de ganadora.
Supongo que de alguna manera gané algo. Nick me lleva del
brazo como todo un caballero para bajar las escaleras. Y,
como estamos en su casa, todos se apartan. No me siento invisible porque estoy con él. Suelto una risita nerviosa cuando
veo a Rebecca estirar el cuello para vernos.

—¿Qué es tan gracioso? —pregunta él, apretándome un poco el brazo.

—Nada. No importa. Está más adelante.

Para variar, estoy ganando los premios. La noche apenas comienza.

—¡Eh!, ¡qué es la que hay, Princesa!

Es inquietante oír mi apodo. Nadie en Somerset me conoce por ese nombre y definitivamente nadie aquí en los Hamptons. Me esfuerzo por ver de dónde viene la voz. Con la puesta del sol, es difícil distinguir.

—¡Princesa! ¡Aquí!

Freddie saca la cabeza de un carro. Abre la puerta y sale. Willie, el muchacho que trabaja en el jardín al lado del supermercado de mis padres, lo acompaña. Unos instantes después, Moisés se baja del mismo carro. Se me viene el mundo abajo.

CAPÍTULO 18

Freddie, Moisés y Willie caminan hacia nosotros. ¿Qué están haciendo aquí? Esto es una pesadilla.

—¿Conoces a estos muchachos? —pregunta Nick.

No puedo hablar. ¿Qué está pensando Moisés? ¿Está aquí para humillarme frente a toda la gente de Somerset?

—Oye, Princesa, este lugar está chulo —dice Freddie.

—¿Qué están haciendo aquí? —No quiero que Nick piense que algo está mal, así que contengo mi enojo actuando sorprendida.

—Dijiste que podía venir. Una nena nos ayudó con el código para entrar porque te olvidaste de dármelo. ¿Estamos bien? —pregunta Freddie a Nick.

Moisés se mantiene callado. ¿Su única expresión? Esa sonrisa pícara que conozco tan bien. Me estoy muriendo un poco por dentro.

—No iba a poder venir, pero entonces, toma, Moisés convenció a Willie que manejara el carro de su tía. —Freddie le da una palmadita en el hombro a Moisés—. Por cierto, soy Freddie. Este es Moisés y Willie. —Nick la da la mano a Freddie.

—Está genial, definitivamente. Yo soy Nick.

—Ah, así que tú eres Nick. —Moisés habla finalmente—. Margot me ha hablado mucho de ti. Linda casa.

—Gracias. —Nick le estrecha la mano—. ¿Ustedes son parientes de Margot o algo?

—Na, Margot y yo... somos solo amigos.

Moisés tiene una camisa mugrienta y mahones. Sus tenis están gastados también. Si planeaba colarse en la fiesta, bien podía por lo menos haberse vestido como si le importara. Freddie y Willie se ven algo presentables, pero Moisés parece que ha venido caminando de una concentración.

—Son amigos de la familia —digo.

—Excelente. Bienvenidos. Mi casa es su casa —agrega Nick.

—Hablas muy bien el español. ¡Qué bien! Probablemente eso le gusta a Margot, el aprecio por su idioma.

No puedo con esto. Moisés está actuando como un imbécil y Nick no se da cuenta porque es un buenazo.

—Bueno, no hablo tan bien como Margot. —Nick no capta el tono sarcástico de Moisés—. Aprendí algo cuando estuve en Guatemala construyendo casas.

—¿En serio? —continúa Moisés—. A Margot le gusta la gente que aporta a la sociedad. ¿Verdad, Margot?

—Así es. —Observo que la amplia sonrisa de Moisés flaquea cuando me acerco más a Nick.

—Eh, okey —dice Nick un poco confundido—. Vamos a llevar adentro estas frías.

—Vamos a ayudarte, mano —dice Freddie. Se retoca el cabello y se alisa la camisa antes de levantar una caja. Nick y Willie se llevan las otras dos.

—¿Te importa si doy una vuelta por la playa? —dice

Moisés—. He pasado el verano trabajando y no he tenido tiempo de relajarme en el agua.

—Adelante —contesta Nick.

Moisés se aleja sin preocupación. Esto es como un juego insensible. Serena y Camille reconocerán a Moisés en cuanto entre a la fiesta. No puedo con esto. Está tratando de arruinarme la noche. De ninguna manera voy a dejar que piense que no tengo inconvenientes con que él esté aquí. Voy detrás de él, furiosa.

—¿Qué carajo haces?

—Freddie dijo que había una fiesta —contesta Moisés y sigue caminando hacia la playa—. Hay un *D.J.*, así que parece que es a todo dar. Suena que están tocando hip-hop. Quizás me ponga a bailar.

—Mentiroso. Esto no tiene nada que ver con Freddie ni con la fiesta.

Esta es su manera de hacerme sentir mal por insultarlo en el concierto. Yo solo trataba de empatarlo con Elizabeth. He sido clara con él desde el principio en que no estoy interesada en él de ese modo. Es decir, sí lo estoy, pero no puedo. No he hablado con Elizabeth desde entonces, pero ¿quién sabe? Probablemente se hayan conectado mucho más de lo que yo lo haría.

—¿Qué estás tratando de probar? —le digo—. Este no es tu círculo.

Se detiene y mira la orilla.

—Solo quería conocer a los amigos que te hicieron robar —me dice.

Claro. Eso es. Todo hierve en mi interior. Estoy tan furiosa. No quiero que él sea mi conciencia. No debería sentirme culpable. No por su causa.

—Vete al carajo, Moisés. Yo he visto cómo vives. Conozco tu historia. Tú no eres mejor que yo.

Moisés se inclina y examina conchas y algas marinas arrastradas por el océano.

—No voy a la playa tanto como debería —dice tranquilamente, como si mis maldiciones no tuvieran efecto sobre él—. Nuestro destino es vivir aquí, al lado del mar. Qué curioso que estas playas sean privadas. Solo algunos afortunados pueden disfrutarlas, como tu amigo Nick.

Estoy rabiando. ¿Por qué se molestó en llegar hasta aquí solo para odiar a mis amigos? La multitud en la fiesta se oye más fuerte. Risas y gritos. ¿Qué estoy haciendo aquí?

—Este es un chiste de muy mal gusto.

—No. Yo tomé prestado el carro de mi tía. Ella confía en mí, así que no es nada —dice—. Hubo un tiempo en el que no lo hubiera hecho, pero eso fue hace mucho.

—No estoy hablando de eso. Hablo en serio, Moisés.

Hay una larga pausa. Se acaricia la parte de atrás del cuello.

—Quería verte. No te voy a mentir. Al principio pensé que era algo físico, pero es más que eso. Y creo que tú sientes lo mismo.

Aunque mi cuerpo se entibia con lo que acaba de decir, no puedo evitar sentirme también triste. Tan triste que tengo que apartar la mirada. Puede que mis amigos en Somerset no me conozcan, pero yo lo acepté hace mucho tiempo. A ellos les agradan las pequeñas dosis de personalidad que revelo. Con Moisés exteriorizo demasiado y soy incapaz de defenderme.

Se sienta en la arena.

—Esa fiesta no va a ninguna parte. Siéntate aquí conmigo un momento. Prometo que me iré pronto. No voy a arruinarte la noche.

Las olas son cautivadoras, pero todavía puedo oír el bajo de una canción. Un recordatorio de dónde debo estar.

—Cinco minutos —añade.

¿Qué tiene Moisés que me impulsa a quedarme? Finalmente me siento. Se me acerca tanto que nuestras rodillas se tocan. Nos quedamos así sentados por lo que se siente como una eternidad. Hay tantos sentimientos encontrados. Mantengo los ojos pegados al océano porque él me está mirando y no puedo sostener su mirada.

De repente, me volteo a mirarlo.

—Vámonos de aquí —dice Moisés—. Tú y yo.

Toma mi cara entre sus manos como lo hizo aquella noche en la azotea. Nos besamos y es todo. Pero entonces me acuerdo de Nick y del resto de Somerset y de Elizabeth y de papi. Sé que pertenezco a otro lugar, así que me aparto.

Moisés se queda mirando la arena. Recoge una de las conchas de mar.

—Es verdad lo que dicen de mí. Yo vendía drogas. Era un rol que todos esperaban que yo asumiera, sobre todo después que atraparon a Orlando. Pero mi tía y mis amigos me hicieron ver que yo no tenía que ser esa persona.

Sopla la arena de la concha y me la entrega.

—Yo sé lo que se siente querer ser parte del grupo. Tú robaste esas cajas para tus amigos, esa no eres tú. Por lo menos, no la verdadera.

Sus ojos marrones buscan los míos. Habla suavemente, pero sus palabras hieren. Esta es mi decisión. Voy a ser una persona que la gente admire. Este es el papel que decido asumir.

—No sé de qué estás hablando.

Suelto la concha, me pongo de pie y me alejo de él. La fiesta está frente a mí. Camino en dirección a la otra vida que me espera. No sé si Moisés me está siguiendo. No miro atrás.

Lo primero que voy a hacer es tomarme un trago de algo fuerte porque no sé de qué otra manera puedo enfrentar esto. Lo segundo es buscar a Nick. Lo del trago es fácil, es más, me tomo dos. Localizo a Nick en la cocina con Rebecca.

—Hola, Nick. —Me atravieso frente a Rebecca como si ella no existiera. Reclamo mi derecho—. Te estaba buscando. Vamos a bailar.

Los tragos hacen efecto y me dan valor. Nick no parece notarlo. ¿Por qué lo haría? Nunca antes me ha oído hablar realmente.

Con el rabito del ojo veo que Moisés nos está observando.

Una persona me empuja. La cocina está repleta de gente buscando las cervezas de las cajas que traje. Eso debería alegrarme, pero me siento como si las paredes se estuvieran cerrando. Para evitar que me pisen, Nick me lleva a una ventana. Cierro los ojos y disfruto de la brisa que viene de la playa.

—Te ves preciosa esta noche —dice Nick. Su mano se desliza por mi cintura y llega suavemente a mi espalda. Mantengo los ojos cerrados. Nick se inclina más cerca y percibo su colonia fuerte. Huele caro. El lugar está dando vueltas y lo único que evita que aterrice en mi cara es que me estoy sujetando del alféizar de la ventana.

El *D.J.* pone lo último del rapero MiT y todos dan voces. Me arrastran mientras corremos a la sala. Veo a Freddie y a Willie. Están sentados en un sofá con un par de chicas. Freddie está diciendo algo. Las chicas se ríen ¿de él o con él? No lo sé. Freddie me mira y asiente con la cabeza. Está como pez en el agua. ¿Cómo funciona eso, el sentirse cómodo sin importar las circunstancias? Moisés da la vuelta a Freddie y a Willie y cruza la habitación.

¿Por qué esto no puede ser fácil para mí? Mis movimientos de baile son torpes. Después de un rato, me pego a Nick. Él me agarra con firmeza. Moisés no baila. Se recuesta de la pared y mueve la cabeza al ritmo de la música mientras me mira fijamente. Cierro los ojos, pero la cara de Moisés aparece en mis pensamientos y me siento culpable.

La música cambia de rap a reggae. La habitación está llena de cuerpos que giran como uno solo. Nick se une al baile, pero yo me aparto.

—Necesito aire —digo. No puedo seguir con esto, no con Moisés a unos pasos de distancia.

—Vamos a dar un paseo. —Nick agarra una manta de un baúl que hay afuera y saca una botella de vodka y dos vasos de plástico. Le pasamos por el lado a Moisés, que está ahora parado en la puerta. No levanto la vista.

—Margot —dice Moisés.

—¿Pasa algo? —pregunta Nick.

—No, no pasa nada. Vuelvo a la ciudad. Margot, hay espacio para ti en el carro. Déjame llevarte a casa.

No puedo mirarlo.

—No, yo me quedo —murmuro.

Hay una larga pausa.

—Buena suerte, entonces —dice y se va.

Nick y yo estamos temblando. Me echa el brazo.

—Brindemos por el final del verano —dice mientras me sirve otra copa.

—Ajá. Tomo un trago grande.

Yo deseaba esto. ¿Por qué no puedo dejarme llevar y disfrutar el momento? Cuando me volteo a Nick, me siento aliviada de que la oscuridad oculte su rostro. Es fácil ser atrevida en la oscuridad. No hay ojos censurándote. Me inclino hacia él y tomo la iniciativa. Pienso llegar hasta el final.

Su lengua da bandazos en mi boca. Torpe y babosa. Estoy furiosa por no desearlo. Así que lo beso más fuerte, pero sigo sin sentir nada. No importa lo que haga, no puedo sacarme de la mente a Moisés.

Me aparto y me pongo de pie. Sacudo la arena de mis piernas con la mano. ¿Qué estoy haciendo?

—¿Estás bien? —me pregunta.

Nick es inteligente, buena gente. La casa de playa está fuera de este mundo. Me imagino cómo será su casa principal. No hay señales confusas de su parte. Él es todo lo que Moisés no es. Es una decisión fácil. Puedo hacerlo. No soy una niña.

—¿Por qué estás aquí conmigo? —le pregunto.

Probablemente está pensando que es el alcohol el que habla, y quizás tenga razón.

—Me gustas. Te he visto seguido. Serena y Camille me dijeron que eras chévere. Hace tiempo que quería hablarte.

Nick necesitaba las circunstancias apropiadas para seducirme. Había que completar todo el paquete. Y este es el momento. Soy perfecta. Pero en realidad no estamos hablando ¿o sí? Bueno, ese no es el punto. Me siento y nos besamos otra vez.

Esta vez, es él quien retrocede.

—Vamos más despacio —dice—. No tenemos que precipitarnos.

Pero lo hacemos. Algo me carcome por dentro. Esto es

lo que puedo hacer para mantener la verdad a raya. Haré lo que sea para aplastar mis sentimientos por Moisés y mis sentimientos sobre mis acciones.

—Quiero hacerlo —le digo.

Todo pasa rápido. Pronto Nick toma la iniciativa, pero no toma mi rostro entre sus manos. Sus dedos son ásperos, pero sigo adelante. No me detengo. Realmente voy a hacer esto. Se vuelve un lío con un condón. Todo pasa rápido porque así lo quiero. Nick continúa. Duele, desde sus besos en mi cuello hasta su cuerpo embistiéndome, pero termina rápido. Me pongo de pie y me llevo la botella de vodka. Necesito que este momento se convierta en una inmensa estela, borrarlo de mi mente. Dejo a Nick allí subiéndose los pantalones.

—¿A dónde vas? —pregunta—. ¿Acaso hice algo malo?

No respondo y él no me sigue. Moisés se habría cerciorado de que yo estuviera segura. Me habría acompañado. Un momento, ¿qué estoy pensando? Moisés nunca habría sido invitado a esta fiesta.

La arena hace que cada paso se sienta más pesado. O ¿será la botella a la que me aferro? Tiro la botella vacía y camino de regreso a la fiesta llena de gente. No hay señal de Freddie ni de Willie. No hay señal de Moisés.

—¡Mueve ese culo! —Serena me lleva a la pista de baile. Me da vueltas y vueltas hasta que casi no puedo respirar. Voy a vomitar.

—No puedo más —le suplico—. Estoy muy borracha.

—¡Yo también! —grita Serena y se ríe como lunática.

Yo fuerzo la risa hasta que las lágrimas me corren por las mejillas. ¿La gente está mirando? No. Me estoy riendo. Eso es lo que ven.

—Necesito irme. Creo que voy a vomitar.

—¡Estás loca! —dice Serena—. La música está vibrante. ¡No te puedes ir!

Me alejo de ella a tropezones. Tengo que encontrar a Camille. Tengo que irme antes de ver a Nick y antes de que vomite y haga el ridículo. La fila para el baño no es muy larga, pero convenzo a la chica al frente de que me deje pasar. En el baño, me echo agua fría en la cara. Tengo que recobrar la compostura. Camille no me ayudará si estoy descompuesta. Necesito que me indique la dirección de su casa. Ella me dijo que vivía a solo dos casas de Nick.

Aunque con dificultad, logro subir las escaleras.

Camille está sentada en un *chaise lounge* con un muchacho. Él trata de besarle el cuello y Camille lo atiza en cada intento. Respiro profundo y me acerco a ella.

—Camille, ¿puedo hablarte un segundo? —Espero que ella esté tan borracha como yo—. ¿Te importaría que me vaya a tu casa?

—¿Dónde está Nick? Serena me dijo que unos muchachos que conoces del Bronx se presentaron. ¿Qué está pasando?

El muchacho sigue haciéndole arrumacos. Camille actúa como si le molestara, pero adora la atención.

—Dejé a Nick en la playa —le digo sin pensar. Sostengo mi estúpida sonrisa aun cuando sé que es más una mueca.

—¡Ay, Dios mío! Eres una perra mala —dice Camille—. Quiero saber lo que pasó.

El muchacho la pellizca por el lado y Camille chilla. Él no va a parar y sé que este es el momento para irme.

—Repíteme la dirección —le digo.

—Es el trece veintidós de Meadow Lane. La casa verde. Aquí tienes la llave extra y ¡no vomites!

Desde el balcón, veo a Nick hablando con Serena. Me está buscando. Tengo que irme. Me escabullo por la puerta.

Estoy borracha y en un rumbo destructor. Las casas a lo largo de la playa se ven todas iguales, pero finalmente encuentro la casa de Camille. Vomito dos veces por el camino. Abro la puerta y no me ocupo de buscar el interruptor de la luz. Encuentro el sofá y me lanzo en él. La habitación da vueltas y más vueltas. Tengo arena en cada rincón de mi cuerpo. Intento no volver a vomitar.

En teoría, mi primera vez podría muy bien describirse como romántica. Estaba en la playa con un chico dulce, podría decirse, con las olas rompiendo a media luna. La realidad es más como una lucha cuerpo a cuerpo en avance rápido en la que yo trataba de evitar la lengua babosa de Nick. Pensé que estar con Nick desterraría los pensamientos sobre Moisés. Eso no ocurrió. El saldo de mi primera vez es arena hasta en el trasero y un vacío total.

CAPÍTULO 19

No hay suficiente agua para quitarme el sabor a bilis de la boca. Quería escapar cuanto antes de los Hamptons. Me escabullí antes de que alguien despertara, pedí un taxi para que me llevara a la estación y me fui. Quiero olvidar lo que ocurrió anoche y esconderme en mi habitación.

En algún momento de la noche, oí a Camille y a Serena hablando sobre mi ligue con Nick. Mientras yo fingía dormir, ellas discutían sobre quién merecía el crédito. Serena cree que Nick y yo hacemos buena pareja. Camille insiste en que él es solo un trampolín y que ahora yo estaré abierta a otras posibilidades en Somerset. El tema pronto cambió a la chica más zorra de la fiesta.

Es curioso cómo en cualquier otro momento habría estado contenta de oír a Serena y a Camille hablar de mí. Este debería ser mi momento. He conseguido los laureles sociales por los he estado trabajando. En cambio, estoy asqueada de mí misma.

Me acerco a casa y oigo gritos de coraje. Me siento tentada a regresar a la estación del tren, pero acepto que este es otro castigo por mis errores. Entro.

—¡Pero, Víctor! —Mami está en la sala de estar con las manos en las caderas. Mi padre está de espaldas a ella.

—Él ha estado contigo durante veinte años. Sabes que tiene otras bocas que alimentar. —Mami lo agarra por el brazo. Levanta la voz aún más—. ¿Cómo va a mantener a su familia? ¿Has pensado en eso?

—Sí. Ocúpate de lo tuyo: la casa, los niños. —La hace a un lado y va directo a su oficina. Entra y da un portazo.

Mami deja caer los hombros, se presiona la frente con la mano y se arregla el cabello. Hace rato que están en esto. Entré justo al final. No se ha percatado de mi presencia.

—Mami —digo con suavidad para no asustarla—. ¿Qué está pasando?

Me mira como si no me reconociera. Agarra una toalla de atrás de la barra y empieza a limpiarla.

—¿Qué pasó?

—Tu padre está cometiendo un grave error. —Murmura para sí algo más, como si yo no estuviera en la habitación—. Él solía confiar en mí para todas sus decisiones sobre ese lugar y ¿ahora qué? Nada. No lo sé. La vida era más fácil cuando solo teníamos un pequeño colmado. Simple.

—Mami, no me estás diciendo nada. ¿Qué está pasando?

Levanta la vista por un instante y sigue sacándole brillo a la esquina de la barra.

—¿Mami?

—Estoy ocupada. Por favor, baja tu ropa sucia.

Es inútil. Está perdida en los recuerdos del pasado. He

visto las fotografías de ellos tres: mami, papi y Junior posando frente al supermercado. Quizás la vida fuera más fácil entonces, pero no recuerda que yo no estaba. Mami quiere retroceder en el tiempo. ¿Alguna vez ha pensado cómo me hace sentir eso?

Espero unos minutos antes de ir a la oficina de papi. Contrario a mami, él hablará. Me anuncio antes de entrar. No quiero que piense que mami viene a continuar la pelea.

—La Princesa —dice con los brazos abiertos. Me invade una ola de emoción. No me había dado cuenta de lo mucho que necesitaba un abrazo.

—Ambos tenemos las caras muy tristes —Me levanta el mentón—. Yo puedo darme el lujo de estar triste, pero tú... tú eres demasiado joven.

Papi recuesta su cabeza sobre la mía, algo que solía hacer cuando yo era pequeña. La recostaba hasta que yo no podía soportar el peso. Tengo un vacío en el estómago. Las cosas malas siempre vienen de tres en tres. Primero, Moisés. Después, mi momento en la playa con Nick. ¿Qué más puede empeorar este fin de semana?

—Debes saber esto antes de regresar a trabajar el lunes. Tuve que dejar ir a Oscar.

Eso no puede estar bien. Oscar ha estado con papi desde que empezó Sánchez & Sons. Se conocían desde la isla. Oscar técnicamente está a cargo del lugar. Tiene que ser un error.

—¿Por qué? —le pregunto.

—Ha estado robando dinero por algún tiempo, y cuando lo confronté lo negó. Además, había unas discrepancias de inventario que no cuadraban.

Discrepancias de inventario. Cajas de cerveza faltantes. Eso es mi culpa. Yo hice que despidieran a Oscar. Fácilmente pudo haberle explicado a papi que fui yo quien se robó las cajas de cerveza. Oscar me protegió.

—Eso no puede ser. ¿Por qué robaría? —le digo—. Él nos ama.

—Junior me llamó la atención sobre el asunto. Tiene sentido —dice papi—. Ahora, dime qué hiciste este fin de semana para que puedas alegrarme.

—Pero ¿qué va a pasar con él? ¿Qué hay con su familia?

—Descubrimos quién es el ladrón y lo solucionamos. Está bien. Esas cosas pasan.

Siento una vergüenza tan grande que llena toda la habitación.

—Pero, papi, quizás yo cometí un error. Probablemente me equivoqué cuando revisaba el inventario. Jasmine no me enseñó. Estoy segura de que es mi culpa.

—No hay excusa para lo que él hizo. Si no hay confianza, no hay nada. En las únicas personas que puedo confiar es en mi familia. Entiendes eso ahora, ¿verdad? Solo los tengo a ustedes dos para ocuparse de la tienda.

Su Princesa no puede hacer nada malo. Puede que se robe su tarjeta de crédito y cargue alguna ropa, pero ¿peor que eso? Él no me conoce. Podría decir la verdad en este momento. Podría decirle a papi que fui yo quien se robó las cervezas y que Oscar es totalmente inocente. Pero no digo una palabra. Soy demasiado cobarde. Esta máscara que llevo para ocultar mi verdadero yo la llevaré por siempre, a costa de Oscar, de Moisés y de todos.

—Oye, oye. ¿Qué está pasando? —Papi me abraza fuerte—. No hay necesidad de llorar. Oscar conseguirá otro trabajo. Todo se va a arreglar.

No, no es cierto.

La puerta del dormitorio de Junior está abierta de par en par. Tiene una toalla en la cintura y puedo verle los huesos. Realmente puedo contar sus costillas. Nunca lo había visto tan flaco.

—Dios mío, qué flaco estás. —Le toco el brazo esquelético.

—Es difícil comer cuando alguien te roba la comida. —Se pone rápidamente una camisa de manga larga—. Más vale que esas lágrimas no sean por Oscar.

Junior no se ve bien. La ropa le queda tan ancha.

—¿Estás enfermo?

—Ese hijo de perra nos ha estado desplumando durante meses. ¿Crees que puedo comer sabiendo eso? Junior habla a un ritmo acelerado. Su cara está enrojecida, pero no sé si será por la ducha o por otra cosa.

—Yo sospechaba de Oscar, pero papi no me iba a creer hasta que tuviera pruebas. Si ese cabrón tenía problemas económicos debió haberlo dicho. No solo jodió a papá. Oscar jodió a toda nuestra familia. —Los brazos alguna vez musculosos de Junior parecen largos palillos de dientes—. Te jodió a ti.

Se me revuelve el estómago. Sus palabras me marean. Junior está metido en algo y no puedo descifrarlo. O quizás es la combinación de mi resaca y la noticia de Oscar que me da náuseas otra vez. Es demasiado.

—¿Cómo lo descubriste? —le pregunto.

—No importa cómo lo descubrí. Debí haberlo sabido de inmediato. Nunca quiso que yo trabajara allí. Oscar siempre se cagaba en mis ideas. Mira lo que consiguió.

—¿Qué está pasando contigo? Me estás asustando. Quizás deberías ir a un médico. Por tu peso.

—¿De qué carajo hablas? —Revisa su teléfono y le da golpecitos con coraje—. ¿Viniste aquí a acusarme de algo? Eres igual a papi. Siempre pensando lo peor de mí.

—No es cierto. Estoy preocupada.

—A ti nadie te importa un carajo. —Junior está justo en mi cara—. Regresa a tu pequeño mundo protegido, Princesa.

¿De dónde viene toda esa rabia? Es como el día que casi me arranca el brazo cuando me acusó de estar hablando con Moisés. Salgo dando un portazo. Mi único refugio es mi cuarto.

Todos en esta casa se ocultan detrás de puertas cerradas. Construimos fortalezas para impedir que la gente escale las paredes y entre. Pero no importa la cantidad de tiempo que estemos protegiéndonos, no hay manera de esconder nuestros problemas.

En algún momento, la vida tomó un rumbo aterrador. Oscar está despedido. Junior se está consumiendo y yo... No sé absolutamente nada de las personas ni de sus acciones. ¿Por qué Oscar me protegió? Yo no creo ni por un instante que él haya robado dinero. Fácilmente pudo haberme delatado. Y luego está Moisés. ¿Por qué me dijo todas esas cosas en la playa? Nunca entenderé.

CAPÍTULO 20

Antes de abrir la tienda, papi reúne a los empleados y hace el anuncio oficial. Un viejo dependiente de productos agrícolas exige ver las pruebas que hicieron que despidieran a Oscar. El carnicero lo tranquiliza y le aconseja que no es buena idea pelear con el jefe, no cuando el empleo de todos está en la cuerda floja. Porque si Oscar no está seguro, nadie lo está.

Una cashierista empieza a llorar.

—¡Deja de llorar! —grita Jasmine. El odio fluye libremente.

—Junior se hará cargo de las responsabilidades de Oscar —dice papi, ansioso por despachar a la turba que se aglutina frente a él.

—¿Cómo va funcionar eso si él nunca está aquí y, cuando está, está ocupado con las chicas? —Un joven muchacho de almacén se atreve a decir lo que piensa.

Papi y Junior lo fulminan con la mirada, un acto que debería infundir miedo, pero el muchacho no se echa para atrás. Está diciendo lo que todos piensan.

—Si no te gusta, puedes recoger tu último cheque —amenaza Junior. Se ha expresado como todo un dictador.

Hay que darle crédito por vestirse de traje. Le prometió a papi que iba a dar el máximo de ahora en adelante. Si con dar el máximo quiere decir gobernar mediante intimidación, empezó con el pie derecho.

—Ahora, si no tienen más preguntas, estaré en la oficina. Papi les da la espalda.

Algunos empleados me miran con odio. Hablan en voz alta, para que yo los oiga, acerca de que Oscar es el sostén de la familia, que su esposa se queda en casa cuidando a los niños.

—¿Cómo se supone que sobreviva? —preguntan, chasqueando la lengua.

—Debe ser chévere —me dice una cashierista.

—¿Perdón?

—Pues nada. Solo que debe ser chévere gozar de la vida, sin preocuparse de cómo pagar las cuentas. Tu vida sin molestias. Sin problemas.

Hundo la cabeza y digo lo único que soy capaz de expresar:

—Lo siento.

Ella no me oye. Está demasiado ocupada atacando a mi familia. Me refugio en el pasillo de atrás, donde me dedico a abastecer y reabastecer un estante. Desde mi posición segura, soy testigo de las emociones extremas que vibran por toda la tienda. Algunos empleados quieren apaciguar a papi para mantener sus trabajos y otros sabotean el nombramiento de Junior como "Oscar Dos". Hasta el parlanchín de Dominic abastece en silencio los estantes al lado mío. De sus labios no sale ni un chiste grosero ni una lujuriosa canción de rap.

Mi teléfono explota con textos de Serena y Camille diciendo que Nick se ve triste y solitario. Ellas consideran que la manera en que desaparecí de los Hamptons fue una buena táctica. "Dejarlo deseando más" fue como lo describió Camille ayer.

Es fácil sonar emocionada a través de los mensajes de texto. Unos cuantos signos de exclamación pueden cubrir mis verdaderos sentimientos. Serena y Camille saben que Nick me llamó anoche. Yo no contesté. Me aconsejaron que no respondiera enseguida. Que esperara un par de días. "Deja que Nick sude", dijo Serena. Yo sigo sus sugerencias como un robot sin conciencia.

—¡Doña Sánchez! ¡Hace tiempo que no la vemos por aquí! —exclama Rosa.

Mami sostiene varias bandejas de comida. Trae puesto un vestido tubo floral y tacones altos. Su cabello y su maquillaje, inmaculados. No sé por qué esta aquí, pero trae regalos y una sonrisa forzada.

Papi baja corriendo por las escaleras, pero mami lo ignora. Está claro, por la frialdad con que lo trata, que esta visita no estaba planeada. Papi está tan sorprendido como yo. La última vez que mami vino al supermercado fue en Pascua de Resurrección. Ella solo visita en los feriados principales. Esto es una carambola.

—Tú, nena. Toma estas y ponlas en la sala de descanso. —Mami le suelta las bandejas a Jasmine sin tan siquiera saludar. Qué fría.

Jasmine le pone mala cara a papi, como si él pudiera controlar a mami. Él no hace nada. Espero a ver si Jasmine responde con su habitual repertorio de palabrotas, pero no lo hace. Por el contrario, explota su chicle y se va atrás. Es tan extraño. ¿Por qué aguantaría eso de mami? Jasmine nunca ha sido de las que se quedan calladas. La noticia sobre Oscar y ahora la visita de mami han desequilibrado a todos, incluyendo a Jasmine.

Aun cuando mami raras veces aparece por la tienda, está al tanto de la historia de todos: si el hijo de alguien comenzó la preparatoria, si otra está esperando un bebé. Comparte pequeñas anécdotas con cada persona como prueba de que los recuerda personalmente. Yo trabajo con estas personas y no sé la mitad de las cosas que mi madre sabe sobre ellas.

—Muchacha, ¿tú estás comiendo? —Las cashieristas miden sus delgados brazos. Mami las ahuyenta e insiste en que está bien.

—Claro que sí —contesta.

La molestan, pero no lo hacen con maldad. La primera ola de hostilidad se disuelve lentamente. Ella es la distracción necesaria. Si sumamos el hecho de que trajo comida, ya ni se acuerdan de Oscar. ¿Quién?

—Margot, asegúrate de que esa nena allá atrás sabe lo que está haciendo. —Me da una palmadita en el hombro.

—Dios mío, mami. Se llama Jasmine.

Me hace a un lado.

La sala de descanso se ha convertido en un mini bufet con hornillas encendidas para mantener caliente la deliciosa comida. Hay una bandeja de arroz con gandules. Otra de pernil de cerdo asado con ajo. Tostones, alcapurrias y empanadas. Mami no escatimó. Encuentro a Jasmine buscando platos desechables.

—¿Qué demonios está haciendo aquí?

—Mami quiere invitarlos a todos a almorzar —le contesto, pero yo también me hago la misma pregunta.

Mami odia manejar, pero seguramente todo el lío con

Oscar la afectó. Las discusiones con papi duraron toda la noche, hasta que él finalmente se fue.

—¿Por qué te pones nerviosa?

—¡Yo no estoy nerviosa! —dice Jasmine—. Es solo que no me gustan las sorpresas.

—A mí tampoco.

Ayudo a Jasmine a doblar las servilletas. Vemos un pequeño ramo de flores artificiales y lo colocamos cerca de la comida. No sé para qué me molesto. En cuanto mami lo inspeccione, encontrará algo mal. El nerviosismo de Jasmine es contagioso.

—Tengo que trabajar. No soy la criada. —Jasmine limpia con una servilleta un poco de salsa que se derramó de una de las bandejas. Ha aumentado de peso. La mayoría no podría decir que está embarazada, pero para mí las señales son obvias. Sus caderas están más pronunciadas. Y sus cambios de humor son aún más intensos, si eso es posible.

Justo cuando Jasmine aprueba la colocación, mami hace su entrada al salón.

—Necesitamos café y pastelitos. Toma. —Busca en su cartera. Mami emplea el mismo tono que usa con nuestra ama de llaves, Yolanda, no pidiéndole, sino ordenándole a Jasmine que cumpla con su pedido—. Ve al lado y trae dos docenas de sus postres. Necesitamos algo recién horneado, no la pastelería aburrida que vendemos aquí. ¿Sabes cuántos trae una docena?

Mami se dirige entonces a mí.

—Tu padre debería emplear a personas que hayan estudiado por lo menos hasta la preparatoria.

Jasmine se pone colorada. Yo también. Pero ella no hace nada para defenderse. Yo estoy avergonzada y confundida, tanto por la crueldad de mami como por la repentina cobardía de Jasmine. ¿Qué está pasando aquí?

—Bueno, nena. No tengo todo el día. —Mami ondea el dinero frente a su cara.

Jasmine se lo arrebata y sale de la habitación dando pisotones.

—¿Cuál es tu problema? ¿Por qué eres tan mala con ella? ¿Qué te ha hecho Jasmine? —le pregunto a gritos.

Mami toma las flores artificiales y vuelve a colocarlas en el estante donde las encontré. Dobla las servilletas en forma de abanico y busca una jarra de agua. Deshizo todos nuestros esfuerzos de un tirón.

—Esa idiota a duras penas terminó la escuela primaria. Tenemos suerte de que sepa contar hasta diez. —Mami está complacida con sus servilletas decorativas—. Ahora, pásame esos vasos.

Tiro los vasos en la mesa, arruinando intencionalmente su estúpido arreglo.

—Jasmine tiene razón, eres tan egoísta.

Antes de que pueda irme, mami me agarra por el brazo.

—Arregla esto ahora mismo.

—¡No! Arréglalo tú.

—Nunca elijas el bando de los extraños por encima de la familia. Nunca. Ven acá y arregla esto ahora. —Me aprieta el brazo.

Esta visita no tiene nada que ver con Oscar. Ella debe saber que Jasmine está embarazada. Quizás Junior le dijo la verdad. Esta es su manera de desquitarse sin confrontar abiertamente a las dos personas. Mi familia es tan corrupta.

—La persona a la que debes lastimar no está aquí. Ataca a Junior. Él es el culpable. —Mami me suelta. Le tiembla la mano.

—El que la hace la paga. —Vuelve a la mesa.

—¿Qué quieres decir con eso? ¡Estás hablando con acertijos!

Me callo cuando Jasmine regresa con los pastelitos.

Pone la caja y el dinero sobre la mesa.

—Puedes quedarte con el cambio —dice mami.

—No gracias, señora Sánchez. Su esposo me paga lo suficiente. —Se miran como si estuvieran amartillando sus armas, listas para disparar. Jasmine parpadea y se va.

Mami agarra un plato.

—¿Quieres pernil? —Actúa como si toda la interacción con Jasmine nunca hubiera ocurrido. Mami la culpa sin considerar por una sola vez que Junior también es culpable. Es típico condenar a la chica. Jasmine es la mala, la que "sedujo" a Junior, mientras que a mi hermano se le absuelve de todo pecado. Él se sale con la suya.

—No tengo hambre. —La dejo con toda la pendejada de su banquete.

Al contrario del resto de los empleados, que disfrutan del festín, Jasmine se niega a tomar un descanso. Incluso trabaja su hora de almuerzo.

Papi también permanece encerrado. No sale de su oficina, y eso es lo mejor, porque el encanto de mami funciona con los demás. Los empleados se sienten en confianza hasta para decir que están molestos, y ella les ofrece su hombro. Por otra parte, Junior trata de obligarlos a todos a regresar al trabajo. Nadie obedece sus órdenes, no mientras mami está aquí para arreglar las cosas con comida y conversación reconfortante. Se queda en la tienda durante otra hora y anima a todos para que se lleven a casa los sobrantes.

Mami no me engaña con su espectáculo de generosidad,

no después de lo que le hizo a Jasmine. Esta actuación es para los demás, para mostrar que somos una familia unida que se ocupará de ellos. Lo haremos, pero solo hasta cierto punto.

En algún lugar allá afuera, Moisés está negando con la cabeza.

CAPÍTULO 21

La lluvia golpea con fuerza la ventana de la cocina. El viento aumenta su velocidad y azota los árboles en el patio. Es una señal inequívoca de que el verano está llegando a su fin. El tiempo tan horrible es la excusa perfecta para quedarse en casa y evitar a todos. Aunque algunos son imposibles de evitar.

—¿Qué hay, hermanita? —Junior se lleva una papa frita de mi plato.

—¿Por qué no estás cerrando la tienda? —le pregunto.

—Tengo que atender algunos asuntos. Además, todos allí están muy bien. Me voy a reunir con Ray para revisar este nuevo club al lado de la Universidad de Fordham. Estudiantes universitarios ricos significa dinero para gastar.

Durante toda la semana, mi hermano se ha transformado en el gerente perfecto Sánchez. Llega a trabajar temprano. Hasta ha empezado a usar una tablilla para anotar ideas o las quejas de los clientes, un plan que yo le sugerí a papi hace mucho tiempo. Pero yo sé de qué se trata. Es una actuación, una manera de dorarle la píldora a papi para invertir en ese bar. ¿Quién sabe? Tal vez papi cambie de idea ahora que por fin Junior está haciendo lo correcto.

—¿Qué estás haciendo en casa, con ese aspecto tristón? —pregunta Junior—. ¿No tienes planes?

Retiro mi plato. Es sábado en la noche y todos tienen algo que hacer, incluyendo a mami, a quien la recogió temprano una amiga para asistir a alguna clase de estudio bíblico. Nunca hemos sido religiosos, pero últimamente mami ha estado asistiendo a la iglesia, quizás como un acto de penitencia por la manera maliciosa como ha actuado recientemente. De hecho, es bueno que haga penitencia.

Junior se mete a la boca un par de papas más.

—Llevas varios días con esa cara —me dice.

—Y tú, ¿cómo puedes estar tan contento con lo que ha pasado con Jasmine y con Oscar? Eres inconsciente.

—Eso no es cierto. Estoy tratando de ser justo con las personas. Escucha, Jasmine se niega a hablar conmigo cada vez que me acerco a ella. No puedo obligarla a decirme cuál es el problema. Yo sé que hace mucho tiempo que no nos hemos tratado bien, pero todavía soy tu hermano mayor.

Me río con amargura.

—¿En serio? Te has portado como todo un imbécil conmigo este verano. Ni siquiera sé por qué estoy hablando contigo. Así que, ¿estás de buen humor? Pues tu felicidad no es contagiosa.

La culpa invade su cara.

—Tienes razón. No he sido amable contigo, pero me han atacado por todos lados. Tú sabes cómo ha sido. Ahora las aguas están volviendo a su nivel. Papi verá que puedo encargarme del supermercado y se olvidará de Oscar. Se dejará convencer con lo del bar. Ya verás.

Junior detalla sus planes para dominar al mundo sin tener la menor idea de que ya no lo estoy escuchando. Después de un rato, se detiene. Si no hay público, no tiene sentido tratar de impresionar. Desecho el resto de mi cena y me voy. Dejemos que Junior viva en su propia burbuja ilusoria.

Lo único que queda es esperar a que empiecen las clases. Solo faltan dos semanas de mi sentencia de diez en el supermercado. Pronto estaré de vuelta en Somerset, pero incluso esa expectativa no presenta mucha esperanza. Pensar que tengo que representar mi acto de falsedad me deprime. He invertido mucho tiempo y energía en convertirme en esta farsante, pero ya no me interesa esa persona, ni el resultado final. Quiero dar marcha atrás a mi vida hasta hace dos años, cuando me interesaba más divertirme que impresionar a los demás.

En mi cómoda tengo una fotografía de Elizabeth cuando fuimos un verano a Playland. Nos disfrazamos con atuendos antiguos. Ella era Calamity Jane y yo Buffalo Bill. Los disfraces eran demasiado grandes para nuestras constituciones. Ambas tendríamos unos doce años. ¿Por qué eso parece tan lejano? No he hablado con ella desde el concierto. Probablemente ya se habrá enterado de lo que pasó con Moisés y con Freddie. Sin duda, Moisés le habrá hecho un acercamiento después de la forma rotunda en que lo rechacé. Me engaño a mí misma pensando que estos escenarios hipotéticos no me molestan, y que haber dejado atrás a Elizabeth es una señal de madurez. Pero la extraño.

Tocan suavemente a la puerta de mi dormitorio. Junior asoma la cabeza.

—Toma.

Un destello de oro aterriza en mi almohada. Lo recojo.

Un corazón de oro sólido, de Tiffany, con la palabra "princesa" grabada en el reverso, cuelga de un delicado collar de hebras. Es impresionante. Todos los años mis padres me regalan joyas de Tiffany por mi cumpleaños. Pero todavía faltan dos meses para mi cumpleaños. ¿Acaso me están tomando el pelo? Junior se acerca para admirarlo.

—¿Por qué es esto?

—Pensaba dártelo en tu cumpleaños, pero qué diantres —dice.

Acaricio el corazón. De ninguna manera él puede costear una joya de Tiffany. No es posible.

—Pero, ¿por qué? ¿Cómo?

—Ahora no puedes desearme la muerte, o ese collar te quemará la piel —se ríe—. Te digo que las cosas van a cambiar. Voy a ser una mejor persona, un mejor hermano para ti. Ahora, deja de arrastrarte como alma en pena y anímate.

Imposible que no me encante. Esto es algo de lo que puedo presumir cuando llegue septiembre. Pero aquí voy otra vez: mi deseo de ser apreciada, no por mí, sino por lo que puedo adquirir. Una etiqueta superficial. Nunca dejaré de intentarlo.

—Esto es una locura. No puedo aceptarlo. ¡Es de Tiffany! No hay manera de que puedas pagarlo.

—Es más lindo que lo que esos idiotas te regalan, ¿verdad? Ves, tu hermano sabe cómo cuidarte. —Él sigue tratando de tener una ventaja sobre mis padres. Incluso este acto de desprendimiento viene en forma de competencia.

—Esto es demasiado —le digo.

—Sí, sí, sí. Cállate y acéptalo.

—Pero Junior...

Se roba un paquete de chicle al salir con una sonrisa que solo las chicas tontas pueden amar.

Este dije supera con creces el collar que mami me regaló el año pasado. Aun así, no tiene sentido. Una cosa es sentirse culpable y otra muy distinta comprarle a tu hermana una joya de Tiffany. Ni siquiera yo lo haría, aunque tuviera el dinero. ¿Cuánto le pudo haber costado? Busco en línea para averiguarlo.

Dios mío. El dije de corazón tiene un precio de seiscientos dólares, con una cadena de doscientos veinticinco. Mi hermano tiene gustos caros para él, pero no para mí. Es imposible que se haya gastado tanto dinero en mí. Pienso que (a) este collar no es un Tiffany legítimo, (b) lo es, y es robado o (c) él es el mejor hermano del mundo. Voy a averiguarlo.

—¡Oye, Junior!

No hay respuesta. Bajo corriendo por las escaleras para ver si puedo verlo antes de que se vaya, pero llego tarde. Tiene que haber un recibo en alguna parte. Voy a su cuarto. La puerta siempre está cerrada, pero mami tiene una llave adicional en un jarrón.

La ropa de Junior está tirada encima de la cama y en el piso. Él me lanzó el collar, sin darme la oportunidad de abrir la icónica cajita azul de Tiffany. Probablemente se lo compró a algún vendedor de la calle. De vez en cuando entran estos tipos en el supermercado y tratan de vender DVD pirateados de películas que están en cartelera, o relojes "caros". Dependiendo de su humor, papi los saca de la tienda o les compra un par de películas. Este collar tiene que ser una imitación.

Encima del gavetero de Junior está el paquete robado de chicle, una caja vacía de cigarrillos y varias cajas de fósforos. Busco en la papelera. Nada. Me enfoco en las gavetas de abajo y sigo subiendo. Después, busco debajo de la cama. Con mi método de búsqueda al azar, puedo encontrar un par de porros y una bolsita de diez dólares escondida en una caja de zapatos. Pero, aparte de eso, no tengo suerte. Busco algún papel, algo que pruebe que el collar es de Tiffany y no de Riffany o Kiffany.

Las ventanas están cerradas y estornudo por el polvo. Finalmente, llego al clóset. Es un mar de ropa, coordinada por color. Eso es algo que tenemos en común, cierto sentido para organizar la moda. Aparto una hilera de pantalones y llego a un estante en la parte de atrás que tiene lo que parecen ser archivos importantes. Recibos de cenas y talones de admisión a clubes nocturnos están atados con una gomita. Nada de lo que quiero.

Cuando estoy a punto de rendirme, mi dedo tropieza con algo que hace un fuerte ruido. Está escondido en lo último del clóset, pero después de empujar algunos objetos puedo agarrarlo con firmeza. Coloco la larga caja de aluminio sobre la cama de Junior. No tiene candado. La abro.

La caja está llena de dinero, rollitos y rollitos de billetes. Se me cae el alma a los pies, el corazón se acelera. Nunca he visto tanto dinero en un solo lugar. Hay billetes de denominaciones que nunca he tenido. Me tiemblan las manos frente al dinero, como si los billetes fueran a darse vuelta y morderme.

—Qué carajo. —Saco los rollitos uno a uno y los acomodo en la cama.

Ahí es cuando encuentro lo impensable. Debajo del efectivo hay bolsitas de plástico llenas de crack. Piedras y polvo blanco. Hay tantas.

Ay, Dios mío. Así es como pudo comprar un Tiffany. Drogas.

En la esquina de la caja hay una pipa muy usada y varios encendedores. La habitación parece inclinarse y todo cae en

su lugar. La súbita pérdida de peso de Junior. Su comportamiento extremo. Su aspecto desaliñado. Todo tiene sentido.
Él es el ladrón.

Papi. Tengo que decírselo a papi.

Marco su número, pero no me contesta. Son casi las diez.
Papi siempre cierra antes de las once los sábados. No puedo
mantenerme callada. Él sabrá qué hacer. Recojo un par de
bolsitas, pongo el dinero en la caja y vuelvo a guardar la caja
en el clóset donde la encontré. Bajo las escaleras corriendo,
me subo a la bicicleta y me dirijo a la estación del tren.

No puedo pensar con claridad.

CAPÍTULO 22

L a cantidad de veces que llamo a papi bordea el acoso. Cada vez que lo intento, la llamada va directo a su correo de voz. Tengo que encontrarlo. Estoy tratando de nuevo cuando veo a un policía patrullando la plataforma. Me saluda inclinando la cabeza. Sabe Dios qué clase de drogas tengo. Mi noche no puede terminar con un viaje a la prisión.

Rezo porque esto sea un gran error. Quizás Junior le está guardando esto a otra persona, o lo están obligando contra su voluntad. Pero, ¿a quién trato de engañar? Hace tiempo que Junior está fuera de control. ¿Qué está pasando por su cabeza? Drogas. Hay tantas formas de hacer dinero. Tiene que haber visto *Scarface* unas cuantas veces. He visto el final de esa película. Nada bonito.

Finalmente, cuando llega el tren, va muy despacio, haciendo parada en cada estación. Estoy inmersa en mis pensamientos, repasando las señales que apuntaban a los problemas de Junior. Es como un trillado anuncio de servicio público contra las drogas. Las pasamos por alto. El hecho de que bajó de peso y sus locos cambios de humor. Junior incluso me mostró esa gran paca de dinero, como si fuera el agente de Pitbull. ¡Qué burla! Yo tenía mis sospechas, pero no quería aceptarlas.

¿Y Oscar? Ambos lo usamos. Desde el momento que puse un pie en el supermercado Oscar me hizo sentir bienvenida. Siempre fue justo. Si Oscar te regañaba, te lo merecías. Pero se convirtió en nuestro chivo expiatorio. Ambos mentimos con toda la malicia del mundo y dejamos que él pagara por nuestras culpas.

Intento otra vez llamar a papi, pero no hay señal.

Por fin llego a la estación del Yankee Stadium. Solo me faltan unas cuadras más. Ha dejado de llover y solo queda un calor impresionante. El aire se siente pesado. Sucio. Nada puede combatir el sofocante calor. Debo tratar de tomar el autobús, pero hay mucha gente esperando. Va a tardar. Decido caminar. Me da olor a gasolina y a brea derretida mientras espero en una luz roja.

—¿A dónde vas, mamita? —grita un hombre desde la acera—. Voy contigo.

Ansiosa por alejarme del pervertido, cruzo la calle y por poco me atropella un taxi ilegal. Tengo que calmarme. Papi sabrá qué hacer. Junior necesita desesperadamente que lo salven. La buena noticia es que Oscar puede regresar. El supermercado puede volver a la normalidad. No más drama. Pronto estaré de vuelta en la escuela y los horribles hijos de Sánchez con su comportamiento egoísta dejarán de causar estragos en el South Bronx. Papi nunca debió obligarnos a trabajar ahí. Es evidente que no podemos con esa carga.

Por fin llego al frente del supermercado. La luz del poste de la esquina se refleja en el letrero de Sánchez & Sons. Son las once y diez. Es posible que todavía esté a tiempo para ver a papi.

Un grupo de muchachos está recostado de la pared. Es tan extraño verlos ahí de noche, y ver el supermercado tan desolado. Todo parece fuera de lugar. Mis ojos todavía buscan a Moisés, un hábito estúpido que no me consuela en nada. Él no puede ayudar. Nadie puede. Esto es un asunto familiar, y de una vez por todas entiendo lo que papi y mami nos inculcaron: solo existe la familia y nadie más. Uno de los muchachos del grupo me reconoce.

—Está cerrado —me dice.

—¿Viste salir a mi padre? ¿Al Sr. Sánchez?

Niega con la cabeza. Aun cuando está cerrado con llave, aporreo la puerta con la esperanza de que papi esté todavía en la oficina. Presiono la cara contra la vitrina. No hay respuesta. Emprendo la larga marcha alrededor de la cuadra hasta la parte de atrás de la tienda. Puede que todavía esté estacionado, a punto de irse a casa. ¿Por qué no contesta el maldito teléfono? No entiendo a la gente que tiene un celular y no lo revisa cada cinco minutos como las personas normales. Este viaje no puede ser una pérdida de tiempo total. Aprieto el paso.

Me siento aliviada al ver el carro de papi al final del estacionamiento. Gracias a Dios. Apenas puedo ver su cabeza dentro del carro. Probablemente está oyendo los veinte mensajes que le dejé y preguntándose qué rayos está pasando.

—¡Papi!

Le hago señales con la mano, pero no se mueve. Camino todavía más rápido. Las ventanillas del carro están cerradas. Hay demasiado calor para eso. Se debe estar asfixiando. ¿Se habrá quedado dormido? Tal vez está enfermo. Corro hacia el carro, lista para romper el vidrio. Pero, a medida que me aproximo, veo que no está solo. Hay alguien más en el carro.

Y su mano... su mano está acariciando la mejilla de la persona.

Mis pies se petrifican. Batallo por entender qué está ocurriendo, para que mi cerebro se conecte con lo que mis ojos están viendo. No puedo quitar la vista. Sé exactamente lo que ocurre. Está besando a esa persona y yo no puedo moverme, aunque todo dentro de mí me dice que lo haga. El celular se me resbala de la mano y se estrella contra el piso. El ruido sobresalta a Jasmine.

¡Ay, Dios mío! Es Jasmine. Ella es quien está en el carro.

Mis pies se dan vuelta para llevarme lo más lejos posible de esto, de ellos. Oigo mi nombre. Pasos. Papi me alcanza.

—¿Qué estás haciendo aquí? —pregunta. Forcejea para meterse la camisa dentro de los pantalones—. Margot, contéstame.

Voy a vomitar. Oigo un portazo. Jasmine salió del carro o cerró la puerta para quedarse dentro. Quiero irme de aquí. No quiero oír sus preguntas y ver cómo se ajusta los pantalones. ¿A dónde miro? No a él. No al piso. Me agarra por el brazo y me hala bruscamente. Yo doy un tirón. La ira finalmente llega a la superficie y se manifiesta.

—¿Cómo pudiste hacernos esto? —grito—. ¿A mami? ¿A nosotros?

—No hay motivo para que estés aquí a esta hora. ¿Por qué no estás en casa?

—¡Deja de hacerme preguntas! —Estoy furiosa.

—Cálmate. Esto es un asunto privado. Debes irte a casa. Es tarde.

—¿Privado? ¡Estás en un estacionamiento! —Estoy gritando tan fuerte que los muchachos que estaban al frente vienen a ver qué pasa—. Ella trabaja para ti. ¿Le pagas extra por esto? ¿Este es el *overtime*? Por lo menos paga un hotel.

—Baja la voz. Vamos adentro para hablar. —Papi no es capaz de mirarme a los ojos. En lugar de eso camina hacia mí, como si reducir la distancia entre nosotros evitara que se desborde la furia. Pero no puedo contenerme.

—Estás casado. ¿Acaso eso no significa nada para ti? Eres repugnante. Un cerdo. —Los insultos salen disparados con la misma rapidez que las lágrimas.

—Eh, ¿todo está bien? —pregunta el muchacho de antes. Sus compañeros nos rodean. Un público para ser testigo de las vulgaridades de papi.

—Todo está bien. Es solo una discusión —dice papi como todo un artista. No puede darse el lujo de la vergüenza pública.

Yo pierdo totalmente los estribos y lo maldigo, algo que nunca antes había hecho.

—Suficiente, Princesa. Quiero que entres al supermercado en este momento.

Está enojado, pero no tiene ningún derecho. No voy a dejar que se esconda detrás de su estúpida reputación. Estoy despellejando esa máscara de falsedad, de amoroso padre y esposo. Con cada paso que da, dejo escapar otra ristra de insultos.

—Mentiroso. Pedazo de mierda. No eres más que un sucio.

Hace todo lo posible por callarme. Los muchachos del barrio no se van, aun cuando papi les dice que es un asunto privado. ¿Por qué lo harían? Esto es mejor que la televisión, mejor que ver los carros pasar.

—¿Qué tal es, papi? ¿Qué tal es tirarte a tu empleada en tu carro?

Papi se lanza contra mí. Intento evadirlo, pero tropiezo y caigo al piso. Un silencio colectivo se apodera de todos, hasta que un muchacho del grupo dice:

—Mierda, esto se jodió.

—Margot, vamos adentro —me ruega papi, desesperado por ocultar esta escena de su clientela. Me ofrece la mano para ayudarme a levantar.

—No me toques. —Me recupero y salgo corriendo.

Papi corre detrás de mí. Parece un loco cuando me agarra por el brazo. Lucho por soltarme.

—¡Déjela tranquila! —grita alguien.

Papi reacciona y me suelta. No puede dejarse ver así. Desenfrenado. Tiene una reputación que proteger. Me voy de ahí a toda velocidad. No sé a dónde voy, pero tengo que alejarme.

Las imágenes se proyectan rápidamente en mi mente. Jasmine. Papi. Ni siquiera puedo empezar a procesarlo. Suena la alarma de un carro y brinco del susto. El corazón se me quiere salir del cuerpo. Estoy muy alterada, pero sigo caminando. No sé dónde estoy. Nada me parece familiar. Finalmente me detengo frente a un jardín de la comunidad. El calor es tan sofocante que apenas puedo respirar. Encuentro un banco y me siento.

Contrario a mi padre, yo no tengo escrúpulos por mostrar cómo me siento a la gente que pasa por ahí. Se me quedan mirando como si lo que sea que me aqueja pudiera contaminarlos. Intento calmarme, pero es imposible. Busco dentro de mi cartera y me doy cuenta de que mi teléfono todavía está en el piso del estacionamiento del supermercado. Pero ¿a quién podría llamar? Serena y Camille no lo entenderían. Es demasiado bochornoso.

Me siento ahí a llorar, a reimaginar mi vida con una conclusión más favorable. En mi ideal, mi hermano permanece en la universidad y se gradúa. Oscar todavía trabaja para nosotros y yo paso el verano lejos de aquí. Pero no importa cuánto me esfuerzo por reconfigurar los eventos, Jasmine siempre termina en el asiento delantero del carro de papi.

Qué hipócrita. Papi se esconde detrás de largos discursos para mostrar lo perfecto que es. Mira con desprecio a Moisés mientras se tira a Jasmine. Qué tonta fui al escuchar su triste historia el otro día. Soy la niña ingenua que no se daba cuenta de que su hermano es un ladrón y un adicto mientras que su padre es el verdadero mujeriego de la familia.

Un momento.

Yo también soy una mentirosa. Utilicé a Nick esa noche. Quizás le hice un favor con las cervezas, pero ¿y el resto? Esa era yo. A decir verdad, también utilicé a Moisés. Intenté jugar con él la noche que pasamos en la azotea. Sabía en el fondo que mis amigos y mi familia nunca lo aceptarían. Y, cuando llegué a conocerlo, no tuve el valor de permitirme acercarme. En lugar de eso, busqué a Nick. ¿Qué tan diferente soy de mi padre, de mi hermano? Voy encaminada a seguirles los pasos.

No quiero la historia de esta familia. Tengo que creer que tengo una opción. Pero, ¿qué tal si lo llevo en la sangre? ¿Puedo evitar cometer los mismos errores? No estoy segura.

No tengo manera de saber qué hora es. Debe ser tarde. Busco la estación de trenes más cercana. No sé lo que estoy haciendo.

CAPÍTULO 23

Las calles están desoladas. Apenas hay gente. Necesito desahogarme, contarle a alguien lo que ha ocurrido, porque en este momento parece una pesadilla. Recuesto la bicicleta frente a la casa de Elizabeth, pero me da miedo entrar. ¿Por qué tengo dudas? Humillación. Mi familia es una bufonada y una parte de mí quiere negarse a aceptar lo que pasó. Sería más fácil pretender que todo está bien. Más sencillo volver a casa, pero allí solo me espera más angustia.

Elizabeth está dando unos toques de pintura a un lienzo en su estudio. Da unos pasos atrás para contemplar su obra y continúa. Los Boogaloo Bad Boys se oyen en la radio. Sabía que estaría levantada. A ella le gusta pintar de noche. Me estoy corriendo un riesgo aquí. Puede que me pida que me vaya. Me lo merezco, pero ruego que no lo haga porque la necesito.

Me armo del poco valor que puedo encontrar y toco a la puerta.

—Ma, estoy trabajando. —Elizabeth no se separa de su lienzo. Siempre he sentido celos de la cantidad de tiempo que le dedica a su arte. "Soy una artista", decía totalmente convencida. Yo nunca he estado segura de nada.

—Elizabeth —murmuro. Mi garganta está en carne viva. Hasta la punta de los dedos estoy en carne viva. Elizabeth no oculta su impresión.

—¿Qué pasó? ¿Estás bien?

Todo vuelve a brotar. ¿Por dónde empezar? Es demasiado doloroso. Retorno al supermercado. A él. A la cara de Jasmine.

—No estoy herida. ¿Me puedo sentar aquí? No te voy a molestar.

Elizabeth baja el volumen de la música.

—Claro —dice y coloca una botella de agua en la mesa al lado del futón. Hay una caja de pañuelos desechables y procedo a vaciarla. Elizabeth regresa a su lienzo y a sus pinturas. El cuadro muestra unos niños chapoteando frente a un hidrante. Sus amplias sonrisas aparentan que están disfrutando al máximo. Reconozco el área. Es Poe Park, el parque a donde me llevó el día que nos encontramos con Moisés. Esa fue la última vez que hablamos.

Nos quedamos así por largo rato.

—Algunas veces es mejor decir rápido lo que sea que tienes en la mente —dice finalmente Elizabeth—. Mamá asegura que es malo para tu cuerpo dejarlo adentro. Como un cáncer. Tienes que sacarlo lo antes posible.

Respiro hondo varias veces.

Elizabeth es la única persona en la que puedo confiar en este momento. No en Serena ni en Camille. El acto repugnante de papi y la adicción de Junior son un reflejo de la clase de familia de la que vengo. Nunca podría admitirles a ellos nada de esto. Elizabeth no me juzgará. Tomo un poco más de agua y empiezo.

—Sorprendí a papi besando a una muchacha del trabajo.

—Elizabeth deja su pincel y me hace un ademán para que le dé la botella.

—Vaya —dice, y bebe un sorbo.

—Sí.

Ni siquiera puedo hacer un chiste sobre ello. Sobre el paquete de beneficios completo que ofrece a sus empleadas. Sobre que la "S" de "Sánchez" representa "Sexo". Los chistes están ahí, pero yo estoy demasiado bloqueada como para sacarle punta a la situación.

—¿Tu mamá lo sabe?

—Me parece que sabe algo. Por la forma en que trató a Jasmine el otro día. Como basura, peor que basura. Jasmine. Así se llama.

Quién sabe desde cuándo ha estado ocurriendo esto, pero no hay duda de que mami lo sabía. Ese viaje al supermercado era por papi. La forma en que le tiró el dinero a Jasmine, como si fuera una puta, y esas llamadas tarde en la noche a sus hermanas en Puerto Rico. Las peleas y la tristeza. Probablemente yo era la única persona de la familia que no se había dado cuenta de que su matrimonio se estaba desmoronando. En algún rincón de mi interior yo sabía que las cosas estaban mal, pero pensaba que no se estaban llevando bien por el dinero faltante y los problemas con Junior. No pensé en nada más.

—Cuando lo sorprendí, papi se enfureció conmigo. ¿Puedes creerlo?

Elizabeth niega con la cabeza, pero no dice nada. No hay exclamaciones. Me escucha, pero su expresión es insípida o quizás cautelosa. Quiero verla tan pasmada como yo. Sigo dándole más detalles. Tal vez sea la forma en que presento la historia.

—Jasmine ha trabajado por años en el supermercado.

Es mayor que nosotros, pero no mucho. Papi siempre nos advertía que no le diéramos mucha confianza a la gente allí, que nosotros éramos mejores que ellos, y mira lo que hace. En el estacionamiento, para colmo.

Mientras más tiempo se queda callada Elizabeth, más histérica me pongo yo. ¿Cuándo se va a poner como loca igual que yo me estoy volviendo loca en este momento? Cualquier cosa menos esa expresión en blanco.

—He estado caminando con gríngolas. Sin ver realmente lo que estaba justo delante de mí. He sido tan ingenua.

Todavía nada. No puedo más. ¿Por qué Elizabeth actúa con esa frialdad? La tristeza que sentía antes de entrar en su estudio se transforma en enfado. Si Elizabeth no dice algo pronto, me voy a volver loca.

—¿Oíste lo que dije?

—Estoy escuchando.

—Entonces, ¿por qué actúas como si te estuviera leyendo un libro de cuentos? —Estoy tan molesta. Quiero que sea mi amiga. ¿Por qué no puede serlo?— Quizás tú sabías que papi se estaba tirando a Jasmine. ¿Es eso? ¿No es nuevo para ti? Si sabes algo, dímelo. Se supone que una amiga lo comparta todo. Pase lo que pase.

—Una amiga. —Elizabeth repite la palabra—. Te presentas aquí después de no sé cuántos días sin hablarme. Y ahora me acusas de no ser una buena amiga. Pero la amistad no es eso.

No puedo creer que Elizabeth le esté dando un giro a mi drama para atacarme. Es verdad que no he estado cerca, pero no ha sido mi culpa.

—Estás actuando como una manipuladora —dice.

—Yo no soy manipuladora.

—¿Cómo le llamas a todo eso que pasó con Freddie y las cajas de cerveza? —me pregunta.

—¿Qué te dijo? —No puedo creer que Freddie le hablara de mis asuntos. Esa fiesta me perseguirá por siempre—. No fue nada. Yo no lo obligué a nada. Fue un estúpido error.

—Ni siquiera te molestaste en preguntarme si yo quería ir a esa fiesta, pero invitaste a Freddie, a quien conociste el otro día. Estoy cansada de intentarlo.

Lo dice con la voz calmada.

—Tú no entiendes la presión que he tenido encima. Es difícil mantener el... —Dejo de hablar. Me oigo como Junior. Las excusas carecen de sentido. No sé cómo ser amiga si no puedo sacar provecho de la situación.

—Tú no eres la única persona en el planeta —dice Elizabeth—. Todos se lastiman y todos meten la pata. Pero yo nunca pensé que tú serías una de las personas que me lastimarían. Tú sabes, nunca me presentaste a tus nuevos amigos. Y ¿aquel día en el parque? Simplemente te fuiste.

No sé qué decir. Pensé que separar mi vida en Somerset de mi vida familiar tenía sentido.

—Me tomó un tiempo, pero lo superé. Ahora tengo amigos que no se avergüenzan de mí.

—Yo no me avergüenzo de ti. Pensaba que odiabas a mis amigos de Somerset. ¿Por qué ibas a querer ir a los Hamptons? Solo fue una estúpida fiesta. Habrías odiado todo allí.

—¿Cómo lo sabes? Nunca me diste una oportunidad. —Se detiene y suspira—. Lamento que hayas sorprendido a tu padre haciendo eso. Es horrible. Pero, no sé... Olvídalo.

Elizabeth tira su pincel en un vaso y lo limpia. El lienzo, que no parece pesar mucho, está contra una pared. Yo le conté esa historia de horror y esperaba su comprensión. En lugar de eso, Elizabeth finalmente expresa sus sentimientos ante la traición. No hay nada que pueda hacer yo para componer las cosas. No existen suficientes disculpas.

Elizabeth se lava las manos en el lavamanos y se seca con una toalla.

—Te puedes quedar el tiempo que quieras. Pero no olvides cerrar la puerta cuando te vayas.

La observo regresar a la casa. Es verdad. Me avergonzaba de ella. No la estaba protegiendo de mis amigos de Somerset. Eso era mentira. Pensaba que si me alineaba con personas que parecían mejores que yo podría transformarme. Esa es la verdad. Esas maquinaciones conllevan un costo.

Hay algo más. Ese día en el parque, por primera vez Elizabeth parecía más chévere que yo. Hablaba con Moisés y con sus amigos sin complejos. Fue fácil restarle importancia a ese momento como si fuera una carambola. Elizabeth, Moisés y sus amigos son extraños. Claro que se llevaron bien. Me lo decía a mí misma para evitar sentirme marginada. No puedo aceptar a Elizabeth porque ni siquiera puedo aceptarme a mí misma.

El cielo se torna azul claro. Está amaneciendo. Recuesto la cabeza en el futón. Ha sido una larga noche y me duele el cuerpo. ¿Qué traerá el día? Más drama. No tengo dudas. Pero, ¿puedo cambiar la manera de lidiar con ello?

Tengo que mostrarle a Elizabeth que puedo hacerlo mejor. Sin la fachada falsa que siempre he usado, ¿qué quedará de mí? ¿Valgo más que eso? Quiero creer que es posible, que aparecerá mi propia voz. Puedo intentarlo.

Descansaré aquí un par de horas y luego determinaré mi próximo paso.

CAPÍTULO 24

El carro de papi no está en la entrada ni en el garaje. ¿También él tiene miedo de enfrentar a la familia? Yo lo tengo. Mi mente corrió maratones mientras trataba de descansar en el futón de Elizabeth. La lista de personas a las que no quiero ver sigue creciendo, él es el primero.

Meto la llave en la cerradura y giro la perilla.

—¿Dónde has estado! —chilla mami. Todavía tiene su traje formal de la iglesia. Cualquier otra persona se habría quitado por lo menos los tacones. Está incómoda hasta en su propia casa.

—Tu padre ha estado manejando por todas partes buscándote. ¿Qué está pasando?

Está agarrando un celular con toda su fuerza. Él no le ha contado. ¿Por qué lo haría? No tiene caso darle la noticia. Yo no le importo. No le preocupa dónde estoy. Lo que teme es que yo alerte al mundo sobre sus sucias andanzas, pero no tengo que hacerlo. El silencio de mami demuestra que ella sabe algo.

—Tú sabes lo de Jasmine, ¿verdad?

Mami ignora la pregunta. Esto no va a ser fácil, pero la verdad nunca lo es.

—¿Dónde has estado? ¿Has estado viendo a ese muchacho? Te advertimos sobre eso. En las calles a cualquier hora. Esa no es la manera que yo… la manera en que te criamos.

Se aleja de mí unos pasos cuando le repito la pregunta.

—Contéstame, por favor. No me excluyas. Quiero saber. Este lío con Jasmine no es reciente. Tú lo sabías el día que fuiste al supermercado.

—Estás diciendo tonterías. ¿Dónde estabas? Nos estás mintiendo de nuevo. A mí no me engañas. —Tiene los puños cerrados a un lado—. Te estás volviendo una sucia. Una niña estúpida sin sentido de dignidad.

—Yo no estaba con nadie. Pero no puedo decir lo mismo de papi.

Niega con la cabeza como si pudiera bloquear lo que estoy diciendo. Quiero que me hable. He oído las historias de mis tías cuando visitábamos Puerto Rico, antes de que la isla se hiciera muy pequeña para papi. Cómo fulanita agarró a su marido engañándola. Las historias nunca terminan con "Y lo dejé" o "Eso nos destruyó". Siempre hay algo de perdón, una aceptación, como si la traición fuera parte de la fibra de la familia. Hasta hacían bromas. Fulano tiene una chilla. Yo ni siquiera sabía lo que significaba "chilla" hasta que Junior me lo dijo. Nos reímos porque la palabra sonaba graciosa. Ahora la palabra suena abrupta, como un muro. Jasmine, la chilla.

Me ablando, pero mami no quiere oír nada. Me empuja camino a la cocina. Abre de golpe los gabinetes y se pone a limpiar la mesa que ya está nítida. Todo en esta casa está inmaculado. Todo menos nuestra familia. No hay suficientes productos de limpieza para componer nuestros desastres. Estamos llenos de defectos.

—¿Por qué ustedes no pueden ayudarme a mantener este lugar recogido? Repito lo mismo una y otra vez. Nadie escucha.

—Mami, ¿me puedes mirar? Por favor, detente. —Le quito la botella de rociador desinfectante y vuelvo a ponerla en el gabinete—. Sorprendí a papi con ella. Con Jasmine. En el estacionamiento.

Mami empieza de nuevo a hablar de la casa, pero esta vez se le quiebra la voz. Deja caer el trapo de su mano en la mesa.

—Qué idiota —dice. Un susurro apenas. Las líneas que cruzan su frente se disuelven. En su lugar hay una profunda tristeza. Se le aguan los ojos y, al verla así, los míos también.

—¿Por qué sigues con él? ¿Por qué no te vas? —le pregunto.

—¿Irme? —responde furiosa—. Esta es mi casa. No voy a dejarla porque unas muchachas estúpidas se enreden con tu padre.

Muchachas. Dijo muchachas, en plural.

—¿Ha habido otras?

Claro. Qué tonta yo al pensar que Jasmine había sido la única. Jasmine me advirtió sobre las cashieristas. Jóvenes y viejas. Yo pensé que era Junior quien les hacía los avances. Los golpes siguen llegando.

—Margot, los hombres son diferentes. Ellos ven el sexo de una forma distinta.

—¿Me vas a decir que el motivo por el cual papi te engaña es porque eso es parte de su composición genética? —No lo soporto. Esto no puede salir de su boca. No hay manera de que mami piense así. Ella siempre me advirtió que no confiara en los varones. Nunca pensé que eso incluía a los hombres en mi familia inmediata—. No me vengas con esa mierda del macho latino. Tú no crees eso.

—Quizás cuando seas mayor lo entenderás. Todavía eres una niña.

Ella recita estas frases en innumerables ocasiones, pero no las siente. Tratar de callarme tiene el efecto contrario. Quiero gritar a todo pulmón para que todos me oigan.

—Ya no soy una niña pequeña.

Ella no me ve. Me acerco porque parece que ambas nos estamos ahogando. No quiero hundirme con ella.

—¿Sabes lo que les ocurre a las personas que les dan la espalda a sus problemas? Tropiezan. Yo no quiero caerme también. Ayúdame a entender esto porque te necesito ahora.

Mami agarra una servilleta y limpia metódicamente otra mancha invisible. Está decidida a defender esa excusa monga. Ordena los frascos de diversas especias sobre el mostrador, como soldados listos para la batalla.

—No todo se puede explicar como una de tus listas —me dice—. La vida no es tan simple.

Voltea las etiquetas de los frascos de especias hacia ella. Todo en su perfecto lugar. Si mami dejara de limpiar, podría tener un panorama más claro de nosotros. Hay tanto que ver. Si mami se detuviera, podría encontrar los complicados nudos que requerirán años desatar. Nada está en orden.

—El matrimonio no es fácil. Yo amo a tu padre. Pero lo que nos mantuvo juntos cuando yo lo conocí ya no es tan fuerte. No sé. No tengo excusas para las acciones de tu padre, pero hemos construido un hogar precioso para ti y para tu hermano, ¿no es así? —continúa—. Tienen lo mejor de todo. No puedes imaginar cómo sería tu vida si le hubiera dicho que no a tu padre. Si me hubiera quedado en Puerto Rico, cuidando a tu abuelo. La última de las hermanas en casarse. La fea. Iba a terminar sola allá. No sabes cómo habría terminado mi vida. Él me alejó de allá y mira dónde estamos.

La estudio. Examino las arrugas alrededor de sus ojos y sus dedos huesudos. Incluso con su cara caída llena de melancolía, ella es más bonita que mis tías. Mami me contó que los niños la molestaban porque ella era de piel más oscura que sus hermanas. Una gama de colores de piel en una familia, como en la mía. La fea. ¿Cómo que ella es la fea? Eso haría que Junior, que se parece a ella, fuera feo también. Y yo, por ser parte de ella.

La historia es que papi se negó a trabajar en la factoría como se esperaba. En vez de eso, se mudó a Nueva York y se llevó a mami con él. Mami se transformó de una niña tímida con pelo malo a esta mujer con pelo alisado y ojos delineados. Nueva York fue sinónimo de libertad para ella. Puede que mi padre la haya elegido, pero fue mami la que tomó la decisión final. Tantas decisiones desesperadas.

Por primera vez veo más que una madre obsesionada con el orden. Recojo el trapo y se lo doy.

—Toma.

Todavía con cara de preocupación, me arregla uno de mis rizos rebeldes detrás de la oreja.

—Entiendes, ¿verdad? —me pregunta.

En ese momento se ve muy joven.

—Sí, mami. Claro que sí.

Se oye la puerta de un carro que se cierra afuera. Papi la llama. Entro en pánico. No estoy lista para enfrentarlo. A duras penas puedo manejar este momento con mami. Todavía falta el asunto de las drogas de Junior que tengo que contarles. ¿Cómo voy a tocar ese tema? Ni siquiera tuve la oportunidad de compartir esa joyita con Elizabeth. Cuando les diga a mis padres, se añadirá otra capa de drama a la mezcla. No puedo lidiar con eso en este momento.

—No puedo verlo —le digo a mami—. Por favor.

Ella asiente con la cabeza y me deja ir a mi habitación.

Oigo a mis padres susurrando palabras duras. Suben y bajan las voces. Cierro las persianas. Allá ellos que resuelvan. Ahora trataré de dormir la mañana.

CAPÍTULO 25

Un estruendo me despierta de una siesta demasiado corta. Gavetas que se abren con fuerza y se cierran de golpe. Objetos lanzados al piso. Antes de que pueda ajustarme al ruido, fuertes pisadas se acercan a mi habitación por el pasillo.

—¿Estuviste revolviendo mis cosas? —Noto los ojos desorbitados de Junior.

Las señales de aviso que una vez investigué para escribir un trabajo de la escuela vuelven a mi mente. Junior se sube a mi cama y me saca a rastras.

—¿Estuviste en mi jodido cuarto? Te voy a matar.

—Suéltame —le digo. Me hala por los brazos.

Hemos luchado antes, cuando éramos niños. Algunas veces él me ganaba fácil. Otras, yo ganaba con un golpe a traición, o una patada equivocada a la ingle. Pero esta vez no es un juego.

Junior intenta arrastrarme directo a su dormitorio. Mis patadas y gritos alertan a todos mientras me tira adentro.

—Jodía cabrona. ¿Por qué estás rebuscando mis cosas?

Me acorrala en el piso—. Dime dónde está antes de que te friegue por todo el cuarto.

—¿Estás loco? —le grito—. Suéltame.

—¿Dónde está? Te juro por Dios que si no me dices en este momento ¡te voy a moler a palos!

En algún momento, durante la conmoción de la noche, perdí el material. Puede haber sido con el grupo de muchachos que estaban al frente del supermercado, que habrán tenido tremendo viaje. O pude haberlo perdido en el jardín de la comunidad. No tengo idea.

—¿Dónde carajo está? —Junior levanta la mano, listo para golpearme.

Me encojo de miedo en el piso.

—¡Por Dios, Junior! ¡Detente! —grita mami.

Papi agarra a Junior por los hombros y lo aparta. Con lo flaco que está Junior, no requiere mucho esfuerzo.

Junior se levanta de un salto y embiste a papi hasta lanzarlo al piso. Mami grita.

—No te metas en mis asuntos —Junior le gruñe a papi.

—Qué carajo. Te crees muy hombre. —Papi se levanta del piso y lo empuja contra la pared—. No te creas que porque eres mi hijo no te voy a golpear.

Una parte de mí quiere que Junior le dé una paliza a papi. Golpearlo por andar tirándose a esas muchachas. Siento odio por los dos hombres en mi vida, pero esta rabia no solo es para ellos. También hay un poco para mami, que trata de contener este drama.

Junior se da cuenta de que la batalla no es con esta pobre criatura, sino con nuestros padres. Parece una fiera enjaulada.

—Ella me robó dinero —dice. Intenta calmarse.

—Mejor diles —le advierto.

—No inventes —dice Junior.

—Junior, ¿qué está pasando? —pregunta mami—. Debe haber un error.

Ella siempre es la primera en perdonarlo. Hasta cuando papi le informó que habían botado a Junior, ella le echó las culpas a la universidad y al entrenador de lucha.

—Mira, está bien, no es tan grave. Margot encontró algunas cosas en mi cuarto que no son mías.

—Hay una caja llena de drogas y dinero en su clóset —digo.

—Cállate, Margot. No sabes de lo que estás hablando.

Papi se dirige al clóset como un huracán. Tira la ropa por todas partes. No tarda mucho en encontrar la caja. Vuelca el contenido sobre la cama de Junior. Aun cuando Junior jura que es inocente, la caja revela la verdad.

—Tú sabes cómo es la cosa, cómo funciona el negocio —dice Junior—. Vamos, papi, ¿cómo vas a creerle a Margot? Ella es una niña estúpida. Mintió sobre Moisés y sobre Oscar. ¿Quién tú crees que se robó esas cajas de cerveza?

—¿Qué es esto, Junior? —pregunta mami. Me doy cuenta de que se le rompe el corazón, porque no hay manera de que ella pueda defender esto—. No entiendo. ¿Qué haces con estas drogas? —Le toma la cara y lo mira intensamente.

Junior le empuja la mano. Él quiere a papi.

—Siempre te pones del lado de Princesa. Ella nunca puede hacer nada malo, ¿no es así? Yo soy el fracaso. Trabajo como un esclavo y recibo mierda a cambio.

—Te sentaste en mi oficina con Oscar y observaste cómo despedí a ese hombre —dice finalmente papi—. Sabías la verdad y no dijiste una sola palabra.

—No, papi, vamos —dice Junior. Mantiene los brazos huesudos cruzados frente a él. Balancea el cuerpo de una pierna a otra como si no pudiera decidir de qué lado recostarse—. Tú sabes que eso no es cierto. Estoy tratando de hacer algo aquí. Es un negocio. Esto es temporal hasta que tenga suficiente dinero para el bar. Si me hubieras dado el dinero, no habría tenido que hacer esto. Tan pronto estuviera establecido, devolvería el dinero que tomé prestado del supermercado.

—¿Crees que soy idiota? —le dice papi—. Yo confiaba en ti. En ustedes dos.

Papi habla de confianza como si él la pusiera en práctica. Sus ojos evitan los míos, como si pudiera leer mi mente. Es solo cuestión de tiempo antes de que papi desate su furia contra Junior. Mientras más largo es el silencio, más intensa se siente la atmósfera.

Recoge el dinero y vuelve a colocar ordenadamente los paquetes en la caja. Agarra las bolsitas llenas de las piedras letales y las pone también en su lugar. Entonces, papi se sienta en el borde de la cama con la caja sobre sus piernas. Se ve pequeño. Viejo.

—¿Así de mal están las cosas entre nosotros? —dice papi.

Se cubre el rostro con ambas manos y hace algo que nunca antes le he visto hacer. Papi llora. El hombre que siempre sabe qué decir y cuándo decirlo, el hombre que yo creía incapaz de hacer algo malo, solloza.

Junior y yo observamos cómo todo el cuerpo de papi se estremece de la emoción, tanto que sacude la cama. Eso me aterra.

Después de un largo momento, mami se le acerca y le pone una mano sobre el hombro. Entonces ella mueve la mano hasta la espalda.

—Ya, Víctor. Cálmate —le dice ella. Él llora aún más. Ella nunca ha sido tan delicada con él. Me inquieta ser testigo de este intercambio, y me enoja también. Déjalo que llore. Déjalo que sufra. Pero ella no lo hace. Mami levanta la caja de las piernas de papi y la pone debajo del brazo de ella.

—Vamos —le dice. Esta vez su voz es firme—. Vamos.

Mami lo acuna con un brazo como si fuera un niño herido. Papi se recuesta en ella y mami no resiste la carga. Lo endereza y lo lleva hasta el dormitorio. Mami cierra la puerta.

Junior se desliza hasta el piso. Cierra las manos en puños y cubre sus ojos. Sin hacer ruido, lo dejo allí.

CAPÍTULO 26

Papi trata de nuevo mientras estoy en la cocina. La última vez que inició una conversación conmigo la terminé dejando caer un vaso lleno de agua. Diminutos pedazos de vidrio roto cubrieron el piso de baldosa y llegaron hasta sus zapatos de vestir color marrón. Han pasado solo un par de días desde el colapso de la familia Sánchez. No hay vuelta atrás a los tiempos cuando las cosas eran normales entre nosotros. Lo mejor que puedo hacer en este momento es evitarlo.

—Princesa. —Me llama cuando salgo de la cocina y dejo mi tazón de avena sin tocar sobre el mostrador.

Son las siete de la mañana y ya esta casa es insoportable. Salgo y me monto en la bicicleta. Probablemente Junior será el siguiente objetivo de papi. Anoche hubo otra confrontación entre ellos. Se dio un ultimátum. Se mencionó la palabra "rehabilitación". Junior se rehúsa a admitir que tiene un problema. Más gritos. Más acusaciones. No quiero quedarme a ver la repetición.

La meta es ir en bicicleta hasta la cafetería más cercana. Afortunadamente tengo mi *laptop*. Puedo quedarme todo el tiempo que quiera. Desde los ventanales de la cafetería, puedo ver los carros que se dirigen a la ciudad. Es miércoles y yo debería estar en el supermercado. Me pregunto qué estará pasando allí. Estoy segura de que todos conocen nuestro pequeño secreto sucio. Aparentemente, mami convenció a Oscar para que volviera. No puedo creer que él aceptara. Debería demandar por despido injustificado, o por lo menos pedir un buen aumento. Se lo merece.

—¿Quieres más? —me pregunta la mesera. La cafetería está llena. Me siento en el extremo del mostrador para no interrumpir el paso. La mesera me reconoce. Elizabeth y yo solíamos venir. Siempre compartíamos el especial de desayuno: dos huevos con tocineta y papas fritas.

Este tiempo a solas me hace pensar en muchas cosas. No todo es malo. Hay un rayito de esperanza. Ayer mami le dejó caer a papi la bomba del divorcio. Lo dijo en voz alta, con total convencimiento. Pensándolo bien, pudo haberlo dicho en un momento de coraje. No lo sé. De todos modos, ellos necesitan resolver eso, y lejos de mí.

Saco mi computadora portátil y reviso los correos electrónicos. Tengo un par de Serena. Preguntas sobre dónde estoy y por qué no he respondido sus mensajes de texto. No estoy preparada. En lugar de eso, hago una lista.

LISTA DE PONER REALMENTE LOS PIES EN LA TIERRA

Elizabeth
Oscar
Nick
Moisés
Serena/Camille

Los nombres no están escritos en ningún orden específico. Leí en uno de los libros de autoayuda de mami que, si quieres hacer el bien, tienes que crear la intención. O quizás fue en *The View*. No estoy segura. Voy a intentarlo con esta lista.

Después de mi tercer café, me subo otra vez a la bicicleta. Frente a la casa de Elizabeth, su mamá está trabajando en el jardín. Bajo la velocidad.

—Hola, Sra. Saunders.

Tiene un vestido mexicano largo y los dedos de los pies cubiertos de tierra. La mamá de Elizabeth es maestra de kindergarten y siempre hay algo en ella de manualidades.

—¡Buenos días! —Tiene un espacio entre los dientes frontales. Mami siempre se preguntaba por qué no se los arreglaba, pero a mí me parece que le da carácter—. Elizabeth está atrás.

—Gracias.

La puerta del estudio está de par en par. Una colección de obras cubre un lado de la habitación. Los brillantes colores presentan diversas escenas de la ciudad. Hay ancianos en bicis Schwinns modificadas. Otra pintura muestra a niños jugando balonmano. Elizabeth sabe perfectamente cómo capturar el verano.

Toco a la puerta. Su expresión no es la de bienvenida habitual, pero tampoco es malvada.

—¡Guau! —le digo. Es tan talentosa.

—Están bien. Todavía necesitan mucho trabajo —dice Elizabeth—. ¿Qué pasa?

—Nada. ¿Quieres dar una vuelta en bicicleta?

Me siento como si le estuviera pidiendo una cita. Así de nerviosa. No tengo ningún plan, solo la responsabilidad de hacer las paces por la forma en que me comporté.

—Tengo mucho trabajo por hacer —me dice—. La fiesta del barrio es el sábado y estos no están terminados todavía.

—¿Fiesta del barrio?

—Es para recaudar fondos para South Bronx Family Mission. Moisés me dio un puesto gratis.

Moisés. Me trago mis celos.

—¿Los vas a vender? —le pregunto.

—Sí. Vamos a rifar uno.

Vamos. Supongo que se refiere a ella y a Moisés. No puedo olvidar mi intención. Esto no se trata de mis sentimientos hacia él. Se trata de mi amistad.

—Genial. Es tu primera exposición pública. Felicidades.

Nos quedamos una junto a la otra por un momento, maravilladas ante su obra. Tengo muchas de sus piezas anteriores, pero estas son diferentes. Realmente ha mejorado. ¿Por qué no lo había notado antes?

—Bueno, estás ocupada. Te veo.

Me dirijo a la puerta. No hay necesidad de presionar. Dejaré que esto fluya de forma natural.

—Espera —dice Elizabeth. Esto es también difícil para ella.

—No voy a poder cumplir con la fecha límite. —Me conmueve.

—¿No? ¿Necesitas ayuda? —No me importa si sueno desesperada.

Ella asiente con la cabeza.

—Por supuesto. ¿Qué necesitas?

—Pintura. Materiales.

—Puedo hacer eso. Vamos a hacer una lista juntas. Las listas son mi vida.

—Está bien. Vamos a hacer una lista —dice.

Busco mi libreta, me siento en el futón y espero por ella. Recita de un tirón los nombres de los materiales y, cuando termina, me voy en la bicicleta a comprarlos. Se siente bien hacer algo por alguien. No hay tiempo de revivir el pasado si tengo que concentrarme en la tarea por completar.

Cuando regreso, acomodo las cosas en su mesa de centro.

—Tengo que volver a casa. Conseguí todo lo de la lista, pero puede que tengas que ir a la ciudad para obtener buenas ofertas. La tienda de arte es muy cara.

Mírenme, preocupada por el dinero. Ahora sé que la vida se ha virado al revés.

—Si quieres puedo tratar de pasar más tarde —le digo.

Junior no es el único castigado. Yo también, por las cajas de cerveza robadas. Todo el mundo tiene que pagar el precio. El mío incluye un montón de tareas. Hoy me toca lavar la ropa.

—No tienes que hacerlo —dice Elizabeth.

—No, quiero hacerlo.

Elizabeth vuelve a su trabajo y yo, de regreso a mi bicicleta.

CAPÍTULO 27

E lizabeth deja su pincel y se aleja del lienzo. Es viernes temprano en la mañana y ya llevo dos horas en su estudio. No sé hasta qué hora estuvo levantada anoche, pero tiene puesta la misma ropa de ayer. Y todavía falta bastante por hacer.

—Ese cuadro se parece mucho al otro —le digo—. Ya sabes, el del parque.

—Tienes razón. —Se tira en el piso y acuna su cabeza. La fiesta del barrio es importante para ella. Es la primera vez que estará exhibiendo tantas piezas. Es un gran esfuerzo.

—No voy a terminar a tiempo. Todavía me faltan dos más.

Puede que ella no lo vea, pero yo veo el progreso. Las largas horas en el estudio han dado fruto. Elizabeth ya está casi lista. Solo tiene que creerlo.

—Tienes que ofrecerle variedad a la gente —le digo—. ¿Qué tal si miras el parque desde otro ángulo? Tal vez desde lo alto, como un ave.

Se pone de pie y deja escapar un largo suspiro. Entonces

agarra un lienzo en blanco y con el carboncillo comienza a bocetar otra idea. Es increíble ver cómo es capaz de crear un mundo de la nada a partir de un espacio en blanco y un carboncillo.

—Gracias —me dice.

Etiqueto los otros cuadros con los títulos y agrego los precios en una hoja de cálculo Excel que he creado. Mami me está dejando ayudar a Elizabeth, pero todavía tengo una hora límite para llegar a casa. Deseo quedarme en este estudio y concentrarme en ella, pero no puedo. Tengo mi lista. Hoy es un buen día, como cualquier otro, para seguir con otro de los nombres.

Le envío un mensaje de texto a Serena para preguntarle si ella y Camille estarán disponibles dentro de una media hora.

—Voy a hacer un par de mandados y vuelvo. —Elizabeth está tan absorta en su nueva obra que no me necesitará durante un rato.

Voy en bicicleta a un parque cercano. Es temprano, así que el lugar está vacío, solo un par de corredores haciendo algo por su salud. No tengo nada de maquillaje. La camiseta que tomé prestada de Elizabeth está salpicada de pintura. Esta no es la forma en la que debo presentarme, pero no hay tiempo para un cambio de atuendo. Además, es agotador estar acicalándome cada vez que tengo una conversación en línea con Serena y Camille. No es que piense abandonar mi amor por la moda. Puede que mi vida sufra algunas alteraciones, pero no es el fin del mundo. Busco el lápiz labial.

Es el último fin de semana de Serena y Camille en los Hamptons. Pronto las fiestas volverán a la ciudad. Reuniones para facilitar el regreso a la rutina de los estudiantes de Somerset. Mi yo del pasado estaría enfocado en conseguir que me inviten. Aun si estuviera interesada, no podría ir a ninguna fiesta porque estoy castigada. Mis actividades habituales de otoño, como comprar ropa nueva, están en pausa hasta nuevo aviso. La vida está completamente detenida hasta que Junior vaya a rehabilitación. Si es que va.

—Hola, Camille. Hola, Serena.

—¿Se te olvidó algo? —pregunta Camille. Está enojada. Nunca antes yo había ignorado sus textos o llamadas telefónicas. Mi forma de actuar debe tenerla confundida—. Hay cosas que tenemos que resolver, concretamente tu próximo paso con Nick y la fiesta en…

—Tengo problemas serios en casa —la interrumpo—. Hay cosas más importantes ocurriendo en mi vida en este momento.

¿Me preguntarán cómo me siento? ¿Tan siquiera les importa? Ambas se ven lindas pero inalcanzables, como maniquíes en la vitrina de una tienda por departamentos.

—¿Qué ocurre? —pregunta Serena.

Sé que le importa. Puedo verlo en su expresión y en el modo de inclinarse hacia la pantalla. Aun así, dudo.

—Nada —contesto.

Típico. Vuelvo a lo que ellas esperarían de mí. ¿Qué pasará si les digo la verdad sobre mi familia? ¿Y qué? Si no puedo ser genuina con ellas, no puedo serlo con nadie. Empiezo de nuevo.

—Creo que mis padres se van a divorciar, y mi hermano… —Quiero ocultar esta parte con algún tipo de historia exagerada. Las mentiras son fáciles, pero no voy a tomar ese atajo tan usado—. Mi hermano tiene problemas con las drogas.

—¡Divorcio! ¿Eso es todo? —exclama Camille. Mis padres se divorciaron. Le pasa a todo el mundo. Eso no es un problema. Solo un fastidio.

Serena se ríe, pero es una risa nerviosa. No puede evitarlo.

—No, no es un fastidio. Toda mi vida está cambiando y... y... —no sé si puedo continuar.

Esta amistad nunca va a florecer si me guardo las emociones. Si echo por tierra su oportunidad de siquiera responder, esta relación está construida en el aire.

—Estoy asustada.

Ahí va. Lo dije. Hay un largo silencio.

—¿Eso quiere decir que no vas a regresar a Somerset? —pregunta Camille.

Ella nada más expresa interés si el tema le afecta de alguna manera. Pero algo en su tono de voz me hace pensar que tal vez le importa.

—Voy a regresar. Estoy casi segura.

El pensamiento de no volver nunca cruzó mi mente. Supongo que es algo que también debo tener en cuenta. ¿Quién sabe lo que pueda deparar el futuro?

Serena y Camille permanecen en silencio. Es difícil saber qué decir. Generalmente soy yo quien haría algo imprudente para enmascarar esa incómoda sensación. No hacerlo se siente extraño.

—Bueno, ese es un final agrio para tus vacaciones. —Camille toma un sorbo de su botella de agua.

—Yo quisiera que mis padres se divorciaran. —Finalmente, Serena habla—. Están peleando las 24 horas del día. Si se divorcian, tendré dormitorios en distintos lugares. Sería como tener una casa para vacacionar y una de verdad. El doble de clósets, el doble de ropa, ¿no?

Si las cosas fueran así de simples.

—Sí, pero ¿qué tal si se mudan para un sitio como Jersey u otro lugar peor? —dice Camille—. No importaría que tuvieras dos juegos de ropa, porque estarías en Jersey.

—O el Bronx. Ay, Dios —dice Serena— ¿te vas a mudar al Bronx?

—Técnicamente, yo vivo en el Bronx. Riverdale está en el Bronx. —Momento de que aprendan geografía—. De todos modos, el Bronx no es tan malo.

—¡Fuiste tú quien nos dijo que era el peor lugar del mundo! —dice Camille.

—Sí, tú dijiste que era una cloaca —agrega Serena.

—Okey, okey. Yo lo dije. Exageré. Estaba equivocada. Hay cosas excelentes aquí. Excelentes personas también.

Camille se encoge de hombros, pero no como desprecio. He visto cuando lo hace con desprecio. Es más una señal de aceptación.

—Yo tenía ocho años cuando mis padres se separaron. Él se estaba acostando con una de las mejores amigas de mamá. Era prácticamente de la familia —cuenta Camille—. Mamá no me doró la píldora. Me lo contó todo, pero yo era demasiado joven. Seguía esperando que papá volviera. Ahora tengo que pasar las fiestas con esa señora. No la soporto.

Esta es la primera vez que Camille comparte un lado de su familia que no es perfecto. Su tono casual intenta conservar su imagen natural de a mí plin, pero puedo ver más allá. Tal vez hay una Camille distinta debajo de ese barniz. Algunas veces, las personas pueden sorprendernos.

—¿Tu hermano va a ir a rehabilitación? —pregunta Serena.

—No lo sé —le contesto.

—Bueno, muchas celebridades van a rehabilitación. Mi mamá diseñó una casa para un cliente y durante todo ese tiempo él estuvo desintoxicándose, pero no le dijo a nadie —cuenta Camille—. Él usó la excusa de la renovación para limpiarse. Qué listo, ¿no?

—No creo que mi familia se pueda dar ese lujo —le digo. Otra vez siento esa incomodidad imposible de ignorar. Es extraño no llenar este momento con algún cuento extravagante para adornar mi realidad.

—Bueno, chicas, las llamo después.

Serena y Camille no pueden creer que sea yo quien termine la llamada. Bueno, hay una primera vez para todo. Me aterra ser tan honesta. No estoy acostumbrada. No estoy segura si nuestro trío va a continuar o si va a cambiar de alguna manera.

Pedaleo de regreso al estudio. La visión de Elizabeth ha cobrado vida. Era solo cuestión de ver las cosas desde una perspectiva diferente y arriesgarse.

—¿Qué te parece? —pregunta Elizabeth.

—Creo que va a estar genial —lo digo y lo siento de verdad.

—Voy a necesitar ayuda para llevar todo esto a la fiesta del barrio. No hay forma de que quepan todos en el carro de mis padres. ¿Tú crees que tu mamá pueda llevarnos?

—No sé. A duras penas me deja venir. ¿A qué hora tienes que estar allá?

—A las siete.

—¿Es un chiste? ¿Quién se levanta tan temprano?

No sabía que el activismo comunitario comenzaba a esa

hora tan inhumana. ¿Nadie cree en levantarse más tarde el sábado? La injusticia va a estar ahí, no importa si estamos en pie o no a las siete de la mañana.

—Tú estás despierta a esa hora. Mami dice que te ve montando en la bicicleta antes del amanecer. Las cosas siguen mal en la casa, ¿no?

—Prefiero comer huevos revueltos todas las mañanas, sola en una cafetería, antes que ver sus caras.

—Entonces, a las siete será fácil.

—Voy a preguntar, pero no te prometo nada —le digo.

—Dirá que sí.

Vuelvo a mi hoja de Excel. Moisés estará allá mañana. Pero no tengo tiempo para obsesionarme con eso. Etiqueto el resto de los cuadros.

CAPÍTULO 28

Un trío de señoras mayores preparan unas mesas largas de comida cerca de la entrada del parque. Las hornillas ya están encendidas.

Están vestidas como empleadas de comedor escolar, con delantales, un pañuelo cubriéndoles el cabello y guantes de plástico, listas para servir la comida. Un tipo les pide una muestra gratis. Lo espantan agitando sus toallas, como si fuera un inoportuno niño pequeño.

La temperatura de hoy llegará a los ochenta grados, pero se siente como de cien. Nos vamos a asar. Nada lindo. Estos cuadros son tan grandes. Elizabeth y yo perdimos una hora calculando cómo meterlos en el carro. Además, no pensamos en los atriles, ni en cómo íbamos a colgarlos. Logística. En un momento dado, Elizabeth casi rompe a llorar cuando nos dimos cuenta de que ella no cabía en el carro. Un par de piezas tuvieron que quedarse.

—Justo ahí delante —dice Elizabeth.

Aunque me quejé al recibir la llamada para despertar, el viaje al parque fue divertido. Elizabeth me contó sobre los personajes locos en el museo. Yo le conté sobre mis broncas en el supermercado, sin mencionar a Jasmine ni a Moisés. Mami fue muy amable en dejar que nos pusiéramos al día. Hasta sonreía con nuestras historias. Le prometí que la llamaría una hora antes de terminar la fiesta para que pudiera venir a buscarnos.

La ansiedad crece en mi interior como la espuma, y no se disipará, sin importar cuántas historias graciosas intercambiemos. Por suerte, Moisés no es la primera persona que vemos.

—Ay, Dios mío. Te la comiste, hermana. ¡Te la comiste! —Paloma grita desde el otro lado del parque mientras colgamos los cuadros—. Muchacha. Tú sí que tienes talento.

Yo también me siento orgullosa. Las piezas son asombrosas ahora que ya no están en el estudio, sino a plena luz.

—Qué bueno verte —me dice Paloma—. Esa pista de baile es nuestra.

En realidad, no hay una pista de baile, solo un espacio de concreto frente al escenario circular donde está el *disc jockey*. Ya la música resuena.

—Yo también me alegro de verte —le contesto.

Cuando Paloma se acerca para abrazarme, no rehúyo.

Ella pone una mesa junto a nosotros. Está vendiendo prendas y donará algunos de los fondos al centro comunitario. Su joyería es grande y llamativa, justo lo que esperaría de ella. Un collar sobresale. Es de cuero crudo con un gran dije de plata. El dije es una caja cuadrada y en diminutas letras tiene grabado lo siguiente: "No dejes que la mano que sostienes te domine. JdB"

—¿Qué significa "JdB"? —le pregunto.

—Julia de Burgos, por supuesto —dice Paloma—. La diosa puertorriqueña.

Julia de Burgos, la poeta.

—¿Cuánto quieres por él?

—Si es para ti, dame lo que puedas.

Busco en mi cartera. No tengo mucho dinero en estos días. Pero el collar es tan lindo. No quiero insultar a Paloma con unos cuantos míseros dólares. Ella se merece más. Antes no lo pensaba dos veces para gastar el dinero en lo que quisiera. Podía contar siempre con papi para que pagara la cuenta. Pero esa vida ya pasó a la historia. Tengo que ocuparme de mis finanzas ahora. Dejo el collar.

—Vamos a hacer un trueque —dice Paloma.

Pero, ¿qué tengo yo para ofrecer? No soy artista. No hago joyas ni toco instrumentos musicales. Me han confiscado los colgantes caros en pago por las cervezas robadas. No tengo nada que ofrecer. Estoy en bancarrota.

—No tengo nada.

—Bueno, es una pieza cara. Dame el efectivo que tengas ahora, pero cuando vuelvas a la escuela dirige a tus amigas a mi tienda de Etsy. Diles dónde lo conseguiste.

—Sé exactamente a quiénes le va a encantar esto. El Club A La Mode —le digo—. Es un club de modas. Tienen un blog sobre estilo y esas cosas. Morirían por esto.

La estudiante encargada del club de modas es Karen. Se sentaba junto a mí en la clase de matemáticas el año pasado. Karen siempre ha sido amable conmigo. No súper amigable, pero tampoco yo estaba buscando nuevas amigas porque concentraba todos mis esfuerzos en Serena y Camille.

—Ellas invitan diseñadores y comerciantes a dar charlas a las socias. Se lo toman muy en serio. Tal vez tú puedes venir y dar una charla sobre tus diseños y luego venderlos.

—Margot sabe de publicidad —apunta Elizabeth.

Esto me emociona. Esto muy bien podría ser lo mío este otoño. Puedo buscar formas de promocionar la joyería de Paloma y quizás el arte de Elizabeth, si ella me lo permite.

—Moisés, necesito más potencia aquí.

El *disc jockey* pide más electricidad. Se me cae el corazón. Respiro hondo un par de veces y busco a Elizabeth. Está tan absorta en asegurarse de que todo se vea bien que nada la saca de concentración. Cuando veo que Moisés se acerca, busco una excusa barata y me oculto detrás de un lienzo.

—¿Ustedes necesitan algo? —Moisés asoma la cabeza en el puesto—. Eh, hola.

No esperaba verme.

—Eh.

Se me seca la garganta. Espero a ver si se acerca a Elizabeth y le da un beso o un abrazo, un saludo apropiado para una nueva pareja, pero no lo hace. Claro que Elizabeth no ha hablado sobre él, aparte de mencionar el festival, pero yo pensé que eso era evidencia de que estaba escondiéndome su relación.

—Nos vendría bien más soga —le digo—. ¿Tienes?

Elizabeth está de acuerdo.

—Un momento. —Moisés se va y me siento aliviada de no haberme caído de bruces. Vuelve enseguida con la soga y se va de nuevo porque alguien más le pide ayuda. Elizabeth casi ni lo mira.

Uno de los caballetes se cae. Corro a ayudar a Elizabeth antes de que llegue al piso. Es extraño que ella no le hiciera caso a Moisés. Ella no tiene que disimular por mí. Yo puedo aceptar que estén juntos.

—No tienen que fingir conmigo —le digo.

Elizabeth se ve confundida.

—Tú y Moisés.

Suelta el lienzo.

—¿De qué estás hablando?

—Nada. Es que los veo que se tratan con tanta frialdad. No tienen que hacerlo. Conmigo no hay problema.

—No hay problema ¿con qué?

De verdad quiere que lo diga con todas sus letras.

—Que se estén viendo. Que salgan juntos. Tú y Moisés. No tengo problema con ello.

—Ja, ja, ja —se ríe por la nariz—. ¿Moisés? ¿Moisés y yo? Hasta Paloma empieza a reírse.

—Yo no estoy viendo a Moisés —dice Elizabeth—. Ja, ja, ja.

—Yo pensé que como pasan tanto tiempo...

—Ay, Margot. Puedes ser tan tonta. Somos amigos. Además, él no es mi tipo. Me gustan los artistas. Tú lo sabes.

—Lo sabía. Digo, antes. No sé. Mejor me callo —murmuro—. Eso las hace reír todavía más.

La mente juega con nosotros. Yo inventé prácticamente toda una relación basada en los celos. No estoy segura si alguna vez dejaré ir ese rasgo y aprenderé a confiar en quienes me rodean. Eso no ocurrirá de la noche a la mañana. Requiere práctica.

El *D.J.* baja la música. Moisés toma el micrófono acompañado de algunos hombres de aspecto importante y de una dama que parece una frágil abuelita.

—Gracias por decir presente en Stop the Orion Community Block Party. Vamos a estar aquí todo el día. Bella va a tener algunas actividades de arte y manualidades para los niños. ¡Levanta la mano, Bella! Y no se pierdan los cuadros de Elizabeth. Estaremos rifando uno de ellos a un feliz ganador. A dólar el boleto. Todos los fondos van para la comunidad.

—¿Y si no gano? —bromea una joven madre con una bebé—. En serio. Un dólar no puede comprar mucho, pero necesito el dinero. ¿Qué me vas a dar a cambio, cariño?

Con todo lo listo que es, el comentario lo toma por sorpresa y Moisés no tiene una respuesta ingeniosa rápida. Esto es lo suyo, pero ahí está, totalmente perdido en el escenario.

—Muñeco, tú tienes el micrófono. Quiero ganarme algo. ¿Qué puedes hacer por mí? —le dice ella y choca los cinco con una amiga. El público se divierte al ver a Moisés avergonzado. Yo también.

Moisés se ríe. Está nervioso.

—No te preocupes, bebé. —Ella afloja después de unas cuantas pullas más—. Te dejaré hacer lo tuyo.

—Gracias —responde él y saca un pañuelo para secarse la frente—. DJ Forty va a amenizar. Pero primero quiero que conozcan a alguien. Esta es Doña Petra. Ella ha vivido en el edificio de Eagle Avenue, ese que Carrillo Estates quiere echar abajo para vender apartamentos a sobreprecio.

Doña Petra no es nada tímida. Agarra el micrófono y grita por él. El ruido despierta a todos. Moisés le susurra algo y ella vuelve a empezar.

—Yo vivo aquí —dice Doña Petra—. Ustedes me conocen. Este es mi hogar y no quiero vivir en ninguna otra parte. Y lo digo también en inglés, porque sí: "This is my home and I don't want to live anywhere else".

Doña Petra habla con pasión. Todos sienten la energía. Hasta yo la siento. Ella tiene derecho a tener su casa. Todos lo tenemos.

—Ayúdenme a quedarme con ustedes, mi familia.

—Eso es —dice Paloma—. ¡La apoyamos, Doña!

—¡Dalo por hecho! —grito. Elizabeth y Paloma se voltean a mirarme.

—Mira la Margot —dice Paloma—. ¿Quién diría que era tan desinhibida?

—Quizás lo sea —respondo.

No veo a Moisés durante el resto del evento. Él está demasiado ocupado y eso está bien. Yo también estoy ocupada, bailando con Paloma.

CAPÍTULO 29

El piragüero me da los "Buenos días". Está al lado de la estación del tren, en la línea de fuego. Aunque son las ocho de la mañana, demasiado temprano para una piragua, compro una. Es tan rico el azucarado sabor a cereza del hielo triturado.

Cuando le dije a mami que quería ir a trabajar, ella no podía entender por qué. La escuela comienza este miércoles y técnicamente ya completé mis diez semanas de trabajo. Pero le dije que tenía que terminar algunas cosas. Hay algunas disculpas pendientes.

Entro al supermercado cuando Oscar está repasando la agenda para el mes, que incluye los especiales del regreso a clases. Me quedo de pie atrás con los muchachos de almacén. Todos susurran a mi alrededor. Mi presencia aquí es el bochinche del día. Estoy segura de que han analizado qué ocurrió con mi familia y ¿quién puede culparlos? Es la historia del siglo: sexo, drogas y traición. No tienen que ver novelas. Solo sigan el drama diario de Sánchez & Sons.

—Hay que abastecer el estante de los dulces y situarlo

frente a las cajeras —dice Oscar. Está sentado cómodamente sobre la correa transportadora, el lugar que generalmente ocupa papi. Para Oscar es sencillo encargarse de la reunión. Él sabe lo que hay que hacer.

Papi está en la tienda de Kingsbridge. El rumor de que la tienda va a cerrar es cierto. Cerca de cincuenta personas están a punto de perder sus empleos. Es terrible. El nuevo complejo comercial ya está realizando entrevistas abiertas para trabajar en el nuevo supermercado. El complejo también tendrá un Target y un BJ's Wholesale Club. El vecindario está cambiando y reina una sensación de que hay que amarrarlo todo para evitar perder las inversiones. Supongo que mi familia conservará el supermercado Sánchez & Sons original tanto tiempo como pueda. Intento no adelantarme al futuro. Las suposiciones pueden mantener a una persona inmóvil, sin dejarla hacer nada. En lugar de eso, doy pequeños pasos. Por ejemplo, esta semana no le tiré platos a los pies a papi. Hay progreso.

Después de terminar la reunión, Rosa se acomoda en la primera caja registradora, la que le pertenece a Jasmine. Rosa busca en su cartera una pequeña estatua de Jesús crucificado. La besa y se persigna antes de asegurar la figurita en una esquina, visible para todos los clientes.

Otra de las razones por las cuales vine es que me aseguraron que Jasmine no estaría aquí. Le dieron algún tipo de licencia por enfermedad. Tiene la presión alta y el estrés es demasiado para el embarazo. Jasmine va a tener el bebé. Me pongo furiosa al pensar en eso. Elizabeth me dijo que es decisión de Jasmine y que debo intentar no juzgarla. Pero claro que voy a juzgarla. Su decisión está causando tanta destrucción. Aunque en realidad hace tiempo que mis padres no han tenido una vida de dicha conyugal. La fluctuación de mis emociones me marea.

Subo a la oficina. Oscar está trabajando en el escritorio.

—¿Tienes un momento? —pregunto.

—Sí.

—Lamento las mentiras que te dije, y el robo. Lamento el dolor que te causé a ti y a tu familia.

La expresión de Oscar es seria. Esta vez no hay sonrisa de felicidad.

—Además, tengo esto para ti. —Le doy un sobre cerrado—. Es de Junior.

Mami tuvo que hacer un gran esfuerzo para convencer a Junior de que había llegado el momento de obtener ayuda. Encontraron un centro de rehabilitación en algún lugar en el norte del estado.

—La cagué, Margot —me dijo Junior la noche antes de salir hacia Carmel.

No se han pronunciado palabras más ciertas. Se veía abatido, como si hubiera estado corriendo durante horas en una trotadora sin llegar a ninguna parte.

—Voy arreglar las cosas. Obsérvame. Voy a cambiar. Voy a dejar de janguear con esos vagos.

Un pensamiento cruzó por mi mente, algo que había querido preguntarle.

—¿Qué pasó con Moisés para que lo odiaras tanto?

—Yo no lo odiaba. Mira, yo no quiero que ningún tipo hable con mi hermana —dice Junior. Entonces mueve la cabeza—. Después de que me botaron del equipo, su hermano me ayudó a bregar con eso. Yo no quería que Moisés te lo contara.

No lo presioné para que me diera más detalles. Entendí

lo que quería decir. Los secretos pueden causar más dolor que enfrentar la realidad. Seguí ayudándolo a empacar y, debajo de una pila de ropa en el piso, divisé algo de un color azul claro que me resultaba familiar. Con el pie, aparté la ropa y descubrí la cajita perdida de Tiffany.

—Ahí está. —Me agaché y recorrí con mis dedos los bordes de la caja vacía—. Era muy lindo.

—Sí, lo era —me dijo—. Te compraré otro.

—No, no lo necesito.

Dejó de empacar.

—¿No crees que pueda lograrlo? —Sostuvo los lados de su maleta como si estuviera pensando meterse adentro.

—No, no es eso. —Aparté su mano para poder doblarle otra camisa—. Ya estoy vieja para collares de dijes. Pero si quieres comprarme unos aretes de diamantes…

—Ah, ya veo cómo es la cosa.

Antes de irse, me entregó el sobre y me pidió que se lo diera a Oscar. Una disculpa por escrito. Es un buen comienzo. Ambos tenemos que hacer más.

—Sabes, Oscar, apuesto a que tu esposa necesita un descanso. Yo puedo cuidar a los niños cuando ustedes quieran. Durante los fines de semana.

—Ay no. ¿Con esos muchachos? Estás loca. Acabarían contigo. ¿Te conté lo que estaban haciendo el otro día cuando los atrapé? —me pregunta y le brillan los ojos—. Agarraron mi teléfono celular y empezaron a hacer llamadas de larga distancia buscando a la abuela. No, esos nenes son un caso.

Por costumbre, busca la fotografía en su billetera y me la muestra. Actúo como si fuera la primera vez que la veo. La mentira vale la pena solo por verlo feliz.

—Yo puedo manejar a los niños —insisto—. Por favor, permíteme hacerlo. Vamos a cuadrar un día.

Finalmente accede. En mi teléfono busco el sitio web que creé para el supermercado usando una plantilla sencilla. El sitio no está en el aire todavía, así que está un poco crudo. Va a tomar algún tiempo levantar un público, pero tengo algunas ideas. Hablamos sobre promocionar las ventas de la semana y hacer perfiles de los empleados. Sugiero a Roberto porque ya me imagino la fotografía mirando de reojo.

Abajo, Dominic abastece las latas de salsa de tomate. Camino hacia él y abro la caja que está junto a él. Dejé mi uniforme habitual de moda. Es más fácil trabajar en mahones.

—¿Cómo está tu novia? —le pregunto.

—Chévere —dice—. Nunca había durado tanto con una chica. Puede que esta sea la correcta.

—¿En serio? —Me da la pistola de precios. Soy más rápida cuando se trata de poner precios—. ¿Estás hablando de boda?

—No, estás loca —dice—. Estoy hablando de llegar hasta el final.

Niego con la cabeza y entonces noto que él mira al frente del supermercado. Me pregunto si está tan nervioso como yo de que Jasmine vaya a aparecer sin avisar.

Es imposible desterrar a Jasmine de mis pensamientos. Lo he intentado todo. La odié con tanta pasión que me enfermé. Después la vergüenza reemplazó la ira, y luego regresó la ira. Elizabeth pensó que yo estaba loca al regresar aquí, sabiendo que Jasmine podría estar por ahí. Este es su vecindario, pero no quiero vivir mi vida con temor a cruzar la calle. Yo no vivo aquí, pero es donde trabaja mi familia. Este lugar siempre será parte de mí.

¿Cómo me siento acerca de la posibilidad de tener un medio hermano o una media hermana en la familia? No me cabe en la cabeza. Va a tomar mucho tiempo y probablemente mucha psicoterapia. Mami está buscando a alguien con quien yo pueda hablar, y no tengo problema con eso.

—¿Oíste lo último de MiT? —pregunta Dominic. Antes de que pueda responder, me rapea la canción. Su pelo está todavía más engominado hoy.

—Está bien —le digo.

—¡Diantres, Princesa! Eres difícil de complacer —me dice.

Pronto encontramos un ritmo. Él me da una lata, yo le pongo el precio y él la coloca en el estante. Él abre otra caja y empezamos de nuevo. Dominic tararea la canción y pronto la canción se va filtrando y yo también la tarareo.

CAPÍTULO 30

El plan fue siempre acercarme a él. Había tomado esa decisión incluso antes de verlo en la fiesta del barrio.

Moisés *está* en mi lista de "Poner realmente los pies en la tierra", así que era solo cuestión de tiempo. Dónde y cuándo. Aun así, enviar el texto no fue sencillo. Preparé una lista de posibles preguntas. La número tres finalmente ganó: "¿Crees que podamos encontrarnos para almorzar?". Opté por la formalidad en lugar de la más casual número cinco "Eh, ¿tienes hambre?", que podría leerse como si viniera de alguna chica loca.

Moisés tardó exactamente treinta y dos minutos en responder a mi texto. Treinta y dos minutos insoportablemente largos. Aceptó verme en su banco favorito. El camino hasta aquí estuvo lleno de ansiedad y esta se ha multiplicado por diez ahora que lo veo ahí sentado, esperándome.

—Te traje un sándwich cubano —le digo y le doy la bolsa de papel de estraza. Moisés echa un vistazo y asiente con la cabeza en señal de aprobación.

—Gracias —dice. Me siento a su lado y trato de liberar algo de mi nerviosismo. Tiene una camiseta verde con la imagen de la carátula de un viejo álbum titulado *The Fania All-Stars* y sus mahones gastados.

—Bueno, oí lo que pasó. ¿Cómo le va a tu hermano?

—Está bregando. La rehabilitación es dura, pero lo está intentando. Mi familia está pasando por algunos cambios difíciles. Por cierto, gracias por responder a mi texto y encontrarte conmigo. —Moisés asiente con la cabeza.

—Sí, te comprendo con eso de los cambios —dice—. Parece que es probable que la ciudad le dé luz verde a Carrillo Estates para los apartamentos.

Señala con el mentón al lugar donde se construirá el Royal Orion.

—Ay, lo siento —le digo. Yo pensaba que Moisés y Family Mission tenían buenas posibilidades de derrotar a Carrillo Estates—. Eso es terrible.

—Sí, es una lucha dura, pero será un largo proceso. Todavía les quedan muchos obstáculos por superar. Este es solo el comienzo. Tenemos que redoblar nuestros esfuerzos, o las familias serán las verdaderas víctimas.

Nos quedamos asimilando eso mientras comemos nuestros sándwiches.

—Empiezo en Somerset el miércoles —le digo, sonando un poco melancólica—. Supongo que oficialmente ha terminado el verano.

Mami tiene planeada una escapada de fin de semana para madre e hija en Connecticut. Solo ella y yo. Dijo algo sobre ver las tiendas de antigüedades. Papi se está quedando con su primo en Yonkers. Sin el drama de Junior, la casa está muy tranquila. No sé qué va a pasar con mis padres. ¿Divorcio? Probablemente. El embarazo de Jasmine no puede ser nada bueno para un matrimonio. Hay momentos en los que mami se ve fuerte y decidida. En otras ocasiones, ni siquiera se molesta en ocultarme sus lágrimas. Cada una está tratando de lidiar con la situación de una forma distinta y ninguna es perfecta.

—Bueno, yo pensaba que no querías saber nada de mí —dice Moisés—. ¿Qué pasa?

Aunque intenta sonar frío, no me mira a la cara. En vez de eso, se concentra en el piso. Y, como yo estoy tan nerviosa como él, me enfoco en mi sándwich.

—Nada. Solo me preguntaba… Quiero decir que… —Divago.

Tengo que recuperar la compostura. Esto es algo que quiero hacer.

—Quiero disculparme por la forma en que te traté aquella noche en los Hamptons. Por todo. Fui cruel y no lo merecías, no cuando solo tratabas de ayudarme. No importa lo que haya pasado entre nosotros, todavía quiero que seamos amigos. Digo, eso es si tú quieres.

Se queda callado y tengo que hacer un esfuerzo sobrehumano para no salir corriendo. No es fácil ser genuina. Esta nueva ruta es desconocida. Moisés accedió a almorzar, pero no me debe una amistad ni ninguna otra cosa. Froto las palabras grabadas en el nuevo collar que adquirí de Paloma y espero.

—¿Qué hay con tu chico, Nick? —pregunta—. Tus amigas de la escuela de lujo. ¿Qué hay con ellos?

—No hay ningún chico. Solo yo. Eso es todo. Solo yo.

Finalmente lo miro a la cara. Sonreímos. Dos sonrisas tontas.

Nos quedamos ahí sentados y observamos a los niños jugar.

AGRADECIMIENTOS

Primero, debo agradecer a la editora Zareen Jaffery, a Mekisha Telfer y al resto del personal de Simon & Schuster, no solo por permitir que mi sueño se hiciera realidad, sino por hacer que esta primera experiencia de publicación fuera cálida y cómoda. Gracias de todo corazón a mi increíble agente, Eddie Schneider, de JABberwocky Literary Agency, por sacar mi novela del montón sin leer. Es posible. Estaré por siempre agradecida.

A mi grupo de apoyo al escritor (Elizabeth, Hilary, Cindy, Jason, Josh y Mary), gracias por ser defensores de mi trabajo en las primeras etapas. Estoy en deuda con el autor y generoso instructor Al Watt por inculcarme la convicción de que yo podía realmente escribir una novela. También le debo mucho a PEN Center USA por otorgarme el Emerging Voices Fellowship en el 2013 y por conectarme con mi noble mentora, la autora de novelas infantiles Cecil Castellucci. Estoy agradecida también a Elizabeth George Foundation, cuya generosa beca me concedió el tiempo y los recursos para completar esta novela.

Mi agradecimiento a Jean Ho, por siempre estar presente. Y mucho amor para Kima Jones, de Jack Jones Literary Arts, por salvarme de muchas crisis.

Envío mucho amor a mi familia que vive en el Bronx, en Puerto Rico y más allá. A mis bellas sobrinas, Taína y Brianne, por compartir siempre mi pasión por los libros para jóvenes adultos. Un fuerte abrazo para Melody, Tonalli, Antonio y Ariana. Siempre estaré en deuda por la energía, el humor y las opiniones colectivas de mis talentosos hermanos, Annabel, Héctor, Edgardo y Osvaldo, así como de mis padres, Héctor y Ana. Nuestros recuerdos compartidos y el amor por el Bronx ayudaron a darle forma a esta novela.

Mis dos hermosas hijas, Isabelle y Sophia Colette, son mi inspiración constante. Las amo. Y, finalmente, no hay palabras para expresar cuánto le debo a mi esposo, David. Gracias por todo.